U0120687

古诗海

顾问：马茂元　王运熙　程千帆　程俊英　霍松林

编委：王镇远　杨明　李梦生　赵昌平　黄宝华　蒋见元

唐五代诗鉴赏

本社编

4

执行编委

赵昌平

张 祜

张祜（785? —852?），字承吉，清河（今河北清河）人。一说南阳（今河南南阳）人。初寓姑苏。元和、长庆间深为令狐楚所器重。至长安后，献诗三百于朝。传说为元稹所排挤，谓"张祜雕虫小巧，壮夫不为。若奖激太过，恐变陛下风教"（《唐才子传》卷六），遂至淮南，因而终身不仕。为人狂放不羁，性爱山水，多游名寺，故多山寺题咏之作，尤以宫词为最著名。晚年爱丹阳曲阿山水，筑室隐居。大中中卒于丹阳隐所。有《张承吉文集》。　　　　　（曹中孚）

题润州金山寺

一宿金山寺，超然离世群。

僧归夜船月，龙出晓堂云。

树影中流见，钟声两岸闻。

翻思在朝市，终日醉醺醺。

这是一首纪游诗，张祜在江南时所作。

金山寺在今江苏镇金山上。金山在唐时为屹立长江中的岛屿，后因涨沙，才与陆地相连。金山寺楼阁壮丽，四周草木葱郁，为著名游览胜地。

首联记诗人留宿金山寺的总体感受，他以为这里清静幽致，所以用"超然离世群"作概括。这两句一作"一宿金山顶，微茫水国分"，用意相同。

中间两联进由"超然离世群"的感受着眼，从各个不同的侧面写金山寺及其周围的环境。一写月夜，诗人并不一般地去描述江上的月色夜景，而是写僧人在月下驾舟归寺。这就使静夜景色增加了画意，并和这里的环境紧密相扣。二写清晨，诗人早起观日，见到了彩霞，见到了形如金龙的云团，这也是平常少有的景象。三写林树和江流，诗人通过一个影字把这两者联结在一起，既表达了林木繁茂，又显示出江水清澈。四写钟声，主要是写它传扬悠远，所以两岸都能听到。这两联落笔空灵，诗人主要抓住了这里独特的地理环境，通过各种交错纵横的描绘，使这座著名寺院显得超然离群和令人神往。对于这种描绘，清查慎行在《瀛奎律髓》中说："妙处在自然，他人未免有意铺张。"

结联是作者的感叹，谓如果身在朝市，终日昏昏沉沉，好比吃醉了酒似的。这是比喻，并非真的酒醉。这两句当与首联对照来读，进一步说明了金山寺的脱尘拔俗。

宋尤袤对此诗极为赞赏，他在《全唐诗话》卷六中以为：金山寺居大江中，迥然孤秀，诗意难尽；而张祜和孙鲂的诗为第一。

（曹中孚）

张　祜

题松汀驿

山色远含空，苍茫泽国东。

海明先见日，江白迥闻风。

鸟道高原去，人烟小径通。

那知旧遗逸，不在五湖中。

　　松汀驿为驿站的名称，其地今属何处未详。这是诗人途经这里时所作。

　　首联两句，写松汀驿的地理形势。"远含空"的"空"字，即隐隐约约，可知驿站附近有山，远远望去，那山隐约含空。"泽国"指大的湖泊，三、四句又有"海"和"江"，说明这大湖泊连江通海。"苍茫驿国"是指它的旷远无际。这两句点明松汀驿是个依山临湖的幽僻之地。

　　颔联"海明"和"江白"，分别指海光、江色。这两句是说，在晴好的天气，一清早可以看到日出的壮观；逢到起风时，湖面泛起一片银白色的波纹，听到风击浪花的声音。

　　颈联写驿站的险阻和山上的居民。"鸟道"是绝险的山路。这路盘山而上，越岭而过。从"人烟小径通"这句诗中，反映出作者对这一带的自然景观充满着无限的向往。

　　读到这里，不仅松汀驿的地理环境已清楚地呈现在我们的面前；作者对这一带所持的赞美欣赏的情状，也早溢于言表。这是一个世外桃源式的地方，是养生隐居的绝好所在。所以结联"那知旧遗逸，不在五湖中"，就顺着诗意，说旧时的隐逸之士未必都要到五湖去藏身，这才是最理想的隐居所在。至于这里是否真的住着所谓"旧遗逸"，我们可以暂且不论，诗人只是借此表达了自己的心声。

（曹中孚）

宫 词

（二首选一）

故国三千里，深宫二十年。
一声何满子，双泪落君前。

以宫廷生活为题材的诗歌叫宫词。张祜写宫词很有名，这是他的传世之作。诗中的《何满子》为一首悲歌的名称。传说何满子原是开元间沧州一位歌者的名字，临刑时进此曲以赎死，玄宗不许。此曲以悲惨著名，故白居易《何满子》诗云："一曲四词歌八叠，从来便是断肠声。"张祜另有《孟才人叹》（并序），述武宗临终时，孟才人被迫自缢作殉，她当时要求唱一曲《何满子》以泄愤。结果只唱一句就"气亟立殒"。如果这首《宫词》与《孟才人叹》"偶因歌态咏娇嚬，传唱宫中十二春。却为一声《何满子》，下泉须吊旧才人"联系来读，就更能看出它的深刻寓意。

"故国"，指宫女的家乡。首联以"三千里"和"二十年"两个数字对举，向人们揭示了这位宫女的心情和处境。她必然是朝思暮想，思念亲人，思念故乡，但却千里迢迢，亲人难逢。进宫时只有十来岁的妙龄少女，在深宫度过二十个年头以后，还有什么青春可言？对于这一切诗人都未作具体描述，而只是以迸发而出的"一声何满子"接转，催涌出"双泪落君前"，来表现宫女积郁既久的悲苦。这就是所谓"以少总多"的艺术手法。唯其少，方给读者留下了充分的想象余地，较之节节为之的描绘，往往具有更强的艺术感染力。诗人以对比的语言，控诉了黑暗的封建制度。

这诗流传很广，尤其是前二句，为当时诗人所称赏。如杜牧"可怜故国三千里，虚唱歌词满六宫"（《酬张祜处士见寄长句四韵》），郑谷"张生故国三千里，知者唯应杜紫微"（《高蟾先辈以诗笔相示抒成寄酬》）等，即是。

（曹中孚）

题金陵渡

金陵津渡小山楼，一宿行人自可愁。

潮落夜江斜月里，两三星火是瓜洲。

　　高步瀛《唐宋诗举要》卷八引李健人曰："考《镇江府志》有西津渡，在丹徒县西北九里，与瓜洲对岸，即古西渚，唐时谓之蒜山渡。疑金陵渡即在此处。"这诗当是张祜游江南，经金陵渡时所作。

　　上联写诗人登上渡口小楼时的心情。从诗意可知，这座渡口的小楼，既可登临游赏，又可晚上暂住歇息。小楼依江而建，即使并不很高，向江面望去，却可以一览无遗。诗中的"一宿行人自可愁"，就是宿此楼的感慨。这个"愁"字是诗眼，它的好处是说得朦胧。人们读到这里，容易引起思索。不尽之意，乃在言外。

　　下联两句写江上夜景。从"斜月"，知道时间是在后半夜。诗人先看近处，借着微明的月光，看到终日川流不息的江潮正悄悄地退落。然后举目四顾，但见黑夜茫茫，几乎辨不清东西南北。唯有对岸隐隐约约有两三点星火，从方向上知道那是著名的瓜洲埠头。于是"两三星火是瓜洲"，看上去是随口吟成的诗句，把一个以金陵渡为中心的无边寥阔的空间，描绘了出来，给人以身临其境的感觉。

　　这首诗结构缜密，下联不嫌咏景，由上联愁绪引出；结尾瓜洲渡，又与题目金陵渡相呼应。诗中用语平易自然，如"一宿行人""两三星火"，都是近于口语而富有形象的。　　　　　　（曹中孚）

集 灵 台

（二首选一）

　　虢国夫人承主恩，平明骑马入宫门。

　　却嫌脂粉污颜色，淡扫蛾眉朝至尊。

　　此诗又见《杜诗补遗》，题为《虢国夫人》。宋本《张承吉文集》卷五题下有注云："又云杜甫（作），非也。"故一般认为是张祜所作。

　　集灵台在华清宫中，为唐玄宗入道求仙而建的台阁。在这组诗的第一首中，有"日光斜照集灵台，红树花迎晓露开"的句子，可知其地非常幽静，似为虢国夫人当年朝见玄宗的所在。张祜这诗或是亲临这里时所作。

　　虢国夫人是杨贵妃的三姐，容貌极为美丽。天宝间玄宗宠贵妃，杨氏一门从此声势煊赫，权倾天下。杨国忠居相位，大姨封韩国夫人，三姨封虢国夫人，八姨封秦国夫人。乐史的《杨太真外传》说："虢国不施妆粉，自衒美艳，常素面朝天。"

　　这是一首讽刺诗。前二句写虢国夫人深得玄宗的宠信，入宫不可驰马，她却一清早骑马入宫，富有形象地刻画了她的骄矜状态。后二句写她的美貌，天然美当然胜过浓妆艳抹的脂粉气。作者出以不无赞美的笔调，使她赋有自己独有的魅力。以赞叹虢国夫人所具有的天然美来刻画她的骄矜;而"承主恩"则点出了她那骄矜的由来。尽管她在当年是位炙手可热的人物,但读来使人亦怜亦憎,所以人们往往把这诗与杜甫的《丽人行》相提并论。　　　　　(曹中孚)

雨　霖　铃

雨霖铃夜却归秦，犹见张徽一曲新。

长说上皇和泪教，月明南内更无人。

　　《雨霖铃》亦作《雨淋铃》，原是唐教坊曲名。相传唐玄宗避安禄山之乱入蜀，连日霖雨，于郎当驿中闻铃声，问黄旛绰："铃语云何?"对曰:"似云'三郎郎当'。"当时宫中称明皇为三郎，郎当即潦倒之意。玄宗遂采其声谱写《雨霖铃》曲。第一个吹奏这曲的是梨园乐工张徽（即张野狐）。那时玄宗因思念贵妃，常流泪不止，在亲自传授张徽此曲时尚含着眼泪，故云"和泪教"。回銮做了太上皇，又叫张徽奏此曲，以纪念贵妃。

　　张祜这诗作于何年何地未详，但从时间上看，当时安史之乱早已过去，诗人或有机会聆听此曲，或因一时有感而作。

　　上联"却归秦"是写唐玄宗出奔后重新回京，他已经历了"雨霖铃夜"那种颠沛流离而又凄苦伤心的日子。可是他仍念念不忘自己的宠妃，将途中创作的新曲《雨霖铃》命伶人张野狐以觱篥吹奏。

　　下联"南内"即兴庆宫，玄宗还京后，初居南内，后因宦官李辅国专权，被迁西内的甘露殿；他旧日宠信的宦官高力士等相继被李辅国所逐。这联是诗人为玄宗所发的深沉的感叹，说《雨霖铃》

曲是玄宗当初含着眼泪传授给张徽的；而后来皇宫空空荡荡，连他自己也孤零零地过着凄凉寂寞的生活。"月明""无人"更添冷落凄清的气氛。

这首诗笔致委婉，凄楚感人。钟惺《唐诗归》极力推崇第三句，说"'和泪教'三字，写尽上皇断肠处"。　　　　　（曹中孚）

张　祜

赠 内 人

禁门宫树月痕过，媚眼惟看宿燕窠。

斜拔玉钗灯影畔，剔开红焰救飞蛾。

这也是一首宫词。"内人"，指宫女。唐时长安宫内有宜春院，是宫中歌妓居住的地方。擅长歌舞的教坊女妓，被征调入院，就称内人。

诗人借宫中夜间生活的一个侧面，描绘了深宫禁闱中某一宫女幽居独处的生活情状和她的内心世界。"月痕过"，既点明是在夜间，又是宫女估算时间的习惯性概念。她们年复一年守在宫中，从禁门宫树间月亮位置的移动，知道这时是几更几点。紧接着"媚眼惟看宿燕窠"是衬托这宫女的孤身寂寞。尽管她容颜娇美，却过着独处的生活；还不如梁上的燕子此刻成双作对地同眠于窠中。"惟看"两字表达了这位宫女无可奈何的苦闷心理。

下联两句写得很有形象，诗人细腻地刻画了这位宫女的一个动作。这两句不仅是写实，写宫女是怎样救出飞蛾。实际包含更深的含义：你可以理解为这是宫女幽居孤寂中，闲极无聊的消遣；也可以理解为是她内心潜意识的流露，从同情、挽救扑火的飞蛾中见其自怜自伤、渴欲解脱的悲苦，然而，又有谁可以相救呢？此诗的好处，恐怕就在这一含义朦胧而又丰富的细节描写上。　　　　（曹中孚）

李 贺

李贺（790—816），字长吉，河南福昌县昌谷（今河南宜阳）人。唐宗室郑王（李亮）之后。以父名晋肃，"晋""进"同音，避讳不能举进士。曾官奉礼郎、协律郎等微职，生活凄苦窘迫，年仅二十七而卒。少能文。受知于韩愈、皇甫湜。及长，更倾全力于作诗。其诗想象奇特丰富，风格险峭幽诡，意新境异，自成一体，在诗歌史上影响甚大，被称为"长吉体"。尤长于乐府，能合之弦管。但由于重炼词琢句，有时不免流于晦涩。存诗二百三十余首，历代注本甚多，通行的有清人王琦的《李长吉歌诗汇解》等。

（高克勤）

感 讽

（五首选一）

石根秋水明，石畔秋草瘦。

侵衣野竹香，蛰蛰垂叶厚。

岑中月归来，蟾光挂空秀。

桂露对仙娥，星星下云逗。

凄凉栀子落，山璺泣清漏。

下有张仲蔚，披书案将朽。

《感讽五首》，或叙写现实以揭露官府的盘剥勒索，或咏史怀古以感叹才士的怀才见弃，大多有感而发，显非一时所作。本诗就是诗人在昌谷家居时，有感于读书无成、僻处一隅而作。

诗共十二句。前十句写景，情寓景中。诗人从山石写到明澈的秋水、枯瘦的秋草，丛生的野竹香侵衣袖、皓洁的月亮高挂于空；月中的桂树映衬着仙女的身影，星星躲在云彩下面眨眼逗乐；栀子花凄凉地凋落，山石间清泉如漏水点滴。作者从澄明雅洁的秋光水色写到草木枯凋的肃杀景象，由星月交辉、快乐无比的天上月宫写到花木凋落、凄凉难耐的地上人间，造成了一种枯荣悲喜的强烈对比，表现出作者对人间世界的失望和对神仙世界的向往。而这一切，都是作者通过写实和想象的景物描写表达出来的。"蛰蛰"状群集貌，描写竹叶攒簇。"岑"是小而高的山丘。"蟾光"即月光。"山罍"指山石裂处。如果说前十句是以景写情的话，那么后两句则是以人寄情。张仲蔚是古之隐士，晋挚虞的《三辅决录注》云："张仲蔚，扶风人也。明天官，博学好作诗赋，所居蓬蒿没人。"李贺在这里以张仲蔚自况，他虽然不是一个隐士，但仕途无望，只能在家苦读诗书。虽然书案都快朽烂了，但仍一事无成。两句极为伤感，而"案将朽"三字尤为沉痛，表现出诗人对现实世界绝望前的挣扎。

这首诗在艺术上的特点是着力写景，渲染出晚秋山居的环境气氛，描绘了一幅秋日清瘦而秀丽的色彩杂糅的图画，反映了诗人被迫隐居、碌碌无为的无可奈何的处境，表现出诗人对现实既有留恋又有不满的复杂心情。

（高　岳）

苏小小墓

幽兰露，如啼眼。

无物结同心，烟花不堪剪。

草如茵，松如盖，

风为裳，水为珮。

油壁车，夕相待。

冷翠烛，劳光彩。

西陵下，风吹雨。

　　苏小小是南齐时钱塘名妓。古乐府有《苏小小歌》云："我乘油壁车，郎乘青骢马。何处结同心？西陵松柏下。"西陵即在今杭州，钱塘江之西。一说苏小小墓在嘉兴西南，唐代诗人李绅《真娘墓》诗序云："嘉兴县前有吴妓人苏小小墓，风雨之夕，或闻其上有歌吹之音。"李贺此诗，即由传说引起联想，借描绘苏小小的精灵来表达自己的思想感情，是其"鬼"诗中的代表作。

　　诗首先由墓前景物引起联想，暗示或拟想苏小小的容貌和服饰器用。那兰花上缀着的露珠，像是她含泪的眼睛。用"幽"、"啼"的字眼来形容，既贴切地表现了古墓阴气森森的气氛，又为精灵传神。眼睛是心灵的窗户，诗人把小小这双眼睛想象得如怨如诉、如泣如慕，足见一代名妓哀怨的心境。生活在幽冥世界中的苏小小，茕茕孑立，即使作为鬼魂，也同样充满知己难求的哀怨之情。墓上的绿草，像是她用的茵褥；墓前的松树，像是她坐的车盖；清风吹拂，像是她美丽的衣裳在飘动；流水叮咚，像是她佩戴的玉珮在鸣响。她生前乘坐的油壁车，似乎依然等待着晚上来幽会的情人。然而，物是人非，对于作为鬼魂的苏小小，只能悲叹"无物结同心，烟花不堪剪"。诗的最后四句，就描绘了这一情景。"翠烛"为情人相会而设，此指鬼火，有光而无焰，故称"冷翠烛"。一个"冷"字，也反映出苏小小内心所感到的阴冷。再也没有骑青骢马而来的情郎，那翠烛只能是徒费光彩。一个"劳"字，也表现了苏小小无可奈何的哀伤之情。昔日与情人相会的地方西陵，如今只是一片凄风苦雨。全诗以此结束，笼罩在一片幽冷寂清的气氛之中。诗的音节极可吟玩。主体为三字句。有如泣如诉之感；中间"无物结同心"二句则用五字句，如泣诉中的一声幽怨长叹，读来凄绝。

这首诗在主题和意境上，深受《九歌·山鬼》的影响。苏小小兰露啼眼、风裳水珮，显然有着山鬼"被薜荔兮带女萝""既含睇兮又宜笑"的影子，然而比山鬼更空灵缥缈。苏小小等待情人的所在西陵风雨翠烛的境界，比山鬼思念公子时雷雨交加、风啸树摇的境界更阴森幽寂。前人称李贺"盖《骚》之苗裔，理虽不及，辞或过之"（杜牧《李长吉歌诗叙》），"贺则幽深诡谲，较《骚》为尤甚"（姚文燮《昌谷集注序》），就是指这类诗。李贺在苏小小的鬼魂形象中，融进了自己的空幻孤寂和人生无常的感伤之情。写鬼亦是写人，同样表现出现实生活中的感情。将一个墓地和鬼魂写得那样阴森逼人，而又那样美丽，富有诗意，这正是李贺"鬼才"的体现。

（高　岳）

李凭箜篌引

吴丝蜀桐张高秋，空山凝云颓不流。

江娥啼竹素女愁，李凭中国弹箜篌。

昆山玉碎凤凰叫，芙蓉泣露香兰笑。

十二门前融冷光，二十三丝动紫皇。

女娲炼石补天处，石破天惊逗秋雨。

梦入神山教神妪，老鱼跳波瘦蛟舞。

吴质不眠倚桂树，露脚斜飞湿寒兔。

　　李贺的这首诗，和白居易的《琵琶行》、韩愈的《听颖师弹琴》，同为唐诗中描写音乐的杰作，被后人推许为"摹写声音至文"（清方扶南《李长吉诗集批注》）。

　　诗约作于唐宪宗元和六年（811）至元和八年，李贺当时在京城长安任奉礼郎。李凭是梨园弟子，因善弹箜篌而名噪一时，时人杨巨源《听李凭弹箜篌》诗称其"花咽娇莺玉嗽泉，名高半在御筵前"。箜篌是一种形似瑟而小的乐器，用拨弹之，犹如琵琶，有大箜篌、小箜篌、竖箜篌、卧箜篌等多种。《通典》卷一四四载："竖箜篌，胡乐也，汉灵帝好之。体曲而长，二十有三弦。竖抱于怀中，用两手齐奏，俗谓之擘箜篌。"观诗中"二十三丝动紫皇"句，知李凭所弹当是竖箜篌。

　　这首诗开头的结构安排颇具匠心，首四句先写箜篌，而乐声、演奏者姓名、时间和地点的介绍则穿插其中。首句"吴丝蜀桐"即指箜篌，写箜篌构造之精良，衬托演奏者技艺之高超；"高秋"表明时间正值秋高气爽，并将全诗的描写笼罩在秋天的氛围之中。次二句由咏其景而状其声，表现乐声有声遏行云的效果，以至连传说中善于鼓瑟的江娥和素女也被感动得潸然泪下。"中国"即国中，此指京城长安，诗中至此方点出演奏者的姓名和地点。同时，这句又起到了将全诗的描写分成二层的作用。一为以逆挽作收放，取矫健之势；一则引出以下的描写，显示出不同的音乐形象。这种结构方式，是杜甫、韩愈一路七古的典型手法。接着，诗以主要的篇幅摹写乐声及音响效果，极尽想象之能事。"昆山"句以声写声，着重表现乐声的音质特点，时而高亢，时而清脆；"芙蓉"句则以形写声，刻意渲染乐声的情感色彩，时而悲抑，时而欢快。这种表现方法，确有形神兼备之妙。"十二门"是长安城东西南北各三道门的合称，"二十三丝"则代指箜篌，这两句一写乐声能变易气候，连长安十二道城门前的冷气寒光也全被乐声消融；一写乐声能上达天宇，连天帝也为乐声感动。由此，作者把诗歌的意境由人间扩大到仙界，把读者带入更为辽阔深广、神奇瑰丽的境界。在诗人的想象中，乐声传到天上，正在补天的女娲听入了迷，竟然忘了自己的职守，从而使石破天惊，秋雨倾泻。"石破天惊逗秋雨"，犹白居易《琵琶行》中"银瓶乍破水浆迸"之意，但更为奇特，一个"逗"字更是神来之笔。乐声传到神山，令善弹箜篌的神妪也感动不已，而且由神仙而及异类，致使"老鱼跳波瘦蛟舞"。诗人在这里连用两典而无迹。"神妪"典出《搜神记》："永嘉中，有神见衮州，自称樊道基，有妪号成夫人。夫人好音乐，能弹箜篌。闻人弦歌，辄便起舞。""老鱼"典出《列子·汤问》："瓠巴鼓琴而鸟舞鱼跃。"值得玩味的是，诗人用"老""瘦"这两个似乎干枯的字眼来修饰鱼龙，却反而产生了生动强烈的艺术效果。老鱼、瘦蛟尚能闻乐起舞，其乐声效果之巨大就可想而知了。乐声传到月宫，成天伐桂，劳累不堪的吴质（即吴刚）听了竟倚着桂树而忘了睡眠；玉兔听了则任凭深夜的寒露不停地洒落身上，皮毛浸湿了也不肯离去。如果说以上几句以形写声，摄取的多是运动的物象；这两句则改用静物，让优美的形象深深印在读者心中。诗到此戛然而止，显得幽深渺远，逗人情思，引人联想，仿佛读者也被音乐留住了。

这首诗以奇特丰富的想象，塑造了生动可感的形象，充满了浪漫的色彩。诗中采用了多种艺术手法，如借助联想和想象、拟人于物、移情于物、以实写虚等，亦真亦幻，把抽象的感觉化成了具体可感的形象。清人王琦解说此诗曰："玩诗意当是初弹之时凝云满空，继之而秋雨骤作；泊乎曲终声歇，则露气已下，朗月在天。皆一时实景也。"（《李长吉歌诗汇解》）这实际上是一种不了解长吉诗特点而拘泥于物的皮相之论。黑格尔称："真正的创造就是艺术想象的活动"，诗人"最杰出的艺术本领就是想象"（《美学》第一卷），李贺正是这样一位杰出的诗人。

（高　岳）

浩 歌

南风吹山作平地，帝遣天吴移海水。

王母桃花千遍红，彭祖巫咸几回死？

青毛骢马参差钱，娇春杨柳含细烟。

筝人劝我金屈卮，神血未凝身问谁？

不须浪饮丁都护，世上英雄本无主。

买丝绣作平原君，有酒唯浇赵州土。

漏催水咽玉蟾蜍，卫娘发薄不胜梳。

看见秋眉换新绿，二十男儿那刺促！

这是一首畅叙胸臆的诗篇。题本《楚辞·九歌·少司命》："望
美人兮未来，临风恍兮浩歌。"

全诗十六句，可分四个部分。前四句表达沧海桑田、年命难久
之意。天吴是古代神话中的水神。彭祖和巫咸是传说中世间寿命最
长的人。王母种的桃花，传说中则是"三千年一开花，三千年一生
实"（《汉武内传》）。诗一开始便从虚处着笔，幻象纷呈：山作平
地，海水为干；当王母的桃树开花千遍之时，彭祖和巫咸也不知死
了多少次了。两相对照，足见沧桑变化之速，年命之短促。接着四
句由虚落实，写春游的盛况。

　　"青毛"句写马。马的毛色青白相间，构成浅深斑纹，犹如钱形，称"连钱骢"，为名贵之马。"娇春"句写景。"筝人"指弹筝的歌女，"金屈卮"是一种有弯柄的金属酒杯。这四句写诗人骑着名马游览，初春的杨柳笼含淡淡的烟霭，歌女手捧金杯前来劝酒，在这良辰美景、赏心乐事之中，诗人却陷入了沉思之中，追索着人生的终极。"神血未凝"句意谓精神和血肉不能长期凝聚，此身果谁属乎？这是生命短促的婉曲说法，全诗也由此转入悲愤的氛围。

　　接着四句又由抑转扬，借古讽今，抒发愤世嫉俗的情怀。"丁都护"是刘宋高祖时官都护的勇士丁旿，清人王琦则认为指这次春游的参与者（见《李长吉歌诗汇解》），从诗意看，当是以丁旿指代怀才不遇之士。"平原君"是战国时代赵国的公子，以养士著名。"赵州"即指赵国。这四句是劝人不要因为怀才不遇就浪饮求醉，英雄不受重用乃古今通例，不足为怪；还是买丝绣一幅平原君的画像，洒酒祭奠他的英魂，表达敬慕和怀念之情罢了。这种对历史的回顾正反映出对现实的绝望，作旷达语更见愤激之情。

　　最后四句是全诗的概括和总结。"玉蟾蜍"是古代的一种漏壶。一个"咽"字准确地表现出滴漏声细，同时也传神地表达了诗人感时伤遇的悲抑。"卫娘"原指汉武帝宠爱的卫后，传说她发多而美，这里代指妙龄女子，或侑酒歌女。"秋眉"指衰白的眉毛，喻指老年；"新绿"则以眉色指少年。这四句是说，光阴催人，红颜易老，少年人当及时行乐，不要让青春年华白白流逝；面对娇春、宝马、歌女、美酒，一个年方二十的男儿，又岂能这般局促偃蹇？这种及时行乐的思想，正是诗人建功立业的理想破灭后的绝望之语，正如他在《开愁歌》中的自言:"我当二十不得意,一心愁谢如枯兰。"

　　《浩歌》这首诗的主题除了感慨沧海桑田、年命难久之外,还表现了诗人对建功立业、报效明主的向往,以及在现实生活中怀才不遇的绝望,这也是李贺诗在内容上的一个特点。在结构上,此诗错落有致,回环曲折,把幻象和真实、欢乐和悲哀等联系起来,与感情的起落变化相适应,语奇境异,具有震人心扉的感染力。

(高　岳)

秦王饮酒

秦王骑虎游八极，剑光照空天自碧。
羲和敲日玻璃声，劫灰飞尽古今平。
龙头泻酒邀酒星，金槽琵琶夜枨枨，
洞庭雨脚来吹笙。
酒酣喝月使倒行，银云栉栉瑶殿明，
宫门掌事报一更。
花楼玉凤声娇狞，海绡红文香浅清，
黄鹅跌舞千年觥。
仙人烛树蜡烟轻，清琴醉眼泪泓泓。

　　这是一首咏古之作。古乐府有《秦王卷衣》，李贺此诗是仿古乐府而制的新题。诗中摹写作者想象中秦王的一次内宫夜宴，展现出一幅神秘而色彩斑斓的古代宫闱行乐图。诗写秦王，一般认为是秦始皇，却"无一语用秦国故事"（王琦《李长吉歌诗汇解》），故清人姚文燮认为诗中以秦王影射唐德宗李适（见《昌谷集注》）。史载李适性刚暴，好宴游，在为太子以前曾封雍王，雍州是旧秦地，所以秦王可能是暗指他。其实，李贺咏古诗"求取情状，离绝远去笔墨畦径间"（杜牧《李长吉歌诗叙》），不必为史实所拘。

诗共十五句。前四句写秦王的威仪和他的武功。秦王骑虎周游各地，剑光照空，天为之碧。首二句匪夷所思，而又极具表现力，使秦王威严的形象具体丰满。羲和是神话中御日车之神，鞭日而行。在李贺的想象中，羲和敲日，发出清脆的玻璃声。"劫灰飞尽"谓灾难不作，古今太平。这两句写秦王驾驭天下犹如"羲和敲日"一般，在他的统治下，战火扑灭，劫灰飞尽，天下一片太平景象。笔墨极其简省，却又力重千钧。以下十一句描写秦王饮酒的场面，是全诗的重心所在。天下太平了，秦王便沉湎于声色宴饮之中。据《北堂书钞》所收《西征记》载："太极殿前有铜龙，长二丈，铜尊容四十斛。正旦大会群臣，龙从腹内受酒，口吐之于尊内。""龙头"可能即指这种酒尊之勺。"泻"指酒流如注貌。这句极写喝酒之多。"金槽"两句写丝竹并陈，表现乐声之优美和场面之豪华。

"酒酣"以下八句，写出了秦王不可一世的自负和暴戾恣睢的性格。前三句，写秦王恐长夜将尽，试图喝月倒行，以尽情享乐；尽管天已亮了，宫殿内一片通明，掌管宫门的人却不敢向秦王说明，而是迎合他的心理，谎报时间才至一更。"一更"这一典型细节的刻画含义丰富深刻，颇具讽刺意味。"花楼"三句写歌舞杂进之情景。"花楼玉凤"一句谓歌声婉转，"海绡红文"二句状舞态之婆娑。"娇狞"，宋人吴正子谓当作"娇伫"，形容歌声娇美细弱。晚近一些学者则认为"狞"字不误，可解释为"激越"和"险急"。其实，"狞"字唐人诗中常用，顾况《公子行》亦有"红肌拂拂酒光狞"之句。联系李贺所处时代的审美意识及文艺创作风气的变化动向，后一解释似更符合李贺的创作个性，"伫"则为浅人之见。

"黄鹅"，吴正子谓恐当作"娥"，"盖是姬人劝酒也。千年觥，谓献寿酒而祝称千秋也"。曾益注谓"黄鹅作舞势"，方扶南注谓"黄鹅喻酒也，合下觥字为义，即杜诗'鹅儿黄似酒'，酒色似鹅黄也"。从诗意看，作"黄娥"太实，似不如"黄鹅"为胜。全诗最后以冷语作结，气氛为之一变。"青琴"以古之神女借指宫女。这两句给读者展现了一幅烛树烟轻、醉眼泫然的画面，似乎包含着一种惋惜、哀怨的情感。

　　这首诗的思想感情比较复杂，对主人公秦王既有嘲讽之意，也有赞颂之情；既有企羡之意，也有惋惜之情。诗中主人公秦王有感于光阴消逝而痛饮解忧、纵情声色，正寄寓了诗人对人生的思考。

（高　岳）

金铜仙人辞汉歌 并序

魏明帝青龙元年八月，诏宫官牵车西取汉孝武捧露盘仙人，欲立置前殿。宫官既拆盘，仙人临载乃潸然泪下。唐诸王孙李长吉遂作《金铜仙人辞汉歌》。

茂陵刘郎秋风客，夜闻马嘶晓无迹。
画栏桂树悬秋香，三十六宫土花碧。
魏官牵车指千里，东关酸风射眸子。
空将汉月出宫门，忆君清泪如铅水。
衰兰送客咸阳道，天若有情天亦老！
携盘独出月荒凉，渭城已远波声小。

据朱自清《李贺年谱》推测，这首诗大约是元和八年（813）李贺因病辞去奉礼郎职务，由京赴洛途中所作。

金铜仙人，汉武帝所建，"高二十丈，大十围"（《三辅故事》），矗立神明台上，雄伟异常。据《三国志》注引《魏略》，青龙五年三月改为景初元年（237）四月，"是岁，徙长安诸钟簴、骆驼、铜人承露盘。盘拆"，铜人"重不可致，留于霸城"。李贺诗序中作"青龙元年"，当误。又据习凿齿《汉晋春秋》载，"帝徙盘，盘拆，声闻数十里，金狄（即铜人）或泣，因留霸城。"李贺将这一神奇的传说加以发挥，并在金铜仙人身上注入了自己的思想感情，写出了这一融物与人、历史与现实为一体的诗篇。

诗共十二句，可分三个部分。前四句以汉武帝的身后遭遇来慨叹人生年命难久。"茂陵刘郎"指汉武帝刘彻，茂陵是他的陵墓。"秋风客"既指他作有《秋风辞》，又谓他尽管在世时炼丹求仙，梦想长生，也不过是秋风中的过客。"夜闻马嘶晓无迹"，极言时间之飞逝。再次强调汉武帝尽管在世时威风无比，然而转眼间也不过是一现的泡影而已。生命短暂，物是人非。尽管画栏内的桂树依然香气飘逸，然而昔日汉武帝所住的三十六宫却已空空如也，只有惨绿色的苔藓布满各处，呈现出一派荒凉冷落的景象。诗中直呼帝王之名，正表现了李贺傲兀不羁的性格。

以上四句可以说是金铜仙人的"观感"，中间四句则用拟人法写金铜仙人初离汉宫时的凄惋情态。作为汉王朝的"遗民"，金铜仙人面临自己被魏官强行拆离汉宫的悲惨遭遇，兴亡之感和离别之情涌上心头。"指千里"言道路遥远。"东关"句言气候恶劣。"酸风"巧用通感手法，将寒风扑面的感觉化为形象的心理感受，酸风实为眼受风而酸，眼酸又实为心酸。远行之苦加上远离之悲，教金铜仙人不堪忍受，只有洒落清泪，来表达对汉宫、对长安的深切依恋。"泪如铅水"，比喻奇妙非凡而又恰如其分，显示了铜人的"物性"，匪夷所思，令人叹绝。

最后四句写铜人出城后途中的情景。此番离去，正值月冷风凄，咸阳道上送客的只有路边的"衰兰"。李贺喜用"衰""枯"

"幽"等字眼来形容兰花，喻写愁情。在诗人心目中，世上有情之物都会衰老，苍天如有情的话亦如此。"天若有情天亦老"这一句设想奇伟，有力地烘托了金铜仙人的凄苦情怀，意境辽阔高远，感情沉着深挚，真是"奇绝无对"的千古名句。末二句以冷月波声进一步描述金铜仙人恨别伤离的情绪，使全诗结束在情思悠悠的氛围之中。

这首诗以金铜仙人临去汉宫时表达的亡国之恸，寄托了诗人的情思。作为大唐帝国的"宗孙"，李贺对自己的贵族血统颇为自傲，诗序中特地注明"唐诸王孙"。然而，目睹家道衰落、国势不振，诗人建功立业、报效家国的理想难以实现，他也只得含愤离京，故写"金铜仙人"即是写作者自己。诗人借金铜仙人这一神奇的艺术形象，抒发了自己交织着家国之痛和身世之悲的凝重感情。全诗设想奇特而又深沉感人，形象鲜明而又变幻多姿，是李贺咏古诗的代表作。

（高　岳）

将 进 酒

琉璃钟，琥珀浓，小槽酒滴真珠红。
烹龙炮凤玉脂泣，罗帏绣幕围香风。
吹龙笛，击鼍鼓，皓齿歌，细腰舞。
况是青春日将暮，桃花乱落如红雨；
劝君终日酩酊醉，酒不到刘伶坟上土。

《将进酒》原是汉乐府的曲调，题意即"劝酒歌"，故古词有"将进酒，乘大白"之语，李白《将进酒》也有"将进酒，杯莫停"之语。这类诗多借酒兴诗情，抒发内心怀抱。李贺此作题旨亦如此，但表现手法却独辟蹊径，与众不同。

这首诗用大量篇幅，描绘了一场筵席的豪华场面。前五句写筵席上的饮食陈设：杯是精美的"琉璃钟"，酒是名贵的"琥珀浓""真珠红"；肴馔是"烹龙炮凤"，陈设是"罗帏绣幕"。"琥珀浓""真珠红"两词既指酒名，又喻酒色。"烹龙炮凤"使人想见肴馔实为人间难得的珍味，"玉脂泣""围香风"则充分写出了烹调的声色香味，显示出厨师不同凡俗的手艺。接着四个三字句写筵席上的歌舞盛况：吹的是"龙笛"，击的是"鼍鼓"；"皓齿"作歌，"细腰"为舞。鼍是一种爬行动物，也叫鼍龙，即扬子鳄，其皮坚厚，可以制鼓。"龙笛""鼍鼓"写乐器质地之名贵非世所常见，又形容笛声、鼓声之悠扬、宏亮如龙吟鼍鸣。"皓齿""细腰"指代歌女舞姬，既描写她们的天生丽质，又形容其音声和舞姿。作者仅用十二个字，就将音乐歌舞之美表现得尽态极妍，简洁而奇妙。同时，三字句式也贴切地传达出了歌舞的节奏，不但绘形，而且肖声。美酒佳肴，欢歌妙舞，正是快乐时光，而作者却乐极生哀，由眼前景想到心中事。以下四句点出本诗的主题。作者由"桃花乱落如红雨"之景，感到青春不再的悲哀，发出了"劝君终日酩酊醉，酒不到刘伶坟上土"的感叹。刘伶是西晋著名的"竹林七贤"之一，以嗜酒闻名，写有《酒德颂》。诗人认为，即使好酒如刘伶，死后也无法再饮。诗以冷语作结，引出死亡的意念和坟墓的凄凉景象，与上文极力铺叙筵席的豪华场面恰成强烈的对比，表现出作者深感死既可悲、生亦无常的人生矛盾和苦闷，突出了好景难长、须及时行乐的主题。虽是冷语，仍充满豪放旷达的气概，更见感情挣扎的表现强烈。

这首诗在艺术上的主要特点，是运用华丽的词藻，称引精美的名物，使意象叠加，从而造成强烈的印象，充分显示了李贺诗对艺术形式的刻意追求。而这一追求，正有效地表现了诗的主题。

（高　岳）

雁门太守行

黑云压城城欲摧，甲光向日金鳞开。

角声满天秋色里，塞上燕脂凝夜紫。

半卷红旗临易水，霜重鼓寒声不起。

报君黄金台上意，提携玉龙为君死。

《雁门太守行》系乐府旧题，梁简文帝萧纲首作三首，言边城征战之思。古雁门郡占有今山西省西北部之地。李贺此作写战士苦战，为国捐躯的英勇事迹，约有感于元和二年（807），藩镇叛乱此起彼伏、战祸不绝的时事而作。

诗共八句。首两句写临战前的紧张气氛和危急形势。诗人从天象着笔，用"黑云压城"状浓云密布之景，象征敌军压境、兵临城下的严峻之势，一个"压"字，更淋漓尽致地突出了临战前那种沉重得令人窒息的气氛。在此形势下，守城战士披甲上阵，日光映照在甲衣上，有如片片闪光的金鳞，景象十分壮观。"向日"一作"向月"。宋人王安石认为："方黑云压城，岂有向日之甲光?"前人已有辨正，谓实有其景。其实，李贺状物多想象，即使情理中无也在所不避，故明人杨慎讥王安石此论为"不知诗"（见《昌谷集注》）。"角声"两句分别从听觉和视觉两方面铺叙战地气氛。号角声划破了死一般的寂静，拉开了战斗的序幕，在万木摇落的深秋，更觉阴寒凄切；战斗从白天持续到夜晚，胭脂般殷红的血迹凝结在地上，在夜幕中呈现出一片紫色。旧注引《古今注》"秦筑长城，土色皆紫，故曰紫塞"，以为鲜血凝紫土；王琦注谓"当作暮色解乃是，犹王勃所谓'烟光凝而暮山紫'也。"两解一实一虚，就战地氛围而言各有胜义。要之，作者没有直接描写激战场面，而是通过描摹黯然凝重的战地氛围，令人想见战斗的悲壮激烈。

"半卷红旗"两句写驰援部队的行动。"易水"在诗中既作为交战的地点，又暗示将士们具有荆轲刺秦王前高歌"风萧萧兮易水寒，壮士一去兮不复还"那样一种壮怀激烈的豪情。夜寒霜重，连战鼓也无法擂响，令人想见临战之景。面对重重困难，将士们毫不气馁。最后两句承此而下。"黄金台"在易水东南，战国时燕昭王置千金于台上，以延天下之士。"玉龙"指剑。诗人用"黄金台"的典故，写出了将士们报效明主的决心，这两句便是他们准备拚死一战的誓词。

这首诗是李贺诗中现实性较强的一首，在艺术上的主要特点是色彩浓艳，与一般描写悲壮惨烈的战斗场面的诗不同，显得奇诡瑰丽，而整首诗的基调又不失激昂悲壮，足见李贺诗的天才造诣。钱锺书先生称"长吉词诡调激，色浓藻密"（《谈艺录》），指的就是这一类诗。

（高　岳）

梦　天

老兔寒蟾泣天色，云楼半开壁斜白。

玉轮轧露湿团光，鸾珮相逢桂香陌。

黄尘清水三山下，更变千年如走马。

遥望齐州九点烟，一泓海水杯中泻。

　　这是一首游仙诗。游仙诗传统悠久，尤以晋代诗人郭璞所作最为著名。这类诗内容大要不离感慨人生短促，表现作者企图从时空上超脱现实世界，到幻想中的神仙境界企求长生的愿望。李贺此诗也是如此。清人方扶南云："此变郭景纯《游仙》之格，并变其题，其为游仙则同。"（《李长吉诗集批注》）诗人以记梦的方式，描绘出一个空幻迷离、神异美丽的天国，寄寓了诗人对人事沧桑的深沉感慨，是李贺同类诗中的代表作。

　　诗共八句，可分两个部分。前四句写梦中上天，来到月宫的情景。首句"老兔寒蟾"指月亮。传说月宫里住着玉兔和蟾蜍；"泣天色"指下雨。此句意谓幽冷的月夜，空中飘着雨，仿佛是月中玉兔寒蟾在哭泣。李贺诗好用"老""寒""泣"等字眼，此处又是一例。次句写雨住云开，幻成一座高耸的楼阁；月亮光穿过云层，射在云块上，显出白色的轮廓，有如斜射在屋墙上一样。第三句写雨后水气未散，如露一般充满在空中，玉轮似的月亮在水气上面碾过，被打湿了团团光环。以上三句写诗人梦里漫游天空所见的景色，第四句则写己进入月宫，在桂花飘香的小路上，遇见了一群仙女。"鸾珮"是雕着鸾凤的玉珮，这里代指仙女。

诗的后四句想象自己在空中俯视人间的所见所感。"黄尘清水"两句即沧海桑田之意。"三山"本指传说中的蓬莱、方丈、瀛洲三座神山，此指东海。这两句用《神仙传》所述仙人麻姑三见东海变为桑田的故事，说明从仙界看人间的沧海桑田变化很快，正如俗谚所谓："仙界方七日，世上已千年。"紧接着两句，则与其表现超时间的幻想不同，着重表现从空间方面超越现实世界。"齐州"指代中国，上古曾分中国为青齐等九州。诗人从空中俯视人间，感觉九州大地有如九点烟尘，而东海之小如同一杯打翻了的水。这两句诗极尽想象、夸张和比喻之能事，气魄宏大，确为空前之笔。

这首诗通过对天上仙境的美丽景色和安乐生活的描写，与人间生活对比，表现出诗人对人生短促和社会渺小的深切感受和悲哀。这也正是李贺诗的一大主题，"其于光阴之速，年命之短，世变无涯，人生有尽，每感怆低徊，长言永叹。"（钱锺书《谈艺录》）在表现这一主题时，李贺并不单纯地叹息光景无常，也不一味宣扬及时行乐，而是在苦心思索人生的奥秘，体现出耐人寻思的隽永的哲理。钱锺书先生指出："他人或以吊古兴怀，遂尔及时行乐，长吉独纯从天运着眼，亦其出世法，远人情之一端也"（同上），确是独具慧眼。《梦天》这首诗正是将人生与天道变化有意识地联系起来加以描写，从而表现出宇宙变化无穷和人生年命有限的这一矛盾的佳作。　　　　（高　岳）

马　诗

（二十三首选一）

此马非凡马，房星本是星。

向前敲瘦骨，犹自带铜声。

李贺的这组诗，通过咏马、赞马或慨叹马的命运，来表现志士的奇材异质、远大抱负及怀才不遇的感慨与愤恨，如王琦所说："《马诗》二十三首，俱是借题抒意，或美，或讥，或悲，或惜，大抵于当时所闻见之中各有所比。言马也，而意初不在马矣。"（《李长吉歌诗汇解》）

这是组诗的第四首，写一匹瘦马之不同凡响。首句直陈"此马非凡马"，语虽平直，意却斩截。次句重申此意而更深长。"房星"指马，《瑞应图》云："马为房星之精。"《晋书·天文志》云："房四星，亦曰天驷，为天马，主车驾。房星明，则王者明。"可见古人把"房星"与"王者"联系起来，说明马的处境与王者的明暗、国家的治乱息息相关。三、四句写马的形态和素质。"瘦骨"写形，既表现了此马所处的恶劣环境，又表现了它的非同一般。杜甫《房兵曹胡马》云："胡马大宛名，锋棱瘦骨成"，也以"瘦"来表现马的神清骨峻。"铜声"既暗用典故，又指马骨坚劲有如铜铁。汉代有铜马，也称天马，张衡《东京赋》"天马半汉"，《文选》注云：

"天马，铜马也。"这两句写马的素质虽好却遭遇不佳，显然以马自比，寄托了自己怀才不遇的深沉感慨。

向往建功立业、自叹怀才不遇是李贺诗中常见的主题，也是这组诗中反复咏叹的主题。如第一首："龙背贴连钱，银蹄白踏烟。无人织锦韂，谁为铸金鞭?"第五首："大漠沙如雪，燕山月似钩。何当金络脑，快走踏清秋。"也是用比兴手法，表达同样的主题。诗人通过写马，创造出物我两契的深远意境，丰富了诗的表现力。

（高　岳）

南　园

（十三首选一）

寻章摘句老雕虫，晓月当帘挂玉弓。

不见年年辽海上，文章何处哭秋风？

　　《南园十三首》组诗是李贺元和八年（813）辞官回乡居住昌谷家园时所作。除一首为五律外，余皆七绝。这组诗多咏园内外景物，或慨叹春暮花落，或寄情乡村生活，或表现家国之痛和身世之悲，为了解、研究李贺居乡期间的思想和生活提供了第一手资料。

　　这是组诗的第六首，慨叹自己读书无用、怀才见弃。前两句描述艰苦的书斋生活。"雕虫"语出扬雄《法言》："童子雕虫篆刻，壮夫不为也。"以雕虫小技表示轻视辞章。"玉弓"谓下弦后的一弯残月，望去像是当帘挂着的玉弓。这两句是说，自己的青春年华逐年消磨在这寻章摘句的雕虫小技上；平日书斋苦读，终夜不废。李贺向以文才自负，倾全力于诗歌创作，曾谓"笔补造化天无功"，此处以"雕虫"自贬，显然是愤激之词。一个"老"字，更包含着无限的辛酸。后两句承上而来。"辽海"指东北边境，即唐河北道属地。时藩镇割据，战乱不已。故朝廷重用武士，轻视儒生，以致斯文沦落，读书无用。诗人作为一介文士，自然只能怀才见弃。"哭秋风"不是一般的悲秋，而是如屈原"悲回风之摇蕙兮，心冤结而内伤"(《九章·悲回风》,"回风"即秋风)之意,感伤时事、哀叹穷途方是诗人"哭秋风"的底因。

这首诗立意含蓄深沉,表现的是李贺诗中常见的主题。组诗的第七首:"长卿牢落悲空舍,曼卿诙谐取自容。见买若耶溪水剑,明朝归去事猿公。"用汉代司马相如(长卿)、东方朔(曼卿)的遭遇,感叹书生无用;表示要从猿公学剑,弃文习武。诗人以文为业,欲以此见用于世。而此言弃文习武,实是违心之言,反映了诗人理想幻灭时痛苦而绝望的反常心理。反复咏叹,更见其愤激之情怀。

(高 岳)

昌谷北园新笋

（四首选一）

斫取青光写楚辞，腻香春粉黑离离。

无情有恨何人见？露压烟啼千万枝。

这组诗同《南园十三首》一样，也是李贺在昌谷家中所作。"北园"与南园同为诗人的家园，那儿"竹香满凄寂，粉节涂生翠"（《昌谷诗》）。李贺因此写了不少咏竹的诗句，这首七绝就是其中的代表作。

诗的前二句描述自己在竹青题诗的情景。"青光"指代新竹之青皮，"楚辞"代指自己创作的歌诗。李贺对《楚辞》十分推崇，多次在诗中吟咏，如"《楚辞》系肘后"（《赠陈商》）、"咽咽学楚吟"（《伤心行》）、"坐泛楚奏吟《招魂》"（《南园》）等。这是因为诗人由自身的生活感受联想到屈原的遭遇，同时李贺的气质也是同《楚辞》的浪漫精神一脉相承的。"腻香春粉"咏新竹之美，借描写新竹浓烈的芳香和竹节上布满的白色粉末，表现生意盎然的情景；"黑离离"言所写字迹之形，指题诗处青皮剥落，墨迹淋漓。后两句由眼前景想到心中事，移情于物，抒发怀才不遇、寂寞痛苦的心情。李贺向往的是"更容一夜抽千尺，别却池园数寸泥"（《昌谷北园新笋四首》其一）的境界，然而这种强烈的感情却无人知道，有谁会来看这"斫取青光"写就的楚辞呢？只有那千万枝翠枝，压着沉重的似泪珠的积露，依旧笼罩在烟雾缭绕之中。

作为一首咏物诗，本诗处处写竹，处处又表现出自己的精神面貌，写竹即写人。李贺咏物诗善用比兴，本诗即是成功的一例。

（高　岳）

李德裕

李德裕（787—849），字文饶，赵郡（今河北赵县）人。宪宗朝以荫入仕，数任外州刺史，文宗朝曾拜相，旋为牛党排挤，罢相外贬。武宗朝复入相，加太尉，封卫国公。执政六年，政绩颇著。宣宗即位，罢相，未几贬潮州（今属广东）司马，再贬崖州（今海南琼山）司户参军。卒于贬所。有《会昌一品集》。

（傅璇琮）

谪岭南道中作

岭水争分路转迷，桃榔椰叶暗蛮溪。

愁冲毒雾逢蛇草，畏落沙虫避燕泥。

五月畬田收火米，三更津吏报潮鸡。

不堪肠断思乡处，红槿花中越鸟啼。

　　这首旅行诗，是李德裕于宣宗大中二年（848）贬潮州途中过五岭时所作。李德裕本是奇杰磊落的政治家，但一生遭逢牛党争权排挤，两次拜相，虽时间长短不一，却都不免以贬斥告终，可谓历尽仕途升沉荣辱。此次贬谪，已是晚年，漫漫旅途，正是诗人细思宦海风波和一生经历的好机会。此诗特色，就在于以感性新奇的旅途景象，来表现对仕途险恶的忧思，以及旷达而又深沉的情怀。

　　这是一首七律。首联写过岭时所见山水奇景：峰峦陡峭，溪水湍急，山路盘旋；山中生长着桄榔树和椰树，繁茂葱郁，遮天蔽日。"争""迷""暗"三字是诗眼。既写出了诗人初见岭南山水的第一感受，又隐隐联系着仕途的纷争迷暗。颔联写过岭后旅途的险恶：处处都有致人死命的毒雾、蛇草、沙虫，步步都要提心吊胆。"愁""畏""避"三字也是诗眼，既写出了旅行过程的真实心态，又暗暗喻指着对仕途险恶、政敌迫害的忧虑。颈联宕开一笔，描写岭南风物：五月间已在收获稻米，三更时津吏和鸡一起报潮。此联笔调从前二联的凝重转为流畅，景物画面也从奇峭险恶转为新鲜有趣，显示了这位曾为一时重臣的诗人见到异乡物产风俗时耳目一新、胸怀顿开的心理变化。尾联收回结穴，抒发家国之思：红槿花丛中传来声声鸟啼，使诗人想起"越鸟巢南枝"的古语，鸟尚不忘本土，人何以堪离乡去国？贬谪旅行诗中的思乡，历来就和思国不可分离；这里写思念家园的愁情，同样蕴含着去国远谪的悲愤，以及重返庙堂的渴望。

此诗抒写贬谪途中情思，心潮腾涌，思虑万千，却不露声色，全以景物画面出之，显示了高度的艺术技巧，是晚唐的抒情名篇。《会昌一品集》中存诗一百四十余首，贬岭南前所作大多平平。此次南贬，宣告了李德裕政治生命的终结，却助成了他的诗兴，使他在诗歌史上留下了几首情景浑融的杰作，从而占有了一席之地。

（傅璇琮　贾晋华）

登崖州城作

独上高楼望帝京，鸟飞犹是半年程。

青山似欲留人住，百匝千遭绕郡城。

　　李德裕于宣宗大中二年（848）九月自潮州司马再贬崖州司户参军，翌年正月抵崖州，十二月卒于贬所。此诗即作于居崖州不满一年的时间里，可谓绝笔之诗。

　　起句先下一个"独"字，写出天涯迁客的无限孤独悲酸。"望帝京"三字直抒眷怀京国、希企重返政治舞台的情思。次句"鸟飞犹是半年程"，以即目所见之高楼飞鸟作新颖设想，不但夸张而形象地写出路程遥远，而且还以鸟的自由飞翔暗示人的受束缚拘管，说明"望帝京"之希望实际上无法实现。所以后二句接云："青山似欲留人住，百匝千遭绕郡城。"崖州城周遭群山起伏，环绕重叠，这是高楼上即目所见实景，但同时也象征着诗人当时的处境。李德裕至崖州后，生活极其艰窘，"资储荡尽，家事一空，百口嗷然，往往绝食"（《容斋续笔》引《李卫公帖》）。丰富的政治经验使他意识到自己已经落入重重罗网，必将埋骨青山，再难生还，后二句诗正是这一沉痛预感的形象体现。这里不说埋骨青山，却说"青山留人"，不但构思新巧，而且见出诗人的落落胸襟。

　　这首七绝本是深悲极恸的绝命诗，却写得平静舒缓，境界开阔，显示了这位经历过曲折斗争的政治家胸次恢宏、临难不乱的气度。李德裕曾说："文章当如千兵万马，风恬雨霁，寂无人声。"（《齐东野语》引）此诗适足以当之。

（贾晋华　傅璇琮）

韩 琮

韩琮，字成封。长庆四年（824）进士，宣宗朝仕至湖南观察使。《全唐诗》存其诗一卷。　　　　　　　　　　　　　　　　　　　　　（贾晋华）

暮春浐水送别

绿暗红稀出凤城，暮云楼阁古今情。

行人莫听宫前水，流尽年光是此声。

　　这是一首七绝。首句点暮春，此时绿树繁枝，故曰"暗"，红花飞谢，故曰"稀"。但二字又另有寓意，从后二句看，所送友人当系失意出京，故开头写景，先以暗淡色彩渲染感伤之情。凤城，即指京城长安。次句点送别，黄昏时分在高阁上依依饯别。夕阳西下之时，登高望远之际，历来最容易触发和加深离愁别绪，故曰"古今情"。

　　三、四两句点浐水。浐水源出陕西蓝田西南秦岭，西北流至长安，支分为龙首渠注京城，流经大明宫前下马桥下，故称"宫前水"。以水流比拟时间流逝，本是传统写法，不足为奇。但诗人在流水前面加上"宫前"二字，这就在传统意象上翻空出奇，寄托了新的含义：友人为了追求功名，流寓京城，时常可见此宫前流水，而今年光流尽，岁月蹉跎，失意而归，却又偏偏听到这眼前流向宫前的水声，伤感之情更加难堪；诗人也因友人的离别而黯然消魂，不知应该如何安慰他，于是就含蓄地劝他"莫听"宫前水声——莫在此处空耗年华，还是到京城之外去另寻天地。由于"流尽年光"是唐代无数举子在长安的共同遭遇，这两句诗不但寓意新颖，而且具有普遍意义。

（贾晋华　傅璇琮）

朱庆馀

朱庆馀（生卒年不详），字可久，越州（今浙江绍兴）人。宝历二年（826）进士，官秘书省校书郎。诗宗张籍，辞意清新，描写细致，有《朱庆馀诗集》。《全唐诗》录其诗二卷。 　　　　　　　　　　　　　　　　　　（周慧珍）

和刘补阙秋园寓兴之什

（十首选一）

逍遥人事外，杖屦入杉萝。

草色寒犹在，虫声晚渐多。

静逢山鸟下，幽称野僧过。

几许新开菊，闲从落叶和。

　　刘补阙原唱不详。自"杖屦"二字看，这首和韵诗似写于诗人晚年。诗以不事渲染的淡笔，描绘了清幽怡人的园林秋景，表现了诗人逍遥悠闲的兴致。

　　首联写闲居逍遥，杖屦游园，沿杉萝之径而行，一"外"、一"入"，传写出了诗人尘虑尽消的情致。以下三联渐入佳境，颔联写景中补出游园季节。"草色"句言虽已寒秋，然草尚未枯尽，一眼望去，犹见其绿；"虫声"句谓向晚时分，耳听得吟蛩、寒蝉类小虫鸣声渐多。领联描写秋意秋景，无萧瑟衰飒之气象，一听一见，便有声有色，饶有生趣。虫声是极微弱的声响，犹为诗人听到，足见园之静谧。颈联承之而来，着意渲染其幽静。人游秋园，时逢山鸟飞下，正见园林静寂人稀。其幽寂之境况唯山野间飘然出世的僧人方才相宜。鸟下、僧过，一实一虚，幽邃中更见诗人悠然神思。尾联写诗人吟兴雅趣。秋季菊开，因谓"新开菊"；菊花开时，落叶纷纷，正衬出秋菊劲节。结句下一"和"字，更是余味无穷，有画笔所不能尽的美感。

此诗以淡墨素描写秋景，一景一物都染上了诗人恬淡绝俗的主观感情。唯因景中有人、味生象外，加以语言清切，正见张籍一派闲适诗的特点，与贾姚之刻练、元白之坦易判然有别。　　　（周慧珍）

宫　词

寂寂花时闭院门，美人相并立琼轩。

含情欲说宫中事，鹦鹉前头不敢言。

　　这首宫怨诗，字面上虽未着一"怨"字，但浓重的怨悱之情却隐然可会。诗人乃以环境烘托与细节传神的手法，层层摹写，巧妙而曲折地托出深深的哀怨，极尽含蓄吞吐之致。

　　开首两句以环境衬人。两个宫女并立在华美的长廊前，节令正当春风骀荡、百花吐艳，但院门深闭，一片沉寂。"闭"是诗眼。重门深深闭春色，正烘托出了犹如笼中鸟的青年宫女们内心所深藏的怨情。"寂寂"二字既写环境凄清，又暗示美人内心的落寞，两句未写怨而怨在其中。

　　末尾两句进一步撷取细节来透露心境之怨。双美相并，正可互诉衷曲、一吐怨情，然而她俩虽"含情欲说"，却终究因"鹦鹉前头"而"不敢言"。鸟儿尚且可随意啼叫，人反怕被多嘴鹦鹉学舌而不敢畅所欲言，则宫禁之森严尽在言外。两句人鸟相对，引而未发，怨思由此更深一层，启人深思，引人寻味。

　　晚唐宫词趋向写实而多用细节，精巧有过于盛唐而蕴藉不如，本诗可见一斑。

（周慧珍）

闺意献张水部

洞房昨夜停红烛，待晓堂前拜舅姑。

妆罢低声问夫婿：画眉深浅入时无？

　　诗一题《近试上张籍水部》。《全唐诗话》卷三："庆馀遇水部郎中张籍知音。索庆馀新旧篇择留二十六章，置之怀袖而推赞之。时人以籍重名，皆缮录讽咏，遂登科。庆馀作《闺意》一篇以献……籍酬之曰：'越女新妆出镜心，自知明艳更沉吟。齐纨未足时人贵，一曲菱歌敌万金。'由是朱之诗名流于海内矣。"唐时士子试前每向名人行卷，以冀赏识揄扬，获得推荐。朱庆馀于宝历二年（826）登进士第，故诗当作于此前。

　　诗意实为临试前诗人征求张籍意见：自己作品是否合式，能否令主考满意；而形式却纯用比体，托意于新嫁娘拜见公婆前一个有趣的片断。诗中新妇为自比，夫婿比张，公婆比主考。首二句写洞房花烛夜后新妇施妆。停为唐人口语，意谓点燃。而夜尽晓来，新妇却不能不费一番心思，着意打扮。原来古礼婚后次日清晨，新妇要拜见公婆。此为大事，不容疏忽，所以新娘绝早起床，在红烛余光中精心梳妆，以待天明。三、四两句写问婿，是题旨所在。一切就绪，却不知妆饰是否合时样，能否讨得公婆的喜欢，因此低声询问夫婿。诗至此，其言外之意已不言自明。

　　诗的佳处是在入微的刻画中传达出人物内心曲折微妙的情态。"低声问"三字既有妩媚的自赏自怜，更有在新婚夫主前的忸怩羞涩，读来如闻似见。作为"闺意"，诗写得婉曲细腻，富有情趣；作为行卷，诗文显得构思新奇巧妙，别开生面。　　　　（周慧珍）

雍　陶

雍陶（805—?），字国钧，成都人。大和八年（834）进士，官国子博士，历简州刺史。他自负甚高，与贾岛、徐凝等人唱和，而风格清婉，较二人疏朗。《全唐诗》录其诗一卷。

（周慧珍）

西归出斜谷

行过险栈出褒斜，出尽平川似到家。

万里客愁今日散，马前初见米囊花。

　　雍陶是成都人，诗题中的"西归"即谓还蜀。斜（yé）谷，陕西终南山的谷名，南口叫褒，北口叫斜，是秦蜀交通要道。诗为归成都而作。雍陶一生数次往返于秦、蜀，具体作时，难于确定。唯末句"米囊花"，即罂粟花，为夏时开放，可知节令。

　　诗写诗人远客他乡而一旦回归的欣喜之情。发端已见喜气。险栈，指褒斜谷中的栈道。《史记·货殖列传》："栈道千里……褒斜绾毂其口。"可知途路艰险。如今终于出谷越险，至此一马平川之地，心情之欣快，自不待言。"似到家"三字最见诗人思乡盼归之心曲。第三句"万里客愁"倒插逆承首句，补出此前宦游久客的惆怅情绪；"今日散"顺接"似到家"，伸足到家欢情。七字针线细密而激情动荡。如此转折，收而复放，径庭大开，最难关合。诗人却妙笔出奇，于到乡万千景物中，拈出马前初见蜀中特有的米囊花，遂将奔涌激情敛于一点，以少总多，以沉静显动荡，浓郁乡恋、万般感触均在其间。

（周慧珍）

题 君 山

风波不动影沉沉，翠色全微碧色深。

应是水仙梳洗处，一螺青黛镜中心。

诗题一作《洞庭诗》。君山，又称湘山、洞庭山，在洞庭湖中。诗为雍陶初出蜀游湘所作。

诗的妙处在于对所题君山未作正面描绘，而由倒影措笔，并融入神话传说，因使之空灵缥缈，风韵绝胜。

起笔即写倒影。"风波不动"谓八百里洞庭烟波浩渺、风平浪静。"不动"伏脉末句之"镜"。"影"即是倒映在湖水中的君山之影。"沉沉"状写山影之凝重，次句写山影水色两相映衬，山色淡翠，水色深碧，加以影在湖中，愈见得山影稀微而水色浓重，浓淡相映，恍惚迷离，引人遐思。

由此酝酿出三、四句的奇想。水仙，即湘妃。相传帝尧之女、帝舜之妃娥皇、女英死后化为湘水女神，遨游于洞庭之渊、君山之上。诗人既凝神于山湖影沉色微、缥缈如幻的景色，其"水仙梳洗"之遐想便油然而生。"应是"二字化疑似为确凿，而落到末句之奇观。"一螺青黛"乃"一青螺黛"之倒文。螺黛即螺子黛，女子用以画眉，产波斯国。此以镜比湖，以螺黛比山，美丽的湖光山态与离奇的神话传说相融为一，以"一螺"前置，更传达出君山之神楚楚亭亭的风神，遂使常景成了奇景。刘禹锡《望洞庭》："遥望洞庭山水翠，白银盘里一青螺。"用意略同，而想象之新奇似觉稍逊一筹。宋黄庭坚《雨中登岳阳楼望君山》："满川风雨独凭栏，绾结湘娥十二鬟。"则受雍诗启发的痕迹显然。由此可见此诗所独具的美感。似此设想曲屈、韵致轻灵，仍是晚唐七绝的本色。

（周慧珍）

项 斯

项斯（生卒年不详），字子迁，江东人。会昌四年（844）进士。据《唐诗纪事》云，其"始未为闻人，因以卷谒杨敬之，杨苦爱之，赠诗云：'几度见诗诗尽好，及观标格过于诗。平生不解藏人善，到处逢人说项斯。'未几，诗达长安，明年擢上第"。后即以"说项"谓替人说好话。官终丹徒尉，诗风清省有含，《全唐诗》存诗一卷。

（曹明纲）

寄石桥僧

逢师入山日，道在石桥边。
别后何人见，秋来几处禅。
溪中云隔寺，夜半雪添泉。
生有天台约，知无却出缘。

　　唐代诗人多喜与禅师僧人交往，其原因不仅在于这些人中不乏才艺出众、情志脱俗者，同时也在于他们远离尘嚣、饮泉煮石的生活带有闲逸洒脱的情致，多少掺杂着几分难以捉摸的神奇色彩。因此他们的形象和生活往往启发了诗人的灵感，成了诗人笔下的描写对象。项斯这首五律，即是大量同类诗中的一首。

　　首联回忆当时禅师入天台山那天，诗人是在石桥边的小道上遇见他的。"师"指禅师，古代对僧人的尊称。诗一开头，便点出题中的"石桥"和"僧"字，并以"逢"字夹带题中"寄"字。天台山在浙江东部，为我国佛教的发祥地。孙绰《游天台山赋》云："天台山者，盖山岳之神秀也。涉海则有方丈蓬莱，登陆则有四明天台。皆玄圣之所游，灵仙之所窟宅。"石桥是天台山的一个名胜，为入山向幽的必经之地。《启蒙记》注："天台山去天不远……前有石桥，路径不盈尺，长数十丈，下临绝涧，惟忘其身，然后能济。"禅师入山过桥，显然已忘其身，故次联即承此意而下，写自那次面遇后，即再也没有人见到过他，这就在寓示其脱俗出世的同时，引出了下文诗人的关注和拟想。这两句以别后无人见补足题中"寄"字之意：因曾相逢，久别不见，故思念之余，以诗寄言。"秋来"说明季节转换，暗示别已多时。"禅"系佛教用语，本指佛教或与佛教有关的事物；此用作动词，意犹"行佛事"。

　　三联入景，是诗人对禅师生活环境的想象。从表面来看，二句无非是说映在溪中的山寺为云所隔，夜半的大雪使泉水上涨；但细细体会，便能感到这两种意境给人的印象，正是佛教所追求的"清静"两字。因溪清，才见"云隔寺"；因夜静，泉水在不觉间为雪所添。其中溪指始丰溪，流经浙江东部的灵江支流；寺即天台山中的国清寺。正由于身处如此清静之境，诗人才在末联中推断：禅师似乎生来就与天台有约，从此再没有出山的机缘了，再次点醒"寄"的因由。

　　此诗语言浅近，不事雕琢，风格疏淡有味。其中第三联以景蕴意，尤耐咀嚼。虽明写禅师入山不出，却暗寓自身向往羡慕之意，当年杨敬之谓其"诗尽好"，以此观之，实非虚誉。　　　　　（曹明纲）

温庭筠

温庭筠（？—866），原名岐，字飞卿，太原祁（今属山西）人。早年曾为庄恪太子宾僚，开成大中间应进士举，因放荡不羁、恃才傲物而见摈。后曾官隋县及方城尉，终国子助教，世称温助教。又因作八韵律赋，八叉手而成，时人服其敏捷，呼为"温八叉"。

温庭筠工诗及词，词开花间一派，诗则与李商隐齐名而称"温李"。各体并擅，乐府歌行多承李白以至李贺，或清丽可讽，或奇诡浓艳，然均以新警胜。五七及排律长篇得骆宾王、杜甫、韩愈余绪，往往于组织绮错、排比故实中见哀愤情思。律绝最胜，工刻精美而气韵跌宕流走，尤善倒置警策，带动全篇。实以杜律为骨格，融合中晚诸家之长，自成一格，与李商隐相近而较猖急，颇逗唐季体调。有浓艳堆垛过甚，以至滞涩难解之弊。《有温飞卿诗集》。　　（赵昌平）

达摩支曲

捣麝成尘香不灭，拗莲作寸丝难绝。

红泪文姬洛水春，白头苏武天山雪。

君不见无愁高纬花漫漫，漳浦宴余清露寒。

一旦臣僚共囚虏，欲吹羌管先汍澜。

旧臣头鬓霜华早，可惜雄心醉中老。

万古春归梦不归，邺城风雨连天草。

北齐后主高纬有"无愁天子"之称，曾作《无愁之曲》自弹琵琶而歌，和者百余人，然而欢歌引来败亡，无愁翻作长愁，终于父子君臣，归为北周臣虏，后又以"谋反"罪一齐被诛，本诗即咏此事。《达摩支》是乐府曲名，又名《泛兰丛》，为健舞舞曲，《乐府诗集》收入"近代曲辞"，亦唐人新体乐府之属。

"君不见"以下六句正咏上述本事，此前四句以"香"谐"相"，以"丝"谐"思"，以汉代沦落匈奴的蔡文姬之红粉泪，天山牧羊的苏武之发似雪，渲染一种似乎亘古不变的哀怨之情。后此末二句以高纬君臣游魂不归，齐都邺城风雨衰草的想象作结。万古春梦醒明诗旨，呼应首四句，既是说北齐君臣的无愁梦空，亡国长恨，也与"文姬""苏武"之典若即若离，隐隐见出，这怅恨似乎是人类永久的悲剧。

唐人风力与齐梁艳体、雅体与俗体的浑然无间的结合，是本诗显著的特点。诗的主旨与后半篇的笔法与张说《邺都引》颇接近，然而前四句的起兴渲染，显用齐梁艳体笔法——基本源于吴歌西曲。"君不见"二句从意境上为上下过渡，使得艳体的运用不仅不显得突兀，反而更有效地烘衬出高纬这位风流天子荒淫误国的特点，从而使全诗具有一种特殊的刚柔相济、在温馨中引出沉思的风致。

疏中见密是本诗的又一特点，起之麝香、莲丝，与结之梦思、衰草，通过中片之"花漫漫""清露寒"连成一线，为全诗主脉。"文姬红泪"与"羌管汝澜""苏武白头"与"旧臣霜华"，又均有意无意地形成前后对称。因而全诗三大段之出古入今，虽然跳跃很大，但因这种意象上的对称性而显得似断若续，疏中见密。

唐人七言古诗至韩愈大放厥词，极尽纵横变化之能事，李贺继起参以齐梁艳辞和疏密相间之法，温诗所呈现的正是这种倾向的嫡传。

（赵昌平）

处士卢岵山居

西溪问樵客，遥识主人家。

古树老连石，急泉清露沙。

千峰随雨暗，一径入云斜。

日暮鸟飞散，满山荞麦花。

本诗以问讯樵夫、指点遥望领起，用三组景语描绘了卢岵山居的出奇清幽，其明暗、层次深得画理而富有意蕴。

"古树"二句是近景，可以作二种景物看，但如想象作一组景致似更有味。古树临水傍涯，老根盘错，深入到溪崖之中，山泉清激，冲刷去败叶浮土，唯有沙砾护拥在树石之间。"千峰"二句是远景，诗人似乎是向山泉来处远望，所见千峰连雨，空濛蒸腾，而山路一径向纵深伸展上去，斜插向云际雾里。须臾雨霁日暮，又化为另一幅大景：山鸟飞散，黄昏暝色中，漫山遍野的荞麦花，分外洁白耀眼。

第一组近景中，在古拙清奇中，带有时间的久远感；第二组远景，在苍黝溟濛中，又伴随着空间的纵深感。两联的上、下句，又具有动静相生的变化感。它使人们感到，深山大谷似乎亿万斯年来就是如此存在着，它既是静寂的，又是生动的；而最后一幅景致中的意蕴也因此隐隐显出，暝色中的白花，似乎展示了诗人心灵对宇宙之谜的悟彻。禅家说心地发明，万象皆真，在这悟彻中有着一种活泼向上的精神。

温庭筠的诗词往往纯用景语，在片断景象似断若续的连缀中，表示出一种情感或意念的潜流；因此有虽不写人，景语中却自见人的情趣。由本诗，我们似乎能感到卢岵处士应是一位清奇古雅、超逸脱俗，然而又热爱生活的老者，他定是能在最普通的生活中，领略到常人所不能领略的雅趣，至于他的像貌经历，尽可由读者去发挥想象。

（赵昌平）

商山早行

晨起动征铎，客行悲故乡。

鸡声茅店月，人迹板桥霜。

槲叶落山路，枳花明驿墙。

因思杜陵梦，凫雁满回塘。

本诗系诗人离长安经商县（今属陕西）东南商山时作，具体时间难以确定。诗之佳处有二：

首先是寓意深曲。首联点题"早行"，并以"悲"字为全诗领脉，颔颈二联申足早行情景，悲字隐贯其中。尾联言回想长安客居情景，照应首联，含义甚深。按庭筠太原祁人，首联明言"悲故乡"，尾联却言思忆寓居长安近郊的杜陵景色，看似不续，实隐含京师求仕无成，则虽思故乡，而更羞回故乡之意。有人说"凫雁满回塘，言小人充斥朝廷"，失之穿凿。回塘雁满，低翔盘旋，正是诗人不胜怅惘、不堪回首的反应。其机杼与刘皂《旅次朔方》"客舍并州已十霜，归心日夜忆咸阳。无端又渡桑乾水，却望并州是故乡"略同，而寄意更为深曲。

写早行景色极妙，不言行，而行迹尽在其中；不言悲，而悲思溢满幅篇。茅店即旅舍，鸡唱月残，一店孤兀，板桥霜冷，行迹蜿蜓。谓声,谓迹;谓月,谓霜:这情景有一种哀婉的朦胧美,而朦胧中又有一种清晰的彻骨凄冷,由暂居的店,而村口的桥,再进而是颈联前句所状出村后的山路,前程是焦黄的槲叶满径,似有不知此行何之之慨,于是不由回望村店,已渐远渐杳,唯见春生的白枳花在影影幢幢的驿墙映衬下显得分外明亮,似乎在提醒诗人已经远去了,从而自然将思绪引向此行始发之地长安。这四句写景,在静中见出远行,于迷茫中透出诗人当时钻心的痛楚。因此梅尧臣说此诗"状难写之景,如在目前,含不尽之意,见于言外"(欧阳修《六一诗话》引)。

按韩愈《李花赠张十一》"白化倒烛天夜明",执本诗"枳花明驿墙"先鞭,而嗣后郑谷《洛南村舍》"月黑见梨花",又得温句余绪。顾况《过山农家》"小桥人渡泉声,茅檐日午鸡鸣",似为本诗"鸡声茅店月,人迹板桥霜"所本,而元人马致远《天净沙》"枯藤老树昏鸦,小桥流水人家",又得温诗流风。以上均能即景变化,各极其妙。欧阳修深赏"鸡声"二句,拟作云"鸟声茅店雨,野色板桥春",却自觉在温诗范围之中,可见借鉴前人,最上在意,其次在格,最下在句。

(赵昌平)

过陈琳墓

曾于青史见遗文，今日飘零过此坟。

词客有灵应识我，霸才无主始怜君。

石麟埋没藏春草，铜雀荒凉对暮云。

莫怪临风倍惆怅，欲将书剑学从军。

　　向有所谓"隔代知音"之说，其实知音而能隔代，无非是"借古人之酒杯，浇胸中之块垒"而已。唯借得贴切、浇得淋漓，实不可多得。晚唐此类诗尤多，而真能称得上"隔代知音"者，似当首推温庭筠。

　　陈琳是"建安七子"之一，曾为袁绍幕僚，不得志，后归曹操，为司空军谋祭酒，典祀室，军国文书多出其手。墓在今江苏邳县。温庭筠久举不第，以一代才士流落江南，过陈琳墓，遂有此作。

　　首联古今、彼我双起，并以"青史遗文"与"文章飘零"对起，立一篇纲领。颔联"词客有灵应识我，霸才无主始怜君"是一篇警策，主要由今日我之悲愤而言。词客指陈琳，而影借自身。"霸才"化用《文心雕龙·事类》"主佐合德，文采必霸"之典，自指，也兼及陈琳。二句意谓同是文士，古人若真有灵，应须知我，均是霸才，而今我零落不偶，更羡古人遭遇明主之幸运。"应"字极傲兀，"始"字极沉痛，最见自负狂才，穷途末路之感慨。后辛弃疾词"不恨古人我不见，恨古人不见我狂耳"（《贺新郎》），正由此化出，均为故作轻狂的深痛极哀之语。由"怜君"引出颈联，主要由古人之湮没而言，谓陈琳英才一世，而今亦久归荒草，而其所佐之英主曹操煊赫一时，亦已铜雀台荒，暮云空垂。从而结出尾联，谓临风怀古，心情本已惆怅，而想到自己客游落拓，不得不书剑从军，步古人之覆辙，却已不复古人之时世、际遇，又怎能不"倍"见惆怅呢？依然今古、彼我双收，回应首联。

　　《玉泉子》云："温庭筠有词赋盛名，初从乡里举，客游江淮间，杨子留后姚勖厚遗之。庭筠年少，其所得钱帛，多为狎邪所费，勖大怒，笞且逐之。"按本诗当为浪游江淮失意时所作。以"词客"、"霸才"二句为骨，运掉全篇，吊古之情与自伤之意两相浃洽，悲愤郁勃。因其以放荡出之，故能浑灏流转，盘礴而下，化去笔墨蹊径，不落俗套。其诗格脱胎于杜甫《咏怀古迹五首》之五（咏宋玉），而自有蕴藉与放荡之别，此固为狂生性气使然，亦贞元、元和后时代风气使然，颇开唐季罗隐之先声。

（赵昌平）

经五丈原

铁马云雕共绝尘，柳营高压汉宫春。

天清杀气屯关右，夜半妖星照渭滨。

下国卧龙空寤主，中原得鹿不由人。

象床宝帐无言语，从此谯周是老臣。

六出祁山，是诸葛亮力图兴复汉业、定鼎中原的最后一次努力，然而进至五丈原（今陕西岐山南斜谷口）为魏师阻遏，相持百余日，某夜大星西降"赤而角芒"，一代天才的统帅殒没在渭水之滨。对于这一段史事，诗人墨客有过种种评述。杜甫既对其"出师未捷身先死"（《蜀相》）满怀同情，又对他"遗恨失吞吴"（《八阵图》），未能彻底贯彻联吴抗魏，不胜遗恨。温庭筠这首咏史诗又如何看待这一问题的呢？由于此诗本身跳跃性大，意象组合也较深曲，人们的理解也不免纷歧，一般以为此诗与"出师未捷身先死"意近，细玩之却不尽然。这就要对诗歌的脉络作一些细致的推敲了。

二、三联接榫处是全诗的关锁，"夜半妖星照渭滨"接上出师之声威，转谓未捷身先死，是孔明一生的结局。"下国卧龙空寤主"，下国指南阳隆中，是"卧龙"腾起之地，所以空寤主并非如通常注本所说，是指那位捧不起的刘阿斗，而是由上一句之殒没，反溯追忆卧龙出山之时，对刘备擘划天下形势，确立三国鼎立之战略。一个"空"字，既承上"星落"，有同情叹喟之意；更与下句"中原得鹿不由人"相对峙，谓鹿死谁手，本有气数与国力之定势所决定，而不以一人的能力意志为转移。于是前后各句意蕴不难自见。

前三句虽然是写孔明六出祁山之声威，但其实是欲抑先扬。蜀国铁骑西来，如云雕扑食，奔腾而下，严于治军、事必躬亲的诸葛亮，更如同当年细柳营的周亚夫，使当时已经势衰力疲的蜀汉，一度重新迸发出短暂的春光。然而高天清肃，杀气升腾，兵势被阻，被迫"屯"在关右五丈原。这里写声威、写"柳营"、写"汉宫春"，都是为以下"星落"一转、"空霭主"一跌，蓄满势头，而更使得"中原得鹿不由人"之史评深沉而有力。孔明在日，蜀汉之败已不可免；那么将星已逝，空余灵庙中之象床宝帐，而再不能言语划策，只有谯周这样软弱主降的平庸之才作为支撑残局的元老，蜀汉之一蹶不振，终归败亡，也就是意料中事了。

本诗由末战出师起，转入殒落，又回溯出山，发为史评，最后落到三国之争结局，大起大落，疏中见密，词气紧健而跌宕流畅，深得杜律布局法门。但其意象深曲，议论开辟，又见出晚唐诗特有的长处。若将此诗与杜甫《诸将》"韩公本意筑三城"一首对读，则可悟其间的传承与创新。

（赵昌平）

瑶 瑟 怨

冰簟银床梦不成，碧天如水夜云轻。

雁声远过潇湘去，十二楼中月自明。

　　诗题"瑶瑟怨"，然而诗中无一字及瑶瑟（即玉镶的瑟，一般二十五弦或十三弦），也没有哀、怨等字。诗人十分聪明，因为瑟音有声无形，本难用文字描摹，怨情也抽象，更何况是无形的瑟音所传达的怨情。因此他只是着意营造一种哀怨的氛围，一种朦胧的意境，从而把那位奏瑟女子的怨思，表现得分外空灵。

　　"雁声远过潇湘去"是点睛之笔，《楚辞·远游》有"使湘灵鼓瑟兮，令海若舞冯夷"之句，湘灵即湘水二女神，传说是尧女娥皇、女英闻其夫君大舜死于苍梧，泪尽赴水而化成。大历诗人钱起有一首传诵一时的《归雁》诗："潇湘何事等闲回，水碧沙明两岸苔。二十五弦弹夜月，不胜清怨却飞来。"又将归雁与湘灵鼓瑟故事糅合成一体，温庭筠此诗显然由此得到启发，却又创造出新的境地。"雁声远过潇湘去"，空际传神，将深闺洞房中哀怨的女主人公，与往古哀怨的鼓瑟神女联成一体，于是似可闻今古哀怨的清瑟声，回荡在如水碧天、似絮夜云之中，这怎能不使她独自伫立楼头，在秋月的照临下久久神伤呢？这女子是谁，诗人没有明言，但从用昆仑县圃有层城十二楼的典故中，我们有理由猜想，她或许是一位道姑。唐代道姑多应接文人墨客，温庭筠与著名的女道士诗人鱼玄机，就有相当深厚的友谊。这诗是否为鱼玄机而作，虽然没有确证，但从鱼玄机《寄飞卿》有云："……珍簟凉风著，瑶琴寄恨生。嵇君懒书札，底物慰秋情"来看，这种可能是很大的。

　　诗的意象最见温诗特色：冰一般凉冷的竹席，霜一般清莹的银床，梦一般的柔思，水一般的碧天，絮一般的夜云，写雁而用"声"，写过而曰"远"，写去处而云神幻一般的潇湘，写楼高而影带昆仑，这一切又笼罩在无声自明的秋月清辉中，和谐地融成一体，遂有一种哀丽而清澄的朦胧美。与前引钱起诗之清空凄远相比，自可见温李派诗向旖旎朦胧发展的倾向，这应与新兴的诗体文人曲子词的发展不无关系。

（赵昌平）

杜 牧

杜牧（803—852），字牧之，京兆万年（今陕西西安）人，宰相杜佑之孙。大和二年（828）进士及第。曾为江西观察使、宣歙观察使沈传师和淮南节度使牛僧孺的幕僚。后任黄州、池州、睦州、湖州刺史，以及监察御史、膳部、比部、司勋员外郎、史馆修撰等职，官至中书舍人。因有别于杜甫，人称"小杜"；祖居长安下杜樊乡，称杜樊川；从官职，称杜司勋、杜紫徽。杜牧是晚唐著名的诗人和散文家。好读书，善论兵，曾注《孙子》。诗歌的主要特征是俊爽、圆纯；明胡应麟《诗薮》外编卷四说"俊爽若牧之"；清刘熙载《艺概》卷二谓"杜樊川诗雄姿英发"；宋敖陶孙《诗评》喻之为"如铜丸走坂，骏马注坡"。长于绝句，咏史题材的作品亦有特色。有《樊川文集》。　　　　　（曹中孚）

感 怀 诗

高文会隋季，提剑徇天意。

扶持万代人，步骤三皇地。

圣云继之神，神仍用文治。

德泽酌生灵，沉酣薰骨髓。

旄头骑箕尾，风尘蓟门起。

胡兵杀汉兵，尸满咸阳市。

宣皇走豪杰，谈笑开中否。

蟠联两河间，烬萌终不弭。

号为精兵处，齐蔡燕赵魏。

合环千里疆，争为一家事。
逆子嫁虏孙，西邻聘东里。
急热同手足，唱和如宫徵。
法制自作为，礼文争僭拟。
压阶螭斗角，画屋龙交尾。
署纸日替名，分财赏称赐。
刳隍欿万寻，缭垣叠千雉。
誓将付孱孙，血绝然方已。
九庙仗神灵，四海为输委。
如何七十年，汗赩含羞耻？
韩彭不再生，英卫皆为鬼。
凶门爪牙辈，穰穰如儿戏。
累圣但日吁，阃外将谁寄？
屯田数十万，堤防常慴惴。
急征赴军须，厚赋资凶器。
因隳画一法，且逐随时利。
流品极蒙尨，网罗渐离弛。
夷狄日开张，黎元愈憔悴。
邈矣远太平，萧然尽烦费。
至于贞元末，风流恣绮靡。
艰极泰循来，元和圣天子。

元和圣天子，英明汤武上。
茅茨覆宫殿，封章绽帷帐。
伍旅拔雄儿，梦卜庸真相。
勃云走轰霆，河南一平荡。
继于长庆初，燕赵终舁襁。
携妻负子来，北阙争顿颡。
故老抚儿孙，尔生今有望。
茹鲠喉尚隘，负重力未壮。
坐帻无奇兵，吞舟漏疏网。
骨添蓟垣沙，血涨滹沱浪。
只云徒有征，安能问无状。
一日五诸侯，奔亡如鸟往。
取之难梯天，失之易反掌。
苍然太行路，翦翦还榛莽。
关西贱男子，誓肉虏杯羹。
请数系虏事，谁其为我听。
荡荡乾坤大，曈曈日月明。
叱起文武业，可以韬洪溟。
安得封域内，长有扈苗征。
七十里百里，彼亦何尝争。
往往念所至，得醉愁苏醒。

韬舌辱壮心，叫阍无助声。

聊书《感怀》韵，焚之遗贾生。

此诗为杜牧于大和元年（827）作。原诗题下有"时沧州用兵"五字。此指横海节度使李全略死后其子李同捷自领留后，不服朝廷调遣，踞沧州叛乱，朝廷命乌重胤等七道兵进讨。

诗共一〇六句，五百三十字，大致可分七段。第一段为开头八句，从高祖、太宗灭隋立国写起，作者以无限向往的语句称唐初君王顺应民意，实行文治，出现了天下承平、百姓安乐的太平景象。"德泽酽生灵，沉酣薰骨髓"是对当时社会的赞美。

自"旄头骑箕尾"至"烬萌终不弭"八句为第二段。这段叙安史之乱的全过程。"旄头"两句记祸乱发生的地域。"胡兵"两句状祸乱的惨烈。"宣皇"两句指肃宗的平乱。"蟠联"两句述由此带来的祸根。这里"胡兵杀汉兵，尸满咸阳市"，读来使人怵目惊心；但重点却在"蟠联两河间，烬萌终不弭"两句上。这是指祸乱平定以后，瓜分黄河以北的广大地区付授叛将，结果护养孽萌，成了祸根。

第三段从"号为精兵处"至"血绝然方已"十八句，紧承上意，集中揭露藩镇割据的祸害。"齐蔡燕赵魏"，代指河北诸镇；"号为精兵处"，指拥兵割据，"号"字寓有蔑视之意。"合环"六句痛斥藩镇之间的互相勾结。如"逆子嫁虏孙，西邻聘东里"，出语激烈，用词严厉，表现了诗人鲜明的爱憎。尤其是"法制"以下十句，更是不吝笔墨，历数他们法制自作、礼文僭拟，甚至把螭龙图像，饰于阶殿；文告只署日期，不称姓名；分财称"赐"，不用"赏"字；构筑超乎规定的高城叠垣；一旦藩镇首领去世，不论儿孙如何孱弱无能，非得袭职方罢，如此等等，俨然成了独立王国。

从"九庙仗神灵"至"元和圣天子"二十六句，为第四段，述安史之乱以后的国势和朝政。谓唐王朝尽管仗祖宗神灵护佑，四海效力输委，但这七十年，却是愧对祖先。这里"韩彭"，指汉代韩信和彭越，以喻良将；"英卫"指李靖、李勣，为唐初名将。诗人感叹良将相继逝世，财赋加重，军需扩大，纲纪隳败，吏治不振，夷狄日益嚣张，百姓愈见困顿。到了德宗晚年，更是风流绮靡，局势急转直下，几乎不可收拾。结以艰极泰来，引出下段元和平叛事。

第二个"元和圣天子"至"尔生今有望"十四句为第五段，竭力颂扬元和、长庆间的平叛胜利。元和间平定了西川刘辟、淮西吴元济和平卢李师道，使长期藩镇跋扈的局面暂告收敛。诗中"河南一平荡"，即指清除了淮西、平卢两个毒瘤。继而长庆初又有若干藩镇臣服朝廷，故出现了"携妻负子来，北阙争顿颡"；所以"故老抚儿孙，尔生今有望"，以为从此就可天下太平了。这里"伍旅拔雄儿，梦卜庸真相"指平西川时起用高崇文和平淮西时由宰相裴度挂帅，喻朝廷得人。特别是承上复沓"元和圣天子"，甚至说宪宗皇帝的英明超过商汤、武王，写得如此意气奋发、情绪激昂，表达了诗人渴望唐室中兴的强烈愿望。

　　"茹鲠喉尚隘"至"翦翦还榛莽"十四句为第六段，记敬宗宝历以来藩镇之祸复起。"茹鲠"，犹菜梗。这四句以菜梗尚会把喉咙阻塞为喻，叹朝廷之庸弱无能。"骨添""血涨"，谓又发生战事。"蓟垣"，指幽州，在今北京市西南；"滹沱"，即滹沱河，在山西。就地域上看，与题下所注"时沧州用兵"正合。战火既起，徒有出兵征讨，却无严词之责。于是，"一日五诸侯，奔忙如鸟往"。以下"取之"四句，乃是哀叹，痛惜取难失易，太行山一带将榛莽丛生，不复为朝廷所有了。

　　从"关西贱男子"至末共十八句为最后一段。这段为诗人的"感怀"。杜牧是京兆万年（今陕西西安）人，故谦称"关西贱男子"。这位二十五岁功名未就的青年，说他对藩镇势力痛恨入骨，誓以虏肉为羹；想陈述自己的对策，但谁愿听呢？"荡荡"四句，比唐王朝。"扈苗"指有扈与三苗，均为古代部落小国，此喻藩镇。诗人意谓大唐江山，好比"荡荡乾坤""瞳瞳日月"，一旦有周文王、周武王时的政绩，就有无穷的威力；安得自己的封域之内，会有割据一方的藩镇；岂能为七十里与百里的小片土地，争夺不已？"贾生"，即汉代贾谊。他曾上疏陈政事，有"可为痛哭者一，可为流涕者二，可为长太息者六，若其他背理而伤道者，难偏以疏举"（《治安策》）之语。最后六句是说：一想到藩镇之祸，会醉中愁醒。要表达自己的心愿，又无人理睬。故这首《感怀诗》，只好烧了送给贾谊，意谓只有汉代的贾谊才晓得自己的心意，一种人微言轻、壮志难酬的情怀，跃然纸上。

　　这是一首政治诗，也是一曲咏写唐王朝兴衰过程的史诗，体现了诗人维护统一、反对分裂、匡时济世的政治立场，可与他的著名论文《罪言》同读。诗以叙事为主，语言平直；兼寓比兴，富有形象；且详略有致，巧于布局。揭露藩镇之祸，是这首诗的重点，可谓刻削之工，淋漓尽致。全诗以回顾历史下笔，前后呼应，融成一体。一上来叙唐初政治开明，国势昌盛，适与后来朝政昏庸，形成对照；记安史之乱，虽只六句，给人印象深刻，实际亦为下文剖析产生藩镇之祸作了铺垫。"元和圣天子"二句，则有使长篇巨制起到中间顿歇的妙用，故读来感到自然畅顺。杜牧五古，乃学老杜，其成就高出于晚唐诸家，这诗即是一例。　　　　　　　　　（曹中孚）

张好好诗

君为豫章姝，十三才有余。
翠茁凤生尾，丹叶莲含跗。
高阁倚天半，章江联碧虚。
此地试君唱，特使华筵铺。
主公顾四座，始讶来踟蹰。
吴娃起引赞，低徊映长裾。
双鬟可高下，才过青罗襦。
盼盼乍垂袖，一声雏凤呼。
繁弦迸关纽，塞管裂圆芦。
众音不能逐，袅袅穿云衢。
主公再三叹，谓言天下殊。
赠之天马锦，副以水犀梳。
龙沙看秋浪，明月游东湖。
自此每相见，三日已为疏。
玉质随月满，艳态逐春舒。
绛唇渐轻巧，云步转虚徐。
旌旆忽东下，笙歌随舳舻。
霜凋谢楼树，沙暖句溪蒲。

身外任尘土，樽前极欢娱。

飘然集仙客，讽赋欺相如。

聘之碧瑶珮，载以紫云车。

洞闭水声远，月高蟾影孤。

尔来未几岁，散尽高阳徒。

洛城重相见，婥婥为当垆。

怪我苦何事，少年垂白须。

朋游今在否，落拓更能无？

门馆恸哭后，水云秋景初。

斜日挂衰柳，凉风生座隅。

洒尽满襟泪，短歌聊一书。

《张好好诗》是杜牧的名作，作于大和九年（835）秋天。这时他在洛阳任监察御史。从诗前的《序》可以得知，好好是一位歌女。杜牧与她是在大和三年在南昌沈传师江西观察使幕府任职时相识的。唐时官妓盛行，观察署中可有一定数量的歌姬舞妓。当时好好只有十三岁，她有唱歌天才，得到了沈传师的赏识，所以就入了乐籍，留在沈府中。杜牧参与宴会，逢场作戏，两人经常见面，极为亲昵。大和四年，沈传师调任宣歙观察使，杜牧随之南下到了安徽宣城，这时好好也被带到宣城，所以他们依旧朝夕相见。后二岁，好好被沈传师的弟弟沈述师看中，纳她为妾，就此互相隔绝。

大和七年，沈传师调京任吏部侍郎，宣城幕中的故旧同事也就各奔前程。可是没有几年工夫，张好好却被薄情的丈夫遗弃而在洛阳东城的一家酒店当垆卖酒。杜牧感旧伤怀，遂写了这首《张好好诗》。

全诗五十八句，诗人以缠绵旖旎的笔调从初识好好时写起，直至后来在洛阳重逢的感慨。大致可分六段。第一段为开头十句，叙初逢好好的地点和印象。"高阁"，指滕王阁，"章江"，即赣江。时好好十三岁刚出头，方出现在滕王阁举行的宴会上。第二段从"吴娃起引赞"至"裊裊穿云衢"，亦是十句，写好好试唱时的打扮和悦耳动听的歌声。这里的"吴娃"，如同现今的报幕者，"引赞"，当是报幕者的介绍。第三段自"主公再三叹"至"云步转虚徐"为十二句，写沈传师对好好的赏识和奖赠，诗人与好好的朝夕相见，以及她的成长。当时还在南昌，"龙沙""东湖"，是南昌著名的风景区。第四段从"旌旆忽东下"至"樽前极欢娱"六句，是记沈传师调任宣歙观察使，沈氏幕府中的人包括好好等，随同东下抵达安徽宣城。"句溪"，一名东溪，是宣城的一条河流。"谢楼"，即谢朓楼，南齐诗人谢朓任宣城太守时所建。第五段自"飘然集仙客"至"月高蟾影孤"亦六句，乃写好好被沈述师纳为姜以后，就此与人隔绝。"集仙客"下有原注"著作尝任集贤校理"八字。"相如"，指司马相如，喻沈述师有相如的文才。杜牧的另一首诗《赠沈学士张歌人》为同时所作，当与此有关。第六段从"尔来未几岁"起至末尾共十四句，包含内容较多，写转眼几年的变化：宣城幕中那些落拓不羁、志同道合的朋友，即所谓"高阳酒徒"，因沈传师的调任京官，就一朝星散而感到寂寞；眼前重睹好好，见她已成弃妇，沦为当垆卖酒的女子，故感慨万千；想想自己，几年中侥幸未遇大的折腾，但只三十三岁却已鬓须见白，一事无成；"门馆恸哭"，喻故主沈传师的忽又去世，更是悲痛万分。唯见山川依旧，物是人非。"斜日挂衰柳，凉风生座隅"，是诗人因内心的抑郁悲伤，对周围环境所产生的一种莫名的凄凉感。于是长歌当哭，写下了这首长诗。这里的"洒尽满襟泪"，正与白居易的《琵琶行》"江州司马青衫湿"同一意境。

这首诗的特点是结构严谨，层次分明，布局疏密有致，诗人对张好好倾注了无限同情。诗虽不足三百字，但这位才貌出众、能歌善舞艺人的天真、善良却跃然纸上。如第一段中"翠茁凤生尾，丹叶莲含跗"，把好好比作一只羽毛刚刚丰满的彩凤，又说她像一朵含苞欲放的莲花。第二段中"双鬟可高下""盼盼乍垂袖"，写其首次试唱时的情态，说好好当时发结双鬟，一摆动就忽高忽下；在她引吭高歌之前，先向四周张望一下，然后垂手而立。"繁弦进关纽，塞管裂圆芦"，是形容好好的歌声，清脆响亮，压倒了席上的繁弦急管，好像丝竹因关纽进阻而音哑，箫管若芦管破裂而失声。第三段"玉质随月满，艳态逐春舒。绛唇渐轻巧，云步转虚徐"四句，从四种不同角度刻画了好好不仅长得比原来更加艳丽，而且歌喉越来越轻巧流啭，舞步也比前更轻盈翩跹。这些描写，极为细腻传神。第四段的"旌旆忽东下，笙歌随舳舻"，记沈传师的移镇宣城，不仅在诗意的转折过渡上很自然，其表情达意也很成功。"旌旆"，指沈传师的旗帜标识，"笙歌"，乃幕府中的歌姬舞女。这两句把沈的易地为官，驾船长江东下，写得非常堂皇，显示了他作为主持一方的达官要员的身份和威风。这里既有精雕细琢的描绘，又有轻墨淡笔的咏述，二者各得其妙。

杜牧此诗好比张好好的一部传奇，铺叙曲折，委婉情深，具有很强的艺术感染力。其成功原因主要在于诗人对好好的身世遭遇，有着较深的了解，对其不幸结局，有发自肺腑的同情。杜牧写作此诗，是在极度感慨的心境下完成的。但前面五段，笔意轻快流转，根本看不出有什么悲痛感慨，全是从前美好的回忆。直到最后一段，才是全诗的高潮，诗人既叙好好的不幸，也叙自己伤感。这种借他人的沦落身世来抒写自己的忧怀，读来使人回味不尽。清王夫之说"以乐景写哀，以哀景写乐，一倍增其哀乐"（《姜斋诗话》），诗中的前后对照，即具有这种明显的艺术效果。

杜牧《张好好诗》的墨迹犹存。这件千年流传的艺术珍品，以其挥洒华赡的书法艺术得到了后世人们的高度赞赏。宋代《宣和书谱》称它"气格雄健，与其文章相表里"；清叶奕苞《金石录补》也说："读其诗歌，使千载下有情人惊魂动魄；何况云烟满纸，笔致绝尘乃尔耶！"

（曹中孚）

题扬州禅智寺

雨过一蝉噪，飘萧松桂秋。

青苔满阶砌，白鸟故迟留。

暮霭生深树，斜阳下小楼。

谁知竹西路，歌吹是扬州。

　　这首诗是杜牧于开成二年（837）在扬州所作。时杜牧任监察御史在洛阳，因弟杜颛患眼病居扬州禅智寺，故延请眼医一起前往扬州探望。唐制，职事官假满百日，即合停解。此行已逾百日，杜牧的监察御史之职已不再保留，遂在禅智寺小住。禅智寺一名竹西寺，在扬州城东，原是隋炀帝的行宫。杜牧这诗，用闲悠简淡的笔调，在咏禅智寺恬静幽邃景色的同时，曲折表达了自己的处境和心情。

　　首联“雨过一蝉噪，飘萧松桂秋”，点明时值初秋。此时秋雨乍过，空气清新；寺院中松桂飘萧，寂寞宁静。“一蝉噪”三字极好，用王籍《入若耶溪》“蝉噪林逾静，鸟鸣山更幽”句意，王籍二句曾被誉为“文外独绝”。杜牧用此谓除了唯一有此“蝉噪”之外，听不到别的声音。意在言外，以衬托环境之幽静。

　　颔联为白描所见，极为传神。青苔满阶，写出了这座寺院的冷落荒凉；白鸟迟留，乃行人罕至的缘故。颈联"暮霭生深树，斜阳下小楼"，为同一时间所见的两种不同景象。"暮霭"为日暮时的云气。禅智寺因四周林树茂密，故松桂间常有云气缭绕。小楼则往往依于树侧，自能沐浴斜阳的余晖。这两联对仗工雅，色彩鲜明，好比一幅绝妙的图画。

从以上六句所描述的情景来看，尽管这里地僻人稀，但晨烟暮霭，朝煦夕照，环境极为幽静，对养疴其间的人来说，无疑是个理想之地。所以诗人对此作了深情的赞美。

结联"谁知竹西路，歌吹是扬州"，很自然地转入感叹。谓离此不远，乃是著名的都会扬州：那里不仅十里长街，市井相连；而且灯红酒绿，笙歌彻晓。"谁知"两字，用得巧妙，把禅智寺的与世隔绝的情景同扬州的繁华联结了起来，产生了强烈的对比感；而诗人的弟病难舍、怀才不遇的心情也作了曲折的表达，使这首咏景之作读来余韵不尽。

杜牧精于绝句，律诗以七言见长，然这首五律亦不可忽视。全诗贯穿一个"静"字，除中间四句以景喻静，自有其独到之处外，起结两联也很成功。首以咏蝉落笔，匠心独运；结比扬州歌吹，出人意料。

（曹中孚）

旅 宿

旅馆无良伴，凝情自悄然。
寒灯思旧事，断雁警愁眠。
远梦归侵晓，家书到隔年。
湘江好烟月，门系钓鱼船。

这诗作于羁旅之中，写作年代未详。

起联直入题意，说在旅馆投宿，因无良伴，孤身一人，只好聚精会神地默坐，悄然自思。

诗的重点在中间四句。三、四两句写诗人挑灯夜坐，回忆旧事，因忆旧事而愁思满怀，辗转反侧；忽闻雁声断续传来，更是警悚难眠。这里"寒灯""断雁"，给旅宿增加了凄凉寂寞的气氛。五六两句因此景引起思家之情，但表达方式却很新颖。说是从彻夜愁思难眠中渐入梦境，梦见自己回到故乡，由于故乡路远，梦醒回来时天已大明。正因故乡路远，所以家书到来，竟已隔年。这种由梦境而现实，喜之虚妄与悲之实在交揉一体，已不知成何滋味。

于是诗人茫然举目，只见门前湘江清旷，景色宜人；渔人垂钓，悠然自乐。此种景象，看似令人神往。然联系全诗，这两句当另有寓意：湘江垂钓，正与诗人长途跋涉、行旅艰辛成为鲜明的对照。它向人们暗示，诗人如此风尘仆仆，却难与家人团聚；还不如渔人以湘江为居，垂钓烟波，来得自由自在。不过这层意思，作者并未直接说出，只是以眼前之景结束全诗，而此情此意已尽在不言之中。

（曹中孚）

润 州

（二首选一）

向吴亭东千里秋，放歌曾作昔年游。

青苔寺里无马迹，绿水桥边多酒楼。

大抵南朝皆旷达，可怜东晋最风流。

月明更想桓伊在，一笛闻吹出塞愁。

　　这首杜牧的记游、怀古之作，作于开成二年（837）秋天。润州，即今江苏镇江，它北枕大江，南控吴会，是江南形胜之地。"潇洒江湖十过秋"（《自宣城赴官上京》），杜牧自大和二年（828）二十六岁开始漂泊江湖，出任幕僚已有十年。润州是他多次往返经过之地。开成二年，是作者从洛阳监察御史任上往扬州探望其弟杜颛后取道这里赴宣城的，他来此已是第六次了。

　　据宋孔平仲《孔氏杂说》，向吴亭在润州官舍。唐人陆龟蒙有"秋来懒上向吴亭"之句，可见此乃游人常到之处。杜牧故地重游，首联以恢宏的气势，写其登临之感。向吴亭东，极目千里。江南原野天高云淡的清秋风光，尽收眼底。缅怀旧游，往事历历；江山如画，百感俱生。

　　颔联即景咏怀，从浩瀚的千里清秋转到眼前的古刹、流水、桥梁、酒楼等景物上来。寺是昔年之寺，桥犹昔日之桥。可是，寺无马迹而生青苔，桥多酒楼且临绿水。诗人以对比的手法写出了寺院的荒凉和酒楼的繁华。盛衰之变，沧桑之感，信手拈来，却形象鲜明，极为传神。

颈联顺势转入怀古。润州地近建康（今江苏南京），诗人由此想到了南朝和东晋。晋自永嘉乱后，司马睿在建康建立了偏安江左的东晋政权，继而就是宋、齐、梁、陈。当年这里君臣逸居，与北方的北魏、北齐、北周形成了南北对峙长达一百七十年的相持局面。"旷达""风流"两句，言简意赅，把南朝和东晋的社会风习作了绝妙的概括。"可怜"就是可爱。杜牧本人也是风流倜傥、放荡不羁的。他这诗句，在欣赏江左人物的旷达、风流之余，暗寓自嘲自怜之意。

结联承上二句更进一层，作者从对江左人物的怀念，转而想象能听到桓伊的笛声。谓若是在这月明人静的夜晚，能听到桓伊吹《出塞曲》的愁怨悲切的笛声，当更合自己所愿。桓伊是东晋名将，曾率军北伐，在淝水之战中大破秦军。他爱好音乐，善吹笛，在当时为"江左第一"。诗人敬仰桓伊的才略武功，想在晚唐多事之秋，发挥自己的聪明才智。因借这两句，来曲折地表达了自比桓伊、立功当代的情怀。

这诗前后八句，写得一气流贯，上半记游状景，低徊往复。下半驰心千古，首尾萦回。尤其是中间两联，对仗工雅，风神洒脱，是律诗中少有的佳句。

（曹中孚）

题宣州开元寺水阁

六朝文物草连空，天淡云闲今古同。

鸟去鸟来山色里，人歌人哭水声中。

深秋帘幕千家雨，落日楼台一笛风。

惆怅无因见范蠡，参差烟树五湖东。

　　这首诗开成三年（838）作于宣州（今安徽宣城），时杜牧为宣歙观察使崔郸的幕僚。

　　宣州是江南名城。开元寺始建于东晋，位于峰峦耸秀的陵阳山上。寺原名永安寺，唐开元中改。水阁在开元寺东，清澈见底的宛溪委曲环绕于水阁之下，是人们的游览胜地。

　　诗从回顾历史展开。六朝时，宣城作为首都建康（今江苏南京）的近辅，乃是人文荟萃之区。特别是南齐谢朓任宣州太守之后，人们对这座名城产生了一种特殊的感情。这里有不少历史遗迹。杜牧来时，见名胜古迹已多半荒废，他登临怀古，回想六朝风流人物都已成为过去，而今只剩有衰草荒冢，但天淡云闲，仍与古时相同，于是有开头两句对时移世异、陵谷沧桑的无穷感叹。

　　三四两句承"今古同"而来，鸟去鸟来，人歌人哭于山水之间，乃古今一样诗人以鸟的自由飞翔和人的歌哭啼笑相映补，咏叹了这一带宁静的景象，深化了人事代谢之感。两句构思新颖，造语奇妙，历来为人们所称道。

王国维的《人间词话》说："有有我之境，有无我之境"，这首诗前两句是"有我之境"，五、六二句则是"无我之境"。秋雨濛濛，好像帘幕遮住了鳞次栉比的千户人家。忽而雨过天霁，已是落日楼台，远处一缕笛声随风传来，更添一种迟暮惆怅之感。

因此诗人想到了在吴越争霸中帮助勾践立了大功的范蠡。"五湖"，指太湖附近包括太湖在内的滆湖、洮湖、射湖、贵湖等幅员二三百里的宽广地域，传说范蠡在此浮家泛宅，终其晚年。诗人缅怀这位春秋末年功成身退的政治家，从中似乎能听到诗人对晚唐时世回天无力的感喟。

这诗首联凌空落笔，中间两联好语如画而寓意宛曲，逼出尾联；尾联寄托深远，深得老杜意气盘礴的笔致。其寓意虽是感伤的，而景色迷惘中仍见开阔之气，是小杜本色。故清薛雪《一瓢诗话》说："杜牧之晚唐翘楚，名作颇多，而恃才纵笔处亦不少，如《题开元寺水阁》，直造老杜门墙，岂特人称小杜而已哉。"（曹中孚）

早 雁

金河秋半虏弦开，云外惊飞四散哀。

仙掌月明孤影过，长门灯暗数声来。

须知胡骑纷纷在，岂逐春风一一回。

莫厌潇湘少人处，水多菰米岸莓苔。

这首诗作于会昌二年（842），时杜牧为黄州（今湖北黄冈）刺史。

自《诗经》"雝雝鸣雁，旭日始旦"起，历代咏雁之作甚多。一般从雁足传书这一典故着眼，以思乡、寄远的题材为多，内容比较狭窄；杜牧这首诗却与众不同，他以巧妙的艺术构思，描写大雁的提早南飞，向人们揭示了北方战乱给边境地区人民带来的苦难，表现了可贵的爱国忧民思想。

会昌二年（842）八月，回鹘大举扰唐，以乌介可汗为首的胡骑越过把头烽南，突入大同，驱掠河东，虏牛马数万。杜牧此诗，即针对此事而作。

起首两句，就写出紧张气氛。金河，据《新唐书·地理志》，为单于大都护府所属的一个县，在今内蒙古呼和浩特南。这里我们仿佛可以看见金河一带，秋高弓劲，戎马奔驰，虽然节令刚刚进入八月"秋半"，可是大雁却被战争风云惊扰而南逃哀鸣。"虏弦开"，寓意双关，明指射雁，暗喻回鹘发动战争。

　　三、四两句，诗人运用遐想，以凄惋的笔调，描绘孤雁飞经帝都长安的情景。"仙掌"，指捧承露盘的金铜仙人的手掌，汉武帝时所造。"长门"，指长门宫，是一座冷宫，汉武帝陈皇后失宠后居此。这两者都是长安的特征。诗人把孤雁飞越长安的情景写得非常凄凉，象征着战乱的残酷和人民的苦难。言外之意，希望深居宫中的皇帝，对此应该恻然动念，有所作为。托名齐己的《风骚旨格》叙"诗有十势"时，曾引此，谓有"猛虎投涧"之势。

　　五、六两句，是诗人的创作意图和殷忧所寄。"胡骑纷纷"，借对大雁的忠告，说明战局严重。特别是"纷纷"叠用，表示胡骑数量之多，同时还有侵占地域之广和时间之久的含义。"岂逐春风一一回"，是忠告大雁，岂能一逢春风就能返回北方故地。

　　七、八两句，诗人展开想象的翅膀，劝大雁权且在南方潇湘一带定居下来。潇湘，即潇水和湘水，潇水在湖南零陵西北和湘江会合。离此不远，在衡阳之南，有著名的回雁峰，是衡山七十二峰之首。相传雁至衡山，不再南飞。"莫厌潇湘少人处，水多菰米岸莓苔"，正因北方回鹘入侵，胡骑纷纷，诗人向大雁殷勤劝挽，希望它们不要嫌潇湘地处南方、人烟稀少而感到寂寞；同时说明食物是用不着担心的，那边生长着可供饮啄的菰米和莓苔。

　　玩全诗意旨，乃以咏早雁而致慰北方流民，"婉转附物，怊怅切情"（《文心雕龙·明诗》），于精丽哀婉中，见出一段真切的情思。这与诗人在《上李德裕论北边事启》中所表现的进取锐气，是一个问题的两个方面。

（曹中孚）

九日齐山登高

江涵秋影雁初飞，与客携壶上翠微。

尘世难逢开口笑，菊花须插满头归。

但将酩酊酬佳节，不用登临恨落晖。

古往今来只如此，牛山何必泪沾衣。

　　重九时节，正值秋高气爽，古人有结伴登高、插菊饮酒之俗。而骚人墨客，更吟诗作赋，咏赏不绝。这首诗就是杜牧在会昌五年（845）九月九日，在池州（今安徽贵池）齐山登高而写下的一首别具意境的佳作。

　　皖南贵池一带山明水秀、风景清丽。宋周必大《九华山录》云："池州齐山，山脚插入清溪，石色青苍可画，洞穴半出水中。……又其上，即翠微亭，是为山颠。"此诗落笔就写得引人入胜。"江涵秋影"的"涵"字，用得极好。诗人不是迎面远眺，而是俯览江水，从碧波如画的清溪中，见到鸿雁南飞和齐山的倒影，于是将一派秋光通过这个"涵"字，曲折地摄入眼底。翠微，即指翠微亭，在齐山九顶洞南隅，是诗人携壶揽衣登临的地方。一起登山的"客"就是诗人张祜，这时他正来池州看望杜牧。

　　中间两联夹叙夹议，写诗人登上绝顶之后的心情。庄子曾经说过:"人上寿百岁,中寿八十,下寿六十,除病瘦、死丧、忧患,其中开口而笑者,一月之中,不过四五日而已。"庄子对世事的感悟,使杜牧自感坎坷的心情顷刻消释。值此一年一度的重阳佳节,正不妨满头插菊、酩酊大醉、放浪形骸。第六句"不用登临恨落晖",则又从放浪沉醉中自作解嘲,使他那种壮志不得施展的愤激之思以旷达之意出之。

结末两句总结全诗,把诗人当时的复杂心情作了进一步表述。登牛山而叹,为齐景公的故事。景公有感于自己一旦离开人世,美好的江山不能永保。杜牧借此故事,表达出自己尽管怀才不遇,却意绪坦荡,超然物外。

这首诗在杜牧诗歌中是最受人注意的一首,反映了诗人的文采风流。起笔对满目秋景感到兴致勃勃;接着转入感叹人世的愁多乐少,即纵情忘忧,从俗自遣;继而惜乎光阴易逝,旷达中寓以自勉自励;最后两句,通过表面的超然物外,委婉曲折地抒发了自己内心的不平和感慨,真是一唱三叹。明释祖浩等编有《齐山诗集》七卷,自杜牧此诗以后的继作(并附杂著记序)汇辑成帙。宋吴仲复《齐山》诗云:"却自牧之赋诗后,每逢秋至菊含情。"明喻璧《游齐山》诗谓:"江涵秋影携壶处,千载人犹说牧之。"(《嘉靖池州府志》卷八)苏轼《定风波》(与客携壶上翠微)、朱熹《水调歌头》(江水浸云影),亦隐括杜牧此诗而成。一首律诗能产生这样大的影响,在我国古代诗歌史上,也是少有的。

（曹中孚）

河 湟

元载相公曾借箸，宪宗皇帝亦留神。

旋见衣冠就东市，忽遗弓剑不西巡。

牧羊驱马虽戎服，白发丹心尽汉臣。

唯有凉州歌舞曲，流传天下乐闲人。

河湟，原指黄河与湟水合流处。这里代指河西、陇右一带。天宝末年，河湟被吐蕃占领，直至大中三年（849）吐蕃内乱，被占的秦州、原州、安乐三州以及石门等七关民众起义归唐。杜牧这诗具体写作年代未详，从诗意看，至迟应在大中三年三州七关回归唐王朝之前。

全诗八句忧国论政，大致可按前后两层意思去领会。前四句写诗人渴望收复河湟，但都因故未能实现。所以一面怀念元载为收复旧疆曾提出过一套用兵策略和宪宗皇帝所许过收复失地的宏愿；一面感叹后来元载的被诛和宪宗的突然去世而使宏图落空。元载，字公辅。曾为西州（今新疆吐鲁番附近）刺史，因熟悉河西、陇右一带的山川形势，向代宗李豫提出建立边防设施的建议。大历十二年（777）三月，因罪赐自尽。借箸，即代人谋画。语出《汉书·张良传》"臣请借前箸为大王筹之"。东市，指刑场。汉代刑场在长安

（今陕西西安）东市。衣冠就东市，用汉景帝时御史大夫晁错因罪仓卒被杀事，史书称"衣朝衣，就东市"。此谓元载赐死。遗弓剑，喻皇帝归天。传说黄帝铸鼎于荆山下，鼎成，有龙迎黄帝升仙，其弓遗于人间。（见《史记·封禅书》）西巡，指收复河湟，因河湟地处西北边疆。这四句多取史事，包蕴尤富。但诗人把纷繁的事理作了巧妙的表述，言简意赅，读来毫不感堆垛枯燥。加以在诗句组合上，一与三、二与四，隔句相承，显得错落有致。亦其是三、四两句，"旋见衣冠就东市，忽遗弓剑不西巡"，对元载和宪宗都避免用"死"字，足见笔力非凡。

后四句反映了诗人对河湟人民的无限眷念，他用对比的手法，一面歌颂河湟人民居于边陲，身穿戎服，牧羊驱马，从事辛勤的劳动；但他们白发丹心，始终向往祖国。一面嘲笑内地的闲人，只知欣赏西凉传来的轻歌曼舞，对河湟地区和沦陷的人民，早已置诸脑后。这种具有讽刺意味的结尾，从字面上看，讥刺的对象是"闲人"，其实并不。诗人的矛头所指，应是当时的达官贵人，只有他们才养尊处优，有条件去欣赏轻歌曼舞。所以，它反映了诗人忧国忧民的情怀，而这种情怀是以闲淡出之的。

杜牧诗歌好作议论。以议论入诗，不易写好。但这诗却不然，全诗纵横流转淋漓酣畅，充分表现出豪健圆美的特色。　　（曹中孚）

长安秋望

楼倚霜树外，镜天无一毫。

南山与秋色，气势两相高。

这是一首传诵甚广的佳作，作年未详，写作地点当在长安（今陕西西安）。

首句写景，并点题"秋望"，寓诗人所处的位置和记眼前景物。楼，指高楼，这是诗人登临之处。一个"外"字，说明这楼巍然屹立在霜树丛中而又高出林间。霜树，点明时值深秋，树木经霜后，木叶由绿而黄所呈现的景色。

次句"镜天无一毫"，为望中长天景象：晴空万里，碧天无云，整个天宇如同一面明净的镜子。这样，上联两句仅十个字，一写地面，一写天上，上下相映，融为一体。这种景象，给人以心旷神怡的感受。

三、四句落笔奇妙，由泛写而揽入终南山。南山明静峭秀，在秋光中越加显得高峻多姿。然而，秋色本无形，说它有形，不过是人们借助其他事物去予以领略感受罢了。于是，诗人把有形的南山与无形的秋色巧妙地结合在一起："南山与秋色，气势两相高。"这样，便把本来难以言传的事物，作了传神的描绘，即所谓"写难状之景，如在目前"，给人以一种美的享受。

这首诗格调清新，笔法洗炼。"南山与秋色，气势两相高"，后世誉为警绝之句。与古人咏写秋景以悲秋为主，充满衰飒萧条气象完全不同，它表现了一种爽朗、刚健的境界，同时又具有鲜明的地域特征。所以清翁方纲《石洲诗话》说它"必是陕西之终南山；若以咏江西庐山、广东之罗浮，便不是矣"。

（曹中孚）

遣　怀

落魄江湖载酒行，楚腰纤细掌中轻。

十年一觉扬州梦，赢得青楼薄幸名。

　　这是杜牧为追忆往昔、忏悔扬州冶游生活而作的一首诗。扬州，今江苏扬州，在唐代是重要的商业城市。唐文宗大和七年至九年（833—835），杜牧于淮南节度使府中为掌书记，纵情声色。据于邺《扬州梦记》：“扬州，胜地也……九里三十步街中，珠翠填咽，邈若仙境。牧常出没其间，无虚夕。”杜牧的放纵，固然有其浪荡不羁、追欢逐乐的一面。但更重要的则是政治抱负无法实现，满腹抑郁不平之气，借声色冶游来加以宣泄。

　　“落魄”，意为漂泊。江湖漂泊，携酒而行，不得志的景况可以想见。次句连用两个典故以形容扬州女子的美貌：“楚腰”，楚灵王爱好细腰。“掌中轻”，汉成帝皇后赵飞燕身轻能作掌上舞。腰肢纤细、体态轻盈的美女的确令人沉醉。然而一旦梦醒，对那段生活的回忆便只剩下了一片空虚和失落。杜牧在扬州共三年，“十年”也包括在江西、宣歙各处使府度过的一些岁月，系举其成数而言。“十年”极长，“一觉”甚短，两者对比强烈，突出时光易逝，一事无成，只被青楼中人目为薄情郎而已。这绝非杜牧本意所求，故言语中充满了不胜感慨。刘永济《唐人绝句精华》评道：“才人不得见重于时之意，发为此诗，读来但见其傲兀不平之态。”

（黄　明）

将赴吴兴登乐游原一绝

清时有味是无能，闲爱孤云静爱僧。

欲把一麾江海去，乐游原上望昭陵。

　　唐大中四年（850）秋，杜牧出任湖州刺史（今浙江湖州，唐代为吴兴郡）。将离京前，登乐游原远眺而作此诗。乐游原在今陕西西安南，地势高敞，是当时名胜游览之地。昭陵，唐太宗李世民的陵墓，在今陕西醴泉九嵕山。《论语》有云邦有道则仕，邦无道则隐。首二句化用其意，说生于清平时世，却生活得很有味，像孤云般闲适，老僧般宁静，正可见自己的无能。据《旧唐书》本传，杜牧"好读书、工诗，为文尝自负经纬才略"，"上宰相书，论兵事"，绝非无能之辈。而他所生活的时代，却国势衰弱，政治腐败，社会动荡不安，又远非"清时"。杜牧一生怀抱才略，却只任吏部员外郎的闲职，自然也不会感到"有味"。所以这两句实为正话反说，极其沉痛愤慨。"一麾"，旌麾，古代太守例有麾旗。"江海"，指吴兴，吴兴地处长江与东海之间。将离京赴吴兴，登高远眺，无限低回。但他不望南山，不望城阙，唯独远瞻开国英主唐太宗的陵墓。其对贞观之治的向往，和自己生当末世、怀才不遇的悲愤，种种错综复杂、难以言表的情感，均在这一望之中表露无余。宋程大昌《演繁露》谓其"一麾而出，独望昭陵，此意婉矣"，即是此意。　　　（黄　明）

叹 花

自是寻春去校迟，不须惆怅怨芳时。

狂风落尽深红色，绿叶成阴子满枝。

这首诗据《太平广记》载，有如下一段本事：杜牧游湖州时，见到一个十余岁的美丽少女，当即与她母亲订约说："等我十年，不来而嫁。"十四年后，杜牧出任湖州刺史，所约少女已嫁三年，生二子。杜牧深为叹惜，因作此诗。这段本事虽未必可靠，但观全诗，确是一首以物喻人，慨叹男女情爱不能遂愿的佳作。首二句写寻春者的惆怅：远道归来，踽踽独行，原本期待见到好花满树，但一步来迟，时序变迁，春色已随流光而去。"不须惆怅"，由反面落笔，更见其惆怅之至。"深红色"，形容昔日枝头盛开的花朵之美，象征憧憬中的美好的爱情。今日零落净尽，被狂风吹散，堕落尘土，梦想化为泡影。春花虽落，幼果已生。"子满枝"表现出一派蓬勃旺盛的生机。时节推移，花落果长，自然规律不可抗拒。所以，寻春者在惆怅痛惜、无可奈何之际，对着这一片繁盛的幼果，心情也得到了某种程度的疏拓。

（黄　明）

山　行

远上寒山石径斜，白云生处有人家。
停车坐爱枫林晚，霜叶红于二月花。

　　一个明丽的秋日，作者乘车行进于山间，他将所见景物，写成了这首小诗。

　　秋气萧森，寒风扑面，草木摇落而变衰，山上小径也因此显得更加清晰蜿蜒。小径歪歪斜斜，曲折地向上延伸，直至山顶。那里白云袅袅，弥漫升腾，云雾深处隐隐地露出几户人家。第三句笔锋一转：山行道上峰回路转，步移景换，作者突然远远望见一片火红的枫林，那枫叶在夕阳的映照下，显得那么艳丽、那么迷人，使诗人不觉停下了行车，久久凝睇，不忍离去。"坐"，由于，因为。第四句更由此联想，将经霜的枫叶与二月的春花相比，而且突出比较的结果是秋叶"红于"春花，画龙点睛地渲染了枫林秋夕的艳美，令人赏心悦目。宋代画家郭熙《林泉高致》说："春山淡冶而如笑，夏山苍翠而如滴，秋山明丽而如妆，冬山惨淡而如睡。"杜牧此诗，则将秋山的明丽与春山的含笑融为一炉，组成一幅远近相生、色彩明艳的秋山行进图。

（黄　明）

江 南 春

千里莺啼绿映红，水村山郭酒旗风。
南朝四百八十寺，多少楼台烟雨中。

　　迷人的江南春光，千百年来一直是诗人吟咏、画家绘事的对象。杜牧此诗第一句，便以高度凝炼的艺术手法，描绘了一幅风光旖旎的图景：千里大地，柳绽新绿，花吐娇红，黄莺嘀啼。好一片明丽耀目的色彩，好一派蓬蓬勃勃的生机！而在这一幅青山绿水图之中，随处可见水乡泽国的民情风俗：柴门临水而建，城郭傍山而筑，酒旗随风飘扬，使这幽远深邃、曲折掩映的景致又平添了一种浓郁的生活气息。在一、二两句写江南自然风物之美的基础上，第三句忽然转入对江南寺庙建筑的描写。江南曾为六朝建国之地，历代君王又大多崇信佛教，兴修寺庙。"四百八十寺"，极言佛寺之多。杜牧曾有"倚遍江南寺寺楼"之句，可见他于这些精美建筑格外倾心。而这些或雄伟、或玲珑的四百八十寺楼台殿阁，又被置于一片如梦如烟的濛濛春雨中，更显出江南春景独特的迷人之处。

　　全诗仅二十八字，却能抓住最富有江南春天特征的景物加以表现，简括凝炼，色彩明丽，意境优美。所以周敬称它："真好一幅江南春景图。"（《唐诗选脉会通》）宋宗元《网师园唐诗笺》谓："江南春景，描写难尽，能以简括胜人多许。"有人认为，南朝君王因信佛而致亡国，杜牧此诗含有讽刺意味，似乎有些牵强；然而由明朗绚丽的春景转入烟雨飘潇的佛寺，其间是否也隐含李商隐那种"夕阳无限好，只是近黄昏"的心态呢？不妨见仁见智。　　（黄　明）

清 明

清明时节雨纷纷，路上行人欲断魂。

借问酒家何处有，牧童遥指杏花村。

清明是祭扫坟茔、思念亲人的重要传统节日。羁旅在外的游子，每逢清明，怎能不黯然潜生思乡的愁绪？这种愁绪既难排遣，又适逢连日细雨绵绵，道路泥泞难行，又怎能不方寸烦乱？那细细的雨丝漫天飘来，如烟如雾，正像缭绕于心头的愁绪，纷乱繁杂，挥之不去，拂之不尽。"欲断魂"三字，正十分形象地点出了行人的忧思烦恼。而欲稍解此愁，则非酒莫属，故第三句行人便打听：哪里有酒家？第四句则巧妙地补出被问者的形象：那是个骑在牛背上、吹着短笛的牧童，他听到行人的问话，就用手向远处一指，说就在前面隐然可见的杏花林中。

全诗二十八字，将行人赶路的忧郁沉重，与儿童放牧的悠然自得，表现得栩栩如生；其一问一答，又充满了乡村生活的特有情趣。而整个景色，宛如一幅淡墨薄彩的江南春雨图，尤其是末句中的"杏花村"三字，更使人仿佛看到一片云蒸霞蔚的绚烂色彩，引起丰富的联想。

（黄　明）

寄扬州韩绰判官

青山隐隐水迢迢，秋尽江南草木凋。
二十四桥明月夜，玉人何处教吹箫。

扬州在唐代是著名商业中心、繁华的东南都会。韩绰，杜牧的友人，任淮南节度使判官。大和七年至九年（833—835）杜牧在淮南节度使幕中任掌书记，曾于扬州纵情声色，留下不少绮丽的诗篇与传说，"春风十里扬州路""谁家唱水调，明月满扬州"等，都是脍炙人口的名句。离扬之后，诗人也一直缱绻怀恋，追忆遥想。诗首句写极目远望，只见隐隐青山，迢迢绿水，目力虽不能及，而心却执着向往。身处江南，秋尽叶凋，一片萧瑟凄清之中，对旧游之地、旧日好友，更增了一番思念之情。更何况秋季历来为思亲念友的时节。心心念念之下，不禁自问：所忆之人正在作何事业？三、四句作推测之辞。"二十四桥"，历来说法不一，一说即吴家砖桥，又名红药桥，一说扬州有二十四座桥梁，又一说隋炀帝与二十四宫女月下吹箫于此而得名。"玉人"，美人，此指扬州的歌妓。扬州夜月，素为诗家所称。杜牧以轻快而略含调侃的语气询问韩绰：二十四桥畔月明如昼的夜晚，你在何处欣赏美人吹箫？词语清丽明快，挟有疏宕之气。马时芳《挑灯诗话》谓其："直赋其事，而自有怀思不尽之致。"宋顾乐《唐人万首绝句选》也说："深情高调，晚唐中绝作，可以媲美盛唐名家。"

（黄　明）

泊秦淮

烟笼寒水月笼沙，夜泊秦淮近酒家。
商女不知亡国恨，隔江犹唱后庭花。

　　秦淮河，是横贯金陵（今江苏南京）的一条河。金陵为南朝历代建都之地，秦淮河遂亦成为繁华的中心。首句写秦淮月夜的景色，烟水朦胧，月色迷茫，两个"笼"字，表现出朦胧迷离之美。"松楸远近千官冢，禾黍高低六代宫。"（许浑《金陵怀古》）南朝的繁华至唐已成逝水，河上却依旧月光水色，笙歌笑语。此时一叶孤舟飘然而来，停泊于酒楼之旁。舟中人欲借楼中的灯火人声，冲淡自己的羁旅愁情，同时又引起下文。"商女"，卖唱歌女。《玉树后庭花》本是南朝末代君王陈后主所制艳曲。陈后主纵情淫佚享乐，不问国事，以至亡国。《后庭花》也就此被看作亡国之音。第三句表面似在谴责商女，事实上却是痛斥那些醉生梦死、不问国事的享乐者。晚唐时国势衰弱，内忧外患交并，而统治集团耽于享乐，与南朝历史有相似之处。杜牧的感慨，实是有因而发。此诗寄托深远，咏史与抒怀相结合，情韵俱妙。清人沈德潜将其誉为唐人七绝中的绝唱之一。

（黄　明）

题乌江亭

胜败兵家事不期，包羞忍耻是男儿。

江东子弟多才俊，卷土重来未可知。

　　乌江亭，遗址在今安徽省和县东北四十里。西楚霸王项羽在垓下一战失利后，突围到此，因愧对江东父老，不肯过渡而自刎。《史记》记此事，着重于项羽的刚烈，杜牧却另辟蹊径。其首句就提出胜败本是兵家常事，"不期"，不能预计，也就是说不必将垓下兵败之事看得太重。能经受命运的打击而终于取得成功的例子，史不绝书，所以，包羞忍耻，也未尝不是男子气概的表现。"江东"，指长江以南地区，为项羽的根据地。"才俊"，杰出的人才。三、四句推测，如项羽能忍一时之辱，乌江过渡，重整旗鼓，楚汉相争的结果还是未知之数。

　　项羽之败，有其多方面因素。宋胡仔《苕溪渔隐丛话》说："项氏以八千人渡江，败亡之余，无一还者，其失人心为甚，谁肯复附之？其不能卷土重来，决矣。"有其道理；但杜牧此诗，不袭前人旧辙，从积极进取这一点立论，而且意气豪迈，堪称咏史诗中的杰作。吴景旭《历代诗话》论杜牧咏史诗的特点说："用翻案法，跌入一层，正意益醒。"即有见于此。

（黄　明）

赤 壁

折戟沉沙铁未销，自将磨洗认前朝。
东风不与周郎便，铜雀春深锁二乔。

　　赤壁，在今湖北武昌西南赤矶山，相传是三国时曹、吴鏖兵之处。行经此地，凭吊古迹，怀想当年江上血战，烈焰横卷，白矢乱飞，曹、刘、孙、周等一干英雄人物风云意气，大显身手。而今豪杰何在？诗人不禁吊古伤今，感慨万分。诗从赤壁大战遗留的一件器物起兴：漫步江边，拾得残戟（古代兵器），虽然历经沉埋，却仍未锈蚀净尽。这使诗人想到赤壁一战尽管刘、孙取胜，但其中存在很大的侥幸因素。因此他提出若不是东风前来相助，其结局是不堪设想的。第四句即是杜牧想象中东吴战败后结果。"二乔"，江东美女，东吴前国主孙策与统帅周瑜的妻子。"铜雀台"，遗址在今河北临漳，曹操晚年与姬妾作乐的场所。诗人设想如果东吴战败，则二乔将成为铜雀台中的俘虏，出句奇特，非人能料。宋谢枋得《唐诗绝句注解》："后二句绝妙。众人咏赤壁，只善当时之胜，杜牧之咏赤壁，独忧当时之败。此是无中生有，死中求活，非浅识可到。"宋许顗则批评此诗曰："社稷存亡、生灵涂炭都不问，只恐捉了二乔。"（《彦周诗话》）但许顗却未想到，二乔是东吴政权中地位最高的两个贵夫人，如果她们被俘虏，则东吴的命运也就不问而知。杜牧选取这一独特的角度来写，自是他的不凡之处。
　　　　　　　　　　　　　　　　　　　　　　　　　　（黄　明）

秋 夕

银烛秋光冷画屏，轻罗小扇扑流萤。

瑶阶夜色凉如水，坐看牵牛织女星。

　　这是一首宫怨诗。"银烛"，白蜡烛。烛光清幽，冷照画屏，陈设华美而气氛黯淡，宫女心境的孤寂亦可想见。汉代班婕妤作《团扇歌》云："常恐秋节至，凉飚夺炎热。弃捐箧笥中，恩情中道绝。"以团扇的秋凉弃置比喻女子色衰被弃。这位宫女手中正执着团扇。首句说"秋光冷"，三句又说"夜色凉如水"，"轻罗小扇"已非驱热之物，而她仍执着并用它来扑打流萤，显见她是多么百无聊赖，闷怀难遣。"瑶阶"，玉石台阶。夜深阶寒，夜凉如水，但她仍然无法归寝，久久仰望空中闪烁的繁星。而其目之所注，仅在牵牛、织女二星。相传牛、女二星虽被银河所隔，年年七夕仍能踏着鹊架的桥相会；而宫女们却幽闭深宫，与亲人永无欢聚之日。全篇纯写形象，设色清丽淡雅，音韵轻清玲珑，委婉含蓄，意在言外，未着一个愁字而愁情自见。孙洙《唐诗三百首》评曰："层层布景，是一幅著色人物图。只'坐看'二字，逗出情思，便通身灵动。"（黄　明）

许 浑

许浑（生卒年不详），字用晦，一字仲晦，润州丹阳（今属江苏）人。约唐武宗会昌中前后在世。大和六年（832）进士，任当涂、太平县令，以病免。后起为润州司马，拜监察御史，历虞部员外郎，睦、郢二州刺史。有别墅在润州丁卯桥，因编次其诗集曰《丁卯集》。工律体，七律尤著，属对工巧，声韵自然，但格调不高，意多牵合，往往流于熟套。　　　　　　　　　　　　　（丁如明）

秋日赴阙题潼关驿楼

红叶晚萧萧，长亭酒一瓢。
残云归太华，疏雨过中条。
树色随山迥，河声入海遥。
帝乡明日到，犹自梦渔樵。

此诗写得高华雄浑，是许浑诗集中的压卷之作。潼关，在今陕西省境内，是由洛阳入长安的必经之路。

首两句入手飘逸，很见工力。"红叶"句点题中的"秋日"，"长亭"句透露客游消息。长途寂寞，举酒解愁，闲闲五字，客子心情苦况，尽在不言之中。它与诗尾表现出的退隐渔樵的思想是相呼应的。

中间四句是对眼前景色的描绘，气象阔大，非庸手所及。疏雨残云，河声树色扑面而来，诗人用了"归""过""迥""遥"，把一幅幅动人秋色突立在读者眼前，活动起来。太华山（在潼关西）头，残云飞渡，中条山（在潼关东北）上，秋雨横扫，苍苍树色，更行更远，滔滔黄河，奔流入海。诗人独立楼头，举目远眺，心中思绪，也如黄河之水，奔流不息。他想到明天即将到达旅途的终点，入京城求取功名；又想到故乡山水，依恋不舍，何苦受此风波，奔此世路。出处进退相互交战于胸，中国旧时代中一部分士大夫终身处在这种矛盾之中，难以自持。诗的尾联，即出色地画出了这一类充满矛盾的知识分子的心态。

（丁如明）

晚自朝台津至韦隐居郊园

秋来凫雁下方塘，系马朝台步夕阳。
村径绕山松叶暗，柴门临水稻花香。
云连海气琴书润，风带潮声枕簟凉。
西下磻溪犹万里，可能垂白待文王。

　　中国古代知识分子受儒、道两方面的思想影响，所谓"达则兼济天下，穷则独善其身"是这类心态的最好写照。此诗作于广东南海县东北朝台，当时许浑去拜访一位姓韦的隐士。诗描绘了沿途优美的自然景色与主人书斋的清雅，最后又似乎劝导主人应早早出仕，别蹉跎终身。

　　"秋来"两句点题。雁儿飞下寒塘，诗人将马系好，踏着夕阳朝韦隐居的郊园走去，身后拖着斜长的影子，这是一种移景入画的手法。

　　这时夜色渐浓，绕山的村路为灰暗的松叶遮掩，韦隐居家门前横着一道小溪，稻花香随风阵阵飘来，令人心旷神怡。这是一幅农家乐图。事实上稻花并无香味，只因诗人心中愉悦，所以感觉就异样了。这就是所谓心能造境之意。"柴门"一句是为后人乐道的名句，它真切地展示了南方的水田风光。

接着诗人登堂入室，映入眼帘的是一个隐居的读书人家，屋内有书有琴，显出主人的本色。由于这里近海，所以一切都是湿润的，带着水的柔美和温馨。一"润"字，一"凉"字，恰当地传递出沿海乡村的特色。

诗末像是作者在与主人开玩笑，说这儿与姜太公钓鱼的磻溪（今陕西省）虽然相隔有万里之遥，但境况却有点相似，您大概是在等待文王来招聘吧？这是一种兼含赞美与劝慰的很委婉的说法。

全诗由远而近，画面逐渐放大，最后出现了诗中的主人公。主客的音容风度、内心思想都借此跳了出来。手法则全用白描，"村径"一联，有令人置身其间的艺术魅力。

顺便说一句，胡仔《苕溪渔隐丛话》引《桐江诗话》云："许浑集中佳句甚多，然多用水字，故国初士人云：'许浑千首湿'是也。"本诗除了用"水"字外，还用了不少与水相关的字词，如"塘""海""潮""润""溪"之类，突出了水乡风光，收到了一定的艺术效果。

（丁如明）

咸阳城西楼晚眺

一上高城万里愁，蒹葭杨柳似汀州。

溪云初起日沉阁，山雨欲来风满楼。

鸟下绿芜秦苑夕，蝉鸣黄叶汉宫秋。

行人莫问当年事，故国东来渭水流。

　　这是一首交织着怀古与乡思之情的七律。颔联是传诵千古的名句，后人往往赋予它以新的意义。

　　首句用了两个数词，"一"与"万"。诗人一登上城头，便引动万里乡愁。正说明作者旅居在外，无日无夜不在思念故乡的山水，今日登高远望，便一发而不可收，乡愁如泉、如潮般涌上心头，一泻千里。正因为如此，以下接着说，看到此地的蒹葭、杨柳，就感到宛如身处故乡润州丹阳一样，一派江南风光，争赴眼底。诗人的离思别绪更浓了。在我国古代文学中，蒹葭、杨柳一向被作为赋别的兴象，如《诗经·蒹葭》："蒹葭苍苍，白露为霜。所谓伊人，在水一方。"《诗经·采薇》："昔我往矣，杨柳依依。"而且唐代咸阳对面的灞桥又是折柳赠别之地，诗人目睹及此，怎不思乡愁起，怀土情生？

　　"溪云"一联，妙在绘形、绘色、绘声，移景就纸，如在眼前。

黑云冉冉而升，残阳如血，顷刻间狂风四起，楼外苍茫一片，隐隐可闻雷声。诗人处此境界，触发了对人世风云变幻的感念，故由千里之愁，急转而下，变而为千年之思。

咸阳是秦王朝的故都，汉代的宫苑也建造于此。当日崇楼危阁、禁苑池塘的繁盛景象，如今却只见蔓草荒凉，黄叶飘零，秋蝉哀鸣，鸟声啾啾，一片衰败。失落、幻灭、悲凉，心与景会，情因物感，诗人对此，除了叹息，还能怎样呢？所以他在尾联中感慨地说，别再追索前朝的旧事吧，往事已如烟似梦，像渭水东流一样，一去不复返了。

我们称这首诗为名作，并非说它白玉无瑕，处处都好。例如领联固然是精警，写景工绝，颇与前二句烦扰的心声相应；但颈联撇开此意，牵合成篇之迹或见。诗的落句也是吊古诗的一般套语，显得才力不足。但就大体看，诗体清妙，不板重，音节响亮和谐，足以传世。许浑又工为拗救，有"许丁卯句法"之称，领联即其例，其声律为："平平平仄仄平仄，平仄仄平平仄平"，下句第五字应仄而平，既救本句第三字应平而仄，又救上句第五字应平而仄，形成圆润中有拗峭之感的音乐形象，于此句的意境，颇有助成之力。

（丁如明）

金陵怀古

玉树歌残王气终，景阳兵合戍楼空。

松楸远近千官冢，禾黍高低六代宫。

石燕拂云晴亦雨，江豚吹浪夜还风。

英雄一去豪华尽，唯有青山似洛中。

　　金陵（今江苏南京）是六朝的古都，帝里风光，繁华无比。隋唐以后，政治中心北移，王谢堂前燕子，飞入寻常巷陌，金陵日渐式微。后世文人学士，纷纷在六朝遗迹上怀古寻幽，写下了众多的诗篇，此诗是其中较著名的一首。

　　开首两句以陈朝的灭亡发端，总揽全诗，入手便高。刘禹锡的《西塞山怀古》从孙吴写起，虚带六朝，显得气魄宏阔；而此诗则从结束六朝逆写，苍凉空阔，可称二妙。金陵自古被说成有帝王之气，但它在一曲《玉树后庭花》的靡靡之音中消亡了，隋军于589年攻入景阳殿，陈朝随之灭亡，金陵从此由盛而衰。所以首两句在总揽全诗的同时，又为后六句作了很好的铺垫。

　　颔联就眼前所见描写。荒坟连片，松树萧萧，白骨如雪；宫殿内野生的禾黍繁茂凝碧，冷落凄凉，承首句而发。颈联亦目中所见，前者是金陵山城景象，后者是江上风光，石燕，一般旧注均引

《水经·湘水注》，云湖南有石燕山，以其山上石状燕，故名。"及其雷风相薄，则石燕群飞"。实际上，此诗中之石燕，当指南京燕子矶，矶头屹立江边，三面悬绝，形如飞燕。诗也可能兼用《水经注》典。又《南越志》："江豚如猪，居水中，每于浪间跳跃，风辄起。"此为颈联出处。两联大有人事萧条、风云变幻之慨。

尾联感慨无穷，所谓"英雄一去"，也即首句"王气终"之意。帝业成虚，豪华销尽，唯有青山如壁。金陵与洛阳在地形上有其相似之处，四围群山，中裹大川，风景不殊，举目有山河之异，升沉荣枯，正不可同日而语。所以这感慨是很深沉的。

此诗的起结，具有很强的概括力，写得沉郁苍凉，使人仿佛见到诗人在金陵城头，慷慨悲歌的情形。中间两联将悲凉的气氛渲染得淋漓尽致，于造意、炼句、炼字，也颇见功力。只是略嫌板滞，句式相同，意义也有雷同。但它仍不失为金陵怀古七律诗中的佳作。

（丁如明）

登洛阳故城

禾黍离离半野蒿，昔人城此岂知劳。

水声东去市朝变，山势北来宫殿高。

鸦噪暮云归古堞，雁迷寒雨下空壕。

可怜缑岭登仙子，犹自吹笙醉碧桃。

这是一首凭吊洛阳旧城的七律。洛阳是东汉、魏、晋、北魏的国都，至隋炀帝时，在旧城西面建新城，至唐又扩建新城，遂成东都，旧城渐废。

起首两句总揽全诗，有高屋建瓴之势。昔日繁华的京都变成禾黍野草满眼的荒地，大片宫殿台观耗去了多少财力民力？禾黍离离出自《诗经·王风·黍离》，有哀王朝变化之意。据华延儁《洛阳记》载，洛阳城内宫殿台观府藏寺舍，凡有一万一千二百一十九间，自刘曜入洛，晋元帝渡江，官署里闾鞠为茂草。后魏孝文帝于太和十七年（493）幸洛阳，巡故宫，遂咏《黍离》之诗。因此，首两句绝非虚言。

颔联虚写洛阳今昔之变。繁荣的街市随洛水东流而一去不返。《古诗十九首》曾形容洛阳的热闹云："长衢罗夹巷，王侯多第宅。"而"两宫遥相望，双阙百余尺"的巍巍宫殿呢？只剩下残留在山上的断垣残壁了。宫殿高，并非还真有完整的宫殿高高屹立，而只令人感到一种突兀冷清的景象。

颈联是实写。破败的城墙，成了晚云中呀呀归去的乌鸦巢；寒雨中，雁影飞下干涸的护城河。这里诗人用意象堆叠的手法，向读者显映出一种荒落衰败的场面。

最后，诗人借用一个神仙故事，比喻枯者自枯，荣者自荣，荣不念枯的道理，也算是一种历史的警告。《列仙传》载，周灵王太子晋（王子乔），曾在洛阳吹笙，后来在缑氏山（今河南偃师）头乘鹤仙去。醉碧桃，是形容吹笙达到的一种美妙境界。郎君胄《听邻家吹笙》："重门深锁无寻处，疑有碧桃千树花。"诗的结尾是大有深意的。洛阳旧城随着王朝更替而衰败了，王子乔们（当指新贵）在新城内依然载歌载舞，寻欢作乐。那么新城今后就会永远不变吗？不会变得如今日的洛阳故城一样吗？

诗以虚实结合的方法，咏叹人世沧桑之感，描绘故城衰败景象如见，托意浑远，这都是此诗的可取之处。

（丁如明）

谢亭送别

劳歌一曲解行舟，红叶青山水急流。

日暮酒醒人已远，满天风雨下西楼。

　　这是一首送别诗。谢亭，在今安徽宣城，南宋谢朓在此送别范云。整首诗写得明白如话：在离歌声中，客人解缆扬帆，一路青山红叶，随着急流远去。傍晚，诗人醒来，但觉人去楼空，楼外风雨晦冥，于是怀着怅惘，黯然归去。

　　此诗的着眼点是别后。首两句显得气氛很轻松，劳歌一曲，红叶青山，没有多少黯然神伤的色彩。第三句酒醒人不见，开始有了离别的愁绪；到第四句，则用浓重的悲凉气氛，渲染出作者内心的不堪之情。不言情，而情在景中。元人马致远《天净沙》小令，前数句写景，只于末句点出"断肠人在天涯"。而此诗却全用景，效果是相同的。末句中用一"下"字，使人感到作者的心情是多么沉重，可以说是点睛之笔。

（丁如明）

赵 嘏

赵嘏（生卒年不详），字承祐，楚州山阳（今江苏淮阴）人。少年时漫游各地，举进士屡试落第，留滞长安八载。后还乡，会昌三年（843）秋，举乡贡进士，再入长安。次年与项斯、马戴同榜登第。一年后东归。大中初，复至长安，入仕渭南（今陕西渭南）尉，世称赵渭南。末秩下僚，固不惬意。年方四十余即卒于任，时约大中六、七年。工七律七绝，词气俊丽，清圆熟练，时有警句。《全唐诗》录存其诗二卷。

（展望之）

长安秋望

云物凄清拂曙流，汉家宫阙动高秋。

残星几点雁横塞，长笛一声人倚楼。

紫艳半开篱菊静，红衣落尽渚莲愁。

鲈鱼正美不归去，空戴南冠学楚囚。

  这一天，也许诗人彻夜未眠，天刚亮，就披衣而起，独上高楼，眺望深秋中的长安。这时长天无际，一缕曙光驱散了残留的黑暗，飞动的形态中呈现出一片凄清。高耸的宫观楼阁仿佛也被染上了高爽的秋气。两句中连用了"拂""流""动"几字，将云物、曙光、宫阙，溶合在秋色中，组合成气氛萧索、含情幽远的情景。

  诗人骋目望去，天幕上还挂着几点残星，闪着凄楚的光芒，好像在叮咛那排向南飞的大雁。残星与雁群原不相关，但是雁从星下飞过，星光照着它们的羽翼，两者似乎就有了某种契合，成了不可分割的意象，而它们之间的粘合剂，正是不见于字面的诗人的情意。诗人正感寂寞，不知何处又传来一阵清亮而哀怨的笛声，使人不堪其情而倚楼出神，无限感触一时集聚奔凑，难以言表。一个"倚"字，将人闻笛后的那种伤感尽情托出。

登楼眺望，古人每多思归感怀之作。但同是登临，有的着重表现苍凉而恢廓的意境，有的则寄寓凄清而深沉的情怀。"长笛一声人倚楼"可以说兼二者而有之，因此被杜牧誉为"赵倚楼"。而杜牧自己也有"倚遍江南寺寺楼"的佳句。

笛声远去后，天色渐渐放明，诗人似乎看见竹篱间的紫菊在闲静地绽放，红莲已脱落了丽裳，凋谢于水渚。这是眼前京城的实景，抑是想象中家院中的情景？诗人没有明言。然而从中可以感到这是由秋晨笛声中所引发出的乡土之思、羁旅之愁。有这两句对比过渡，尾联顺理成章地发出了"归去来兮"之叹。其上句用西晋张翰事，下句用春秋钟仪事，绾合无迹，水到渠成。

诗写了诗人晨起登高所见长安秋色，其中混合着孤寂、感慨、惆怅、愁思等种种复杂难言的心态。景中含情，情由景生，虚实相间，融汇一体。而诗人擅用清圆流走、律切工稳的七律形式，也使表现的内容起落有致，开合相应。至于以"残星""长笛"接转望中寥渺秋气，注入下文羁旅愁思，更知其联之佳，不特为善写情景，而且更为一篇枢纽、全诗警策。

（展望之）

江亭晚望

碧江凉冷雁来疏，闲望江云思有余。

秋馆池亭荷叶歇，野人篱落豆花初。

无愁自得仙翁术，多病能忘太史书？

闻说故园香稻熟，片帆归去就鲈鱼。

这是一篇结合失意遭遇的怀乡之作，《全唐诗》又收在李郢卷中。

赵嘏诗起句常常气概不凡，一上来就将人带入一个寥阔的世界。清碧的江水，流不尽的秋色寒意，一只两只失群的鸿雁飞过。看不到江水的尽头，远处只有云霭沉沉，诗人的乡愁离思也像云一般地集聚起来了。

第三句写景物的衰飒，象征仕途的坎坷、境遇的困顿；第四句表现农家安宁与生机，因对比产生归家之念。这一联用字遣句和所蕴含的情意，都与《长安秋望》"紫艳半开篱菊静，红衣落尽渚莲愁"略同。

接着诗人直陈情怀，"无愁""多病"，有时很洒脱，可丢弃一切俗念琐事，物我两忘；有时却难免执着，在病中还念念不忘司马迁的《史记》。《史记》在此是整个历史、人生，一切悲欢离合、兴亡盛衰的一种寄托，由此反映出充塞于诗人心中出世与入世的尖锐矛盾。

尾联决定还乡，矛盾暂告缓解：听说金秋时节故园的香稻已经熟了，就借这一片孤帆，沿江而下，去品尝一下家乡莼鲈的美味吧！

赵嘏为官而屡动秋风莼鲈之思，如《长安秋望》："鲈鱼正美不归去，空戴南冠学楚囚。"《松江》："松江菰叶正芳繁，张翰逢秋忆故园。"但最终还是未能如愿，只是将其满腔郁悒，付诸楮墨。这里虽可见他在去与不去间长期的矛盾心情，但从诗歌写作来说，一而再、再而三地反复使用同一典故，也就失去新鲜感了。　（展望之）

江楼感旧

独上江楼思渺然，月光如水水如天。

同来玩月人何在，风景依稀似去年。

高楼拔地而起，浮空凌云，供人倚栏凭轩，敞襟当风，纵览远近，是个容易牵动诗人情思的场所。

如今诗人独上江边高楼，不禁思绪浩渺，一如眼前这江天万里的无边景色。"月光如水水如天"七字，融合月光、江水、长天三种景色，并重复使用两个"如"字，两个"水"字，生动、逼真地展现了皓月千里、江天一色的茫然和阔大，月光、江水、长天三者你中有我，我中有你，意境浑浑而幽静。此句之妙，自在本身绘景如见，境界脱俗，而且更在它既是出句"思渺然"的物化意象，又是后二句感旧之情的依托和触发点。

面对如此优美的夜景，诗人自然不能忘怀去年此时携手同来游玩的伴侣。然而如今风景依旧，人却不知何在，其怅惘之思、若失之情，自然难以抑制。于是眼前这浩荡江水，似乎又成了诗人这种心情的真实写照。它使人想起了前代诗人张若虚在"人生代代无穷已，江月年年只相似"和刘希夷在"年年岁岁花相似，岁岁年年人不同"中，所表现的那种深邃的人生哲理。

(展望之)

李商隐

李商隐（813？—858），字义山，号玉谿生，又号樊南生。怀州河内（今河南沁阳）人。开成二年（837）进士。曾任县尉、秘书郎、东川节度使判官等职。因受朋党相争的影响，仕途坎坷，终身不遇。

李商隐是晚唐最有影响的诗人，其诗以兴寄深微、达意婉曲见长。诗中好用隐喻、暗示的手法，博采典故、辞藻，细针密线，氄绩重重，造成绮采缤纷、朦胧隐约的意象，特别耐人玩索，亦或流于晦涩。另一部分直接反映时事或借咏史以刺政的诗篇，则大体明白精警，开掘涵深，显示出不同的风格。存诗六百首，有《李义山诗集》，另有《樊南文集》和《樊南文集补编》行世。（陈伯海）

行次西郊作一百韵

蛇年建丑月，我自梁还秦。

南下大散岭，北济渭之滨。

草木半舒坼，不类冰雪晨。

又若夏苦热，焦卷无芳津。

高田长槲枥，下田长荆榛。

农具弃道旁，饥牛死空墩。

依依过村落，十室无一存。

存者背面啼，无衣可迎宾。

始若畏人问，及门还具陈。

右辅田畴薄，斯民常苦贫。

伊昔称乐土，所赖牧伯仁。
官清若冰玉，吏善如六亲。
生儿不远征，生女事四邻。
浊酒盈瓦缶，烂谷堆荆囷。
健儿庇旁妇，衰翁舐童孙。
况自贞观后，命官多儒臣。
例以贤牧伯，征入司陶钧。
降及开元中，奸邪挠经纶。
晋公忌此事，多录边将勋。
因令猛毅辈，杂牧升平民。
中原遂多故，除授非至尊。
或出幸臣辈，或由帝戚恩。
中原困屠解，奴隶厌肥豚。
皇子弃不乳，椒房抱羌浑。
重赐竭中国，强兵临北边。
控弦二十万，长臂皆如猿。
皇都三千里，来往如雕鸢。
五里一换马，十里一开筵。
指顾动白日，暖热回苍旻。
公卿辱嘲叱，唾弃如粪丸。
大朝会万方，天子正临轩。

彩旗转初旭，玉座当祥烟。
金障既特设，珠帘亦高褰。
捋须寒不顾，坐在御榻前。
忤者死跟屦，附之升顶颠。
华侈矜递衔，豪俊相并吞。
因失生惠养，渐见征求频。
奚寇东北来，挥霍如天翻。
是时正忘战，重兵多在边。
列城绕长河，平明插旗幡。
但闻虏骑入，不见汉兵屯。
大妇抱儿哭，小妇攀车轓。
生小太平年，不识夜闭门。
少壮尽点行，疲老守空村。
生今作死誓，挥泪连秋云。
廷臣例獐怯，诸将如羸奔。
为贼扫上阳，捉人送潼关。
玉辇望南斗，未知何日旋！
诚知开辟久，遘此云雷屯。
送者问鼎大，存者要高官。
抢攘互间谍，孰辨枭与鸾？
千马无返辔，万车无还辕。

城空雀鼠死，人去豺狼喧。
南资竭吴越，西费失河源。
因令右藏库，摧毁惟空垣。
如人当一身，有左无右边。
筋体半痿痹，肘腋生臊膻。
列圣蒙此耻，含怀不能宣。
谋臣拱手立，相戒无敢先。
万国困杼轴，内库无金钱。
健儿立霜雪，腹歉衣裳单。
馈饷多过时，高估铜与铅。
山东望河北，爨烟犹相联。
朝廷不暇给，辛苦无半年。
行人惟行资，居者税屋椽。
中间遂作梗，狼藉用戈鋋。
临门送节制，以锡通天班。
破者以族灭，存者尚迁延。
礼数异君父，羁縻如羌零。
直求输赤诚，所望大体全。
巍巍政事堂，宰相厌八珍。
敢问下执事：今谁掌其权？
疮痏几十载，不敢抉其根。

国蹙赋更重，人稀役弥繁。
近年牛医儿，城社更攀缘。
盲目把大斾，处此京西藩。
乐祸忘怨敌，树党多狂狷。
生为人所惮，死非人所怜。
快刀断其头，列若猪牛悬。
凤翔三百里，兵马如黄巾。
夜半军牒来，屯兵万五千。
乡里骇供亿，老少相扳牵。
儿孙生未孩，弃之无惨颜。
不复议所适，但欲死山间。
尔来又三岁，甘泽不及春。
盗贼亭午起，问谁多穷民。
节使杀亭吏，捕之恐无因。
咫尺不相见，旱久多黄尘。
官健腰佩弓，自言为官巡。
常恐值荒迥，此辈还射人。
愧客问本末，愿客无因循。
郿坞抵陈仓，此地忌黄昏。
我听此言罢，冤愤如相焚。
昔闻举一会，群盗为之奔。

又闻理与乱，系人不系天。

我愿为此事，君前剖心肝。

叩头出鲜血，滂沱污紫宸。

九重黯已隔，涕泗空沾唇。

使典作尚书，厮养为将军。

慎勿道此言，此言未忍闻。

　　本诗是李商隐集子里的第一篇鸿文，也是唐人诗作中罕见的"大手笔"。写于文宗开成二年（837）冬，作者从兴元（今陕西汉中）回京，途经长安西郊凤翔一带时。诗作即记述了他在途中的所见、所闻和所感。

　　全诗可以划为三大部分。开头至"及门还具陈"为第一部分，写路过长安西郊见到的农村荒凉破败景象。当时正值冬旱，草木因晴暖而发芽，又由于干旱而枯萎。极目所见，到处是荒芜的土田：倒毙的耕牛、空无人烟的村落和衣不蔽体的百姓，真叫人惨不忍睹。由此引起作者的关切、询问，并过渡到下面村民的陈述。

　　自"右辅田畴薄"直到"此地忌黄昏"，为第二部分，系作者记述村民之语，是全诗主体。其间又可大体区分为六个层次。第一层次到"征人司陶钧"，追叙唐初一百年间社会的安定与繁荣，归因于地方牧守的贤仁和从儒臣中选拔中央宰辅的方针。所叙不免溢美，而目的是要同以后的祸乱衰败相比照。第二层从"降及开元中"到"渐见征求频"，揭示玄宗统治时期奸邪当道、政局腐败、藩将跋扈、民生困苦的情况，是唐王朝由盛而衰的转捩点。其中"奸邪"指宰相李林甫，他受封晋国公，专权秉政十多年，因畏忌别的文臣入朝拜相，尽量录用边地藩将担任地方长官，埋下了后来安史变乱、强藩割据的祸根。玄宗本人则宠爱杨妃，信用安禄山，更助长了逆臣的气焰，加深了百姓的困顿。"奚寇东北来"至"人去豺狼喧"为第三层，实写安史变乱的过程。战事发生后，由于唐王朝的重兵多屯驻边境，内地空虚，叛军很快打进长安，皇帝仓皇出逃，整个国家陷于四分五裂的状态。这场乱事经历七年之久，最终虽告平定，而人民已经受了空前的浩劫，大唐盛世也决然地一去不复返了。由"南资竭吴越"至"人稀役弥繁"为第四层，综述安史乱后七八十年的情景。先是中原残破，朝廷财用仰给于东南一隅，搜括殆尽，而西边河源之地又为吐蕃侵占，无力收复。至德宗建中时，更因征收行商税和房产税激起市民不满，与哗变的士兵相结合，酿成中原地区新的动乱。此后，藩镇各自为政势成定局，朝廷控制的土地、人口日益减缩，于是摊派到每个人身上的赋税、徭役便也愈加沉重。内忧外患、国计民生各种危机纠结在一起，环环相扣，展现出一幅险象丛生、惊心动魄的图景。再往下，自"近年牛医儿"至"但欲死山间"为第五层，专叙发生于文宗大和九年（835）的"甘露之变"在西郊凤翔的反映。"甘露之变"缘起于文宗与宰相李训、凤翔节度使郑注等密谋诛灭宦官，因事机不密，反为宦官所乘，李、郑等人被杀，文宗也险遭废黜。事变中宦官率禁军进驻凤翔，沿途骚扰洗掠，又给西郊人民带来莫大的灾难。从蔑称"牛医儿"可见作者对郑注等人的轻举妄动并无好感，但着重指斥的还是宦官势力对群众的毒害。末了，"尔来又三岁"以下为第六层，话头转入当前西郊农村连年遭受灾荒、穷民被迫为盗、官军趁火打劫的情形，呼应了诗篇开头作者的亲眼所见，也收束了整个第二部分的历史回顾。

从"我听此言罢"到篇末，是诗歌的第三部分，正面抒发诗人的感慨。面对满目疮痍的神州大地，诗人不由得忧从中来，急如火煎。他大声疾呼要登用贤才、修明政务，并愿意剖心沥血向君王献纳诚意，但天庭渺远，阻隔重重，除了掬一腔忠愤之泪，还能有什么具体作为呢？篇终这一火山喷发式的感情高潮，于是又被强制压抑下去，从而使全诗的悲剧性鼓荡力量进入更深沉的境界。

这是一首概括一代兴亡的政治长诗，真切地展示出唐代社会生活中复杂而尖锐的矛盾，系统总结了唐王朝二百年来治乱盛衰的经验教训，提出自己挽救危亡的政治方案。以单篇独行的诗歌形式而能包孕如此丰富、深广的历史内容，具有磅礴的气势和巨大的激情，在诗歌史上是十分引人注目的。只是诗人把危机的根源和解决的办法主要归结为"用贤"，以中央宰辅和地方牧守是否得人当作国家兴衰的关键，这不能不是浮表的看法。但他主张治乱"系人不系天"，则又有明显的积极意义。

写法上，诗以纪行为线索，并借助与村民的对答，将历史和现实、感事和述怀交织起来，熔为一炉，夹叙夹议，宜情宜景，纵横驰骋，而又层次井然。这样一种结构形式，显然受杜甫《咏怀五百字》《北征》诸篇的影响，虽不及杜诗的沉郁顿挫、细致传神，而规模更见宏大，揭露更为深刻，批评也更形激切，允称为晚唐时代最重要的"诗史"。

（陈伯海）

骄儿诗

衮师我骄儿，美秀乃无匹。

文葆未周晬，固已知六七。

四岁知姓名，眼不视梨栗。

交朋颇窥观，谓是丹穴物。

前朝尚器貌，流品方第一。

不然神仙姿，不尔燕鹤骨。

安得此相谓？欲慰衰朽质。

青春妍和月，朋戏浑婴侄。

绕堂复穿林，沸若金鼎溢。

门有长者来，造次请先出。

客前问所须，含意不吐实。

归来学客面，闯败秉爷笏。

或谑张飞胡，或笑邓艾吃。

豪鹰毛崱屴，猛马气佶傈。

截得青筼筜，骑走恣唐突。

忽复学参军，按声唤苍鹘。

又复纱灯旁，稽首礼夜佛。

仰鞭罥蛛网，俯首饮花蜜。

欲争蛱蝶轻，未谢柳絮疾。

阶前逢阿姊，六甲颇输失。

凝走弄香奁，拔脱金屈戍。

抱持多反侧，威怒不可律。

曲躬牵窗网，略唾拭琴漆。

有时看临书，挺立不动膝。

古锦请裁衣，玉轴亦欲乞。

请爷书春胜，春胜宜春日。

芭蕉斜卷笺，辛夷低过笔。

爷昔好读书，恳苦自著述。

憔悴欲四十，无肉畏蚤虱。

儿慎勿学爷，读书求甲乙。

穰苴司马法，张良黄石术。

便为帝王师，不假更纤悉。

况今西与北，羌戎正狂悖。

诛赦两未成，将养如痼疾。

儿当速成大，探雏入虎穴。

当为万户侯，勿守一经帙。

西晋大诗人左思有一首《娇女诗》，写两个小女儿的娇憨神态，颇为生动有趣，一向脍炙人口。无独有偶，晚唐李商隐也有一首《骄儿诗》，写儿子衮师的天真烂漫、活泼伶俐，可与前作并相辉映。不过两者绝非一码事，其间自有同异，乃至貌合神离，不可不细心体察。

《骄儿诗》通篇大致分三段。开头至"欲慰衰朽质"为第一段，总写骄儿的聪明俊秀和人们对他的期望。诗篇一上来，就直呼儿子的名字，称之为"我骄儿"，并说他"美秀"无比，充分显示了诗人对孩子的深切爱怜。接着，举出孩子未满周岁已能记数和从小懂事、不贪零食等事实，表明其才智的优越。又借助友朋的观察和评论，赞扬其器貌的俊伟。而后归结到是对于自己衰朽无用的一种安慰，在貌似谦退的口吻中流露出对爱子的激赏和期许。

第二段从"青春妍和月"到"辛夷低过笔"，具体描述骄儿嬉戏时种种天真活泼的表现：阳春季节呼朋引伴，绕堂穿林地尽情玩耍，闹腾得像开水从锅里翻滚出来；有客来访时抢先出外迎候，客走后便拿起父亲的手板，模仿客人的举止容态；折得一节竹子，当作马骑，恣意猛冲猛撞；一忽儿扮演参军戏的角色，一忽儿对着佛像顶礼膜拜，一忽儿又在园子里奔跑追逐；与阿姊赌赛"六甲"（古代一种游戏）输了，硬要跑去翻弄阿姊的梳妆盒；拔脱了铰链，还要撒泼耍赖不听劝阻；而有时看人临摹书帖，则又专心致志、挺立不动，并请求拿家里的锦缎裁成书衣、配上卷轴，亦或递过纸笔央父亲给题写一份"春胜儿"（类似春联）。这一幅幅活脱脱的剪影，纯用白描手法写来，不需再加修饰，便把一个灵巧聪慧而又顽皮好动的孩子形象，生动地显现出来了，其笔意之传神和兴味之盎然，足与左思《娇女诗》比美而毫无逊色。稍有不同的是，左思写的是女孩，重在一个"娇"字，着意渲染她们涂红抹翠、轻歌曼舞、赏花踏雪、弄馔吹鼎等活动，而本诗写男孩，突出一个"骄"字（"骄"有骄宠、骄惯之意谓，亦有骄壮、骄盛之含义），种种描写都紧扣着男孩的个性展开。这正是两诗异曲而同工，相承而不相袭的妙用所在。

不过，《骄儿诗》突越前人的显著特点，还在于"爷昔好读书"以下的结末一段文字，这是作者结合自身的经历，对骄儿所作的训海。诗中首先回顾自己孜孜以求、刻苦读书著文的大半辈生涯，刻画出现时憔悴枯槁、潦倒衰颓的面影。由此引出不要孩子重蹈自己读书应举老路的劝告，而希望他能够修习兵法、通晓武事，长大后立功边疆、纾救国难。这是否意味着诗人真的否定了自己的过去呢？不能简单这样看。实际上，这段话语包含着极其复杂的内心矛盾，其中半是发泄仕途不遇的牢骚，半是出于忧国忧时而认真期待孩子将来能致力事功，不为经书、科举的程式所束缚。其实，诗人本意又何尝甘心以一介书生自居呢？像古代政治家贾谊那样"作赋又论兵"（见《城上》诗），才是他的人生理想。但直到写这首诗的大中三年（849）春，他已在宦海中浮沉了十年，却依然困顿下位，飘流无定，不能不引起深沉的苦闷。于是，在兴会淋漓地摹写骄儿烂漫可爱情状之时，很自然地会关注和担忧其未来的命运，寄托并发抒自身的感慨，从而在全诗外观轻松的笔调里渗入丝丝苦涩的意味。这或许是我们读本篇时所感受到的与前人同类作品的最大差异。

（陈伯海）

韩　碑

元和天子神武姿，彼何人哉轩与羲。
誓将上雪列圣耻，坐法宫中朝四夷。
淮西有贼五十载，封狼生䝙䝙生罴。
不据山河据平地，长戈利矛日可麾。
帝得圣相相曰度，贼斫不死神扶持。
腰悬相印作都统，阴风惨淡天王旗。
愬武古通作牙爪，仪曹外郎载笔随，
行军司马智且勇，十四万众犹虎貔。
入蔡缚贼献太庙，功无与让恩不訾。
帝曰汝度功第一，汝从事愈宜为辞。
愈拜稽首蹈且舞，金石刻画臣能为。
古者世称大手笔，此事不系于职司。
当仁自古有不让。言讫屡颔天子颐。
公退斋戒坐小阁，濡染大笔何淋漓。
点窜尧典舜典字，涂改清庙生民诗。
文成破体书在纸，清晨再拜铺丹墀。
表曰臣愈昧死上，咏神圣功书之碑。
碑高三丈字如斗，负以灵鳌蟠以螭。

句奇语重喻者少，谗之天子言其私。

长绳百尺拽碑倒，粗砂大石相磨治。

公之斯文若元气，先时已入人肝脾。

汤盘孔鼎有述作，今无其器存其辞。

呜呼圣皇及圣相，相与烜赫流淳熙。

公之斯文不示后，曷与三五相攀追？

愿书万本诵万过，口角流沫右手胝。

传之七十有二代，以为封禅玉检明堂基。

　　唐宪宗元和十二年（817），宰相裴度督师征讨淮西叛镇吴元济，十月，李愬雪夜袭蔡州，生擒吴元济，淮西遂平。韩愈以行军司马作《平淮西碑》，歌颂裴度在讨平叛乱中的决策之功，同时也赞美李愬智勇双全，战功卓著。李愬为名将李晟之子，唐安公主驸马，矜功自伐，对韩碑突出裴度，心怀不满，上诉宪宗。宪宗惧失武臣之心，诏令磨平韩碑，命段文昌重写。这段旧案，至李商隐之时，已为陈迹。诗人所以重提往事，并不惜以重笔濡染，成此巨作，非寄慨于往昔，实有感于当今。武宗会昌年间，李德裕任相，力主讨平昭义叛镇刘稹，抵御回纥入侵，功盖一世，与裴度颇有相似之处，但最后却贬死崖州。对此，诗人深为不平，曾代郑亚作《太尉卫公会昌一品集序》，称李德裕为"万古之良相，一代之高士"。冯浩认为此诗"煌煌巨篇，实当弁冕全集，故首登之"（《玉溪生诗集笺注》)。至于所作年代，则不能确定。今人认为此诗可能作于文宗大中初年，与《会昌一品集序》同时，借韩碑旧事，来表达对李德裕的敬慕之情。

全诗分三大段。自起句至"功无与让恩不訾"为第一段，写宪宗、裴度决策讨平淮西之事。唐自安史之乱后，藩镇跋扈，为国大患。"封狼生䝙䝙生罴"，变得越来越大、越来越凶横，形象地反映出淮西藩镇势力的恶性膨胀。据《淮南子·览冥训》："鲁阳公与韩构难，战酣日暮，援戈而挥之，日为之反三舍。""不据山河据平地，长戈利矛日可麾"二句，极言叛镇兵马强盛，势力扩张，给朝廷造成巨大威胁，反过来正显示平淮意义深远、功绩巨大。元和年间，淄青节度副使李师道等人曾多次上表，请赦吴元济，宪宗不许。元和十年（815）六月，李师道派人刺杀了主战的宰相武元衡，御史中丞裴度背部、头部受伤。宪宗怒道："裴度不死，这是天意。"伤愈后，即拜为宰相。"帝得圣相相曰度"二句，即记此事。这二句上承起四句，正见君臣相得，似有天助，故特为表出。"腰悬相印作都统"以下八句，写平淮之事，却避实就虚，以"阴风惨淡天王旗"七字，空际传神，写出森严气象，便见叱咤风云之师，以此攻敌，何敌不克？

自"帝曰汝度功第一"至"今无其器存其辞"为第二段，写韩愈奉诏撰碑，及立碑、倒碑的过程。为切合题意，诗中写平蔡用简笔，对韩碑则详写。《史记·萧相国世家》载："高帝曰：'夫猎，追杀兽兔者狗也；而发踪指示兽者人也。今诸君徒能得走兽耳，功狗也。至如萧何，发踪指示，功人也……列侯位次，萧何第一。'"

"帝曰汝度功第一"借宪宗之口，暗用萧何典故，以示韩碑以裴度功居第一，事出有据，并非出于私好；下句"汝从事愈宜为辞"又明韩愈作碑，乃奉旨而为。从而与下面"句奇语重喻者少，谗之天子言其私"二句，暗中呼应。这二句诗写清平淮西功，引起作碑，是全篇关键。"金石刻画臣能为"是《韩碑》名句，常勒之于石。"古者世称大手笔，此事不系于职司"二句，言自古以来的大文章，一般不交给文学侍从之臣撰写，影射下面改命翰林学士段文昌重写之事。下面紧接"当仁自古有不让"一句，表明韩愈既然奉诏撰碑，自应当仁不让，躬任其难，言下颇有"当今之世，舍我其谁也"的气概。"金石刻画"以下四句，为韩愈答宪宗之语，立言得体，词意刚正，颇能表现韩愈的才品。"公退斋戒坐小阁"以下四句，言韩愈撰文时极为慎重，行文时笔酣墨饱，挥洒自如，称赞韩文以典诰雅颂为榜样，而又不墨守成规，能更出新意。"句奇语重喻者少，谗之天子言其私"二句，言韩碑追拟《诗》《书》，文句奇特，用语庄重，常人难以理解，由此给人钻了空子，诬告韩愈作文时心存私念，以致失实，暗指李愬和裴度争功之事。但据王谠《唐语林》等书，当时仅把韩文磨去而已，并无倒碑之事。"汤盘孔鼎有述作，今无其器存其辞"二句，言汤盘、孔鼎上都有铭文，现在盘和鼎虽已不复存在，但这些文字却仍流传于世，言外之意韩碑虽被推倒磨平，但韩愈的碑文却是永存的，以见天地雄文，决不会因权势而被磨灭。以上"公之斯文若元气，先时已入人肝脾"二句，更是堂堂正正，语意浩然，以见韩文不朽，用以支撑全篇。

自"呜呼圣皇及圣相"至末为第三段，直写诗人对韩碑的赞美，和对倒碑的不满。诗中再次提出“公之斯文”，有一唱三叹之妙。《史记·封禅书》：“古者封泰山、禅梁父者七十二家。”自秦汉以来，历代封建王朝，都把封禅作为国家大典。韩愈《平淮西碑铭》：“淮蔡既平，四夷毕来。遂开明堂，坐以治之。”为此诗末句所本。最后二句说韩碑可以告功封禅，作为明堂基石，永远传示后世。对此，后人均有同感。宋代陈珦令人磨去段作，仍立韩碑。苏轼谪官在外，见旧驿壁间有人题一诗，喜而诵之：“淮西功业冠吾唐，吏部文章日月光。千载断碑人脍炙，不知世有段文昌。”

晚唐诗大多柔媚婉丽，以辞相胜，即以李商隐而言，也以绮才艳骨、清词丽句，见称于世，故其诗多近体，七言古诗，惟一篇《韩碑》，独享盛誉，沈德潜言“在尔时如景星行云，偶然一见”（《唐诗别裁集》）。此诗用韩文叙事笔法赋韩碑，以散文句法入诗，生硬中饶有古意，不作轻率流易之语，而气象壮阔，笔力劲健，沉雄奇杰，鹰扬凤翔，足与韩愈《石鼓歌》相匹。“句奇语重”四字，品定韩碑，亦可用以自评其诗。

（黄　坤）

十一月中旬至扶风界见梅花

匝路亭亭艳，非时裛裛香。

素娥惟与月，青女不饶霜。

赠远虚盈手，伤离适断肠。

为谁成早秀？不待作年芳。

　　风花雪月之词，素有淫巧侈丽之讥。不过咏梅诗是个例外。前人好赋梅，固然是爱其幽香倩影，但更多的是借咏其高洁隽雅，来抒写自身的操守和感触。李商隐这首诗，则独运神思，抒写新意，在同类作品中，戛戛独造。

　　诗人于某年仲冬，途经扶风（今属陕西），忽见路边野梅，身世之感于是触绪纷来，因作此诗，前人谓其中有一义山在。其首联写梅花亭亭艳质，裛裛清香，从色香两个方面，描写梅之风韵，尚是俗套，并不新奇。但诗人在前面加上"匝路""非时"四字，就不同寻常。梅花大多在水边篱落、名山园林开放，而诗人所见之梅，却生于崎岖的山间小道，可谓非其地也。"腊月正月早惊春，众花未发梅花新。"（江总《咏梅花落》）梅为冬末春初之花，而诗人所见之梅，却在十一月中旬过早开放，可谓非其时也。诗人以不羁之才，负非常之志，然长年漂泊，终生不遇，真可谓处非其地、生非其时了。首联十字，即将诗的主题表出。

领联专写霜中月下之梅。借霜月映衬梅花，方回认为"添用'素娥'、'青女'四字，则谓月若私之而独怜，霜若挫之而莫屈者"（《瀛奎律髓》）。将领联看作是一种传统的写法。纪昀别具慧眼，指出这二句实写"爱之者虚而无益，妒之者实而有损"（同上）。似乎更近诗人本意。诗中说素娥（月中女神嫦娥）只是为了让月亮发光，并非喜爱梅花，有意让清辉照映它；青女（霜中女神）倒是真妒梅花，不惜用严霜来摧残它；曲曲道出了诗人在当时备受打击，却得不到帮助的哀怨之情。颈联继续从虚实两个方面，借咏梅表现自己的情怀。南朝陆凯与范晔交善，自江南寄梅花一枝，赠诗云："折花逢驿使，寄与陇头人。江南无所有，聊赠一枝春。"颈联言眼下虽有满把梅花，却不能赠送远隔的友人；而当此时刻，离别的感伤，倒是实实在在地使人断肠。末联照应次句"非时"。梅花过早开放，独展秀色，故云"早秀"；等不到明年初春，就已凋谢，故云"不待作年芳"，借喻诗人很早就已享有声誉，但当成年之后，却屡屡受挫，不能有所作为。同时又前缀"为谁"二字，将这本来十分明白的意思，变为疑问之词，从而使得这种愤惋之情，带着无可奈何的感慨，并包含着许多复杂的时代内容。

初唐张九龄曾作《庭梅咏》一首："芳意何能早，孤荣亦自危。更怜花蒂弱，不受岁寒移。朝雪那相妒，阴风已屡吹。馨香虽尚尔，飘荡复谁知？"李诗和张诗同意，只是设想更加奇特，手法更加新颖，含意更加深远，刻情镂物，婉曲多姿，自有青甚于蓝之妙。

（黄　坤）

哭刘司户蒉

路有论冤谪，言皆在中兴。
空闻迁贾谊，不待相孙弘。
江阔惟回首，天高但抚膺。
去年相送地，春雪满黄陵。

刘蒉，商隐友人，大和二年（828）应贤良对策，极言宦官祸国，名重一时；也因此得罪宦官，不第。会昌元年（841）又为宦官所诬，贬柳州司户参军，次年在浔阳（今江西九江）饮恨而亡。商隐悲愤填膺，作四诗悼之，这是其中的一首。

这首诗和《哭刘蒉》同作于会昌二年（842）。但细味诗意，两首诗所作时间仍有先后。前者作于乍闻死讯之时，如惊飙翻江，在诗人心中掀起绝大的感情波澜，故感慨郁勃，言词愤激；这首诗则作于痛定思痛之际，如山泉百折，在诗人的记忆中起伏流动，故含思凄远，情意深切。

以刘蒉的气节才识，理应肩负国家重任，但却赍志而没，饮恨吞声。为刘蒉感慨和伤心的，何止诗人一人。此诗首句指出：当时整个社会，都在为刘蒉哀悼不平。次句回答了所以会如此的原因：刘蒉的悲剧，因其对策（言论）造成；而他抗言极谏，则全为国家中兴。这就使得刘蕡的悲剧，越出了个人悲剧的范围，而具有整个国家和社会的意义。首联以高屋建瓴之势，统摄全篇。西汉贾谊在文帝时，屡次上疏陈政事，言时弊，为大臣所忌，出为外官，郁悒寡欢，年少而死。汉武帝时，博士公孙弘出使匈奴，以不合帝意，罢免官职，后再拜博士，累官至丞相。刘蕡的情状，与贾谊相似，而一斥不复，以至于死，与公孙弘正异。颔联以"空闻""不待"四字，写出刘蕡有贾谊之恨，无公孙之命，终不能一展其才，为国效力，言下含有无限的伤感。

尽管诗人和刘蕡情意笃深，但此时因正在长安供职，不能前往浔阳哭吊，唯有遥隔大江，频频回首，以寄哀悼之意。尽管刘蕡如鸾凤伏窜，黄钟毁弃，但九门深闭，天高难问，唯有仰天太息，捶胸痛哭而已。前二联都是议论，为刘蕡的不幸致慨，颈联始落到自己身上，写出诗人此时悲痛欲绝的情状。从表面上看，颈联如波澜陡起，与前二联似不相属。但细加分析，上句正承颔联，因有一斥不复之事，才有江阔回首之悲；下句正承首联，因有衔冤莫伸之恨，才有天高抚膺之叹。末联回忆往事，将去年惜别时的悲凉景况，与今日凄怆的哀悼之情融为一体，逆挽收结，含蕴无穷。

李商隐这几首哭刘蕡的诗，对刘蕡的为人极为敬重，对刘蕡的去世极为伤痛，这正是对摧残刘蕡的黑暗现实的投诉，从中鲜明地表达了诗人的政治态度。这几首诗，既为刘蕡的不幸而哭，为自己失去一个畏友而哭，也为国家失去栋梁之才而哭，为所有志士的抑郁不伸而哭，从而使得这哭，浸渍着极其深挚的感情，包含着极其丰富的内容。

（黄　坤）

蝉

本以高难饱，徒劳恨费声。

五更疏欲断，一树碧无情。

薄宦梗犹泛，故园芜已平。

烦君最相警，我亦举家清。

作咏物诗，如果仅仅只是描写物色，即使刻画尽致，终非上乘，只有遗形取神，超相入理，因物见人，方能生色。纪昀说此诗首联斗起有力，意在笔先，可见当义山搦笔之时，其情其意，已移入诗中。而此情此意，又全取决于诗人的身世、感受，因此他不可能像久享清誉的虞世南那样，朗咏"居高声自远，非是藉秋风"（《蝉》），也不会像身陷囹圄的骆宾王那样，慨叹"露重飞难进，风多响易沉"（《在狱咏蝉》）。蝉性高洁，蜕于浊秽，餐风饮露，清心拔萃，临风长吟，声声含悲，这才与诗人的秉性与意脉相通。故从诗人心中发出的是："本以高难饱，徒劳恨费声。"餐风饮露，当然不能果腹，而这又全因栖居高树的缘故，即使悲鸣不已，又何曾能得到同情？诗人品格清高，不同流俗，但终生潦倒，一贫如洗，纵然吟诗作文，以抒长恨，但世无知音，又有何用？可谓"与蝉同操，与蝉同病"。

　　颔联以追魂之笔、奇警之语写沉痛之怀。"疏欲断"承上"声"字，"碧无情"承上"恨"字。前人说"碧无情"三字，冷极幻极。这三个字，用冷色来渲染一种幻渺的意境，但其冷其幻，还不仅在此。蝉一夜悲鸣，声嘶力竭，直至五更，稀疏欲绝。如此哀怨，谁能不为之动容、为之改色？"树若有情时，不会得青青如许。"（姜夔《长亭怨》）可无情之树，依然青碧，完全无动于衷（以示自己屡次陈情，心力俱瘁，却始终得不到理解），世态如此，令人心寒，故谓之冷极。树本无知之物，其青其碧，与蝉何关？与人何关？但诗中通过哀蝉的感觉，去写碧树的情态，空际传神，笔墨通灵，可谓代物揣意，善诉衷情，故谓之幻极。

　　正因为诗人自身多情，故觉鸣蝉也分外有情，似乎正在告诫自己：既然居高难饱，何不及早归去？如今我为薄宦所累，如桃梗入河，飘泊不定，怎不思归？只是故乡田园早已荒芜，又怎能归去？声声蝉鸣，催人长恨，只是枉然；而以清高之故困于贫贱，也是理所当然。末联照应首联，以"清"对"高"，以"警"接"声"，人蝉双写，宛转相关，神理俱足，感慨遥深。

（黄　珅）

晚　晴

深居俯夹城，春去夏犹清。

天意怜幽草，人间重晚晴。

并添高阁迥，微注小窗明。

越鸟巢干后，归飞体更轻。

宣宗大中元年（847），诗人接受桂管观察使郑亚的征辟，离开长安，前往桂林，以支使兼掌书记。虽然郑亚对诗人颇为优礼，但万里投荒，孑然一身，鸟犹怀归，人何以堪！"依依向余照，远远隔芳尘。"（《离席》）"江生魂黯黯，泉客泪涔涔。"（《自桂林奉使江陵途中感怀》）这几句诗，或作于离京赴桂之时，或作于抵达桂林之后，言词凄惋，情意悲怆，其心情之抑郁，不难想见。但作于这年初夏的《晚晴》，却能以轻灵明快之笔，写清新煦和之景，唯见生意欣欣之状，绝无气象衰飒之态，细意熨帖，高朗秀美，殊属难得。

春天虽已过去，夏天依然清明可喜。眼前的幽草，得到雨露的滋润，显得格外青葱鲜嫩。故颔联上句言天若有情，爱怜幽草，使之苏生。云散雨霁，景物清妍，余晖映照，四顾明净，只是来去匆匆，很快就被暮色吞没，故下句言人间对晚晴尤其珍重。"幽草"

与首句"深居"呼应,有自喻之意。"人间"句承上句而来,言天意如此,不我遐弃,人更当自强不息,珍惜光阴。在李商隐集中,有不少描写晚照的诗句,除颔联外,其他如"回头问残照,残照更虚空"(《槿花》)、"不惊春物少,只觉夕阳多"(《西溪》)、"夕阳无限好,只是近黄昏"(《乐游原》),均用流丽形象的语言,寄寓身世之感,将诗情与哲理融为一体,造意深邃,寄托自然。只是"回头"数联,情趋衰飒,多迟暮沦落之感,而此诗颔联疏隽朗快,含欣慰奋发之意。这可能与诗人当时的特殊境遇,以及作诗时的特殊心情有关。郑亚属李(德裕)党,被牛(僧孺)党排挤,出为外官,而诗人也无端卷入党争纠纷之中,无法在京城立足。至桂林后,颇受礼遇信任,于是对郑亚由同情感激,进而产生报答知遇之意。虽然韶华已逝,穷途潦倒,仍望能抓住时机,有所作为。此时面对晚晴景色,心与境会,这种意念油然而起,分外强烈,从而使得这首诗和同时其他作品,明显不同。

颈联"高阁""小窗",均为诗人深居之处。雨过天青,景物朗爽,登阁凭眺,视野更为迥远;夕阳斜照,射进小窗,幽深之处,送入光明。因放眼四顾,故用"并"字;因余晖柔弱,故用"微"字。而视通千里,引起诗人对前程的展望;幽室生辉,激起逆境奋发之志。"迥"字、"明"字,不仅写出环境的爽朗,也表现出诗人心境的高远。尽管如此,诗人还是无法抛开迁客之思。末联写眺望所见,面对眼前飞鸟,格外动情,不觉心与之偕,神驰故乡。"巢干"点"晴","归飞"切"晚","体更轻"写出飞鸟轻盈的姿态,不仅与此时的景状相合,也与诗人的心情相应。

(黄　坤)

落　花

高阁客竟去，小园花乱飞。
参差连曲陌，迢递送斜晖。
肠断未忍扫，眼穿仍欲稀。
芳心向春尽，所得是沾衣。

　　人去楼空，落花纷飞，这种情景，在诗中并不罕见。此诗首句，得神全在逆折而入。高阁客去，与落花何关？乍看真如"彩云从空坠，令人茫然不知所为"（屈复《玉溪生诗意》），但诗人用"竟""乱"二字点缀，便有别开生面之妙。"竟"字写出诗人孤寂惆怅之情，"乱"字写出落花凄迷纷披之状。以此情对此景，便觉落花有意，似与人心相通；而人也因情思凄寂，自然产生惜花之意。颔联看似承次句而来，写落英缤纷，遍布曲陌，飞红万点，远送斜阳。但如果不是身在高阁之上，就不可能目极小园之外；如果不是独自凝望，也不可能沉浸暮色之中。而曲陌花飞，更使人心意迷茫；目断斜阳，又怎能不神情黯伤？首句一气直下，笼盖全篇，笔势超忽，词意奇特。

　　虽然繁花历乱，弥漫阡陌，但因神情凄伤，愁肠寸断，不忍清扫。或者说，正因为人太多情，不忍清扫，才使得落红委地，布满小园。但人纵有情，感伤落花，面对眼前情景，也唯有"无可奈何花落去"的叹息而已。"眼穿仍欲归"一作"眼穿仍欲稀"。"稀"字写花落不已，着眼在"落花"的状态。孙洙说此句写"望春留而春自归"，正是在落红纷披之中，春又匆匆归去。诗人由惜花之意，转入伤春之情。不忍清扫是希望春能留住，而望眼欲穿则反衬春归太急。而此情此意，又都起于落花，融于落花，所谓伤春情怀，尽付落花也。"仍欲归"三字，既是上联的深发，又逗露下句消息。无论从诗意、从句法看，两字相比，均以"归"字为胜。

前面六句或写人，或写花，人是惜花之人，花为伤情之花。最后二句人花合写，明点伤春之意。"一片花飞减却春"（杜甫《曲江二首》其一），更何况落红无数！"芳心"二字一语双关，既指花魂，写花随着春天的流逝，堕素翻红，色陨香消，芳心点点，翻被泥污；又指人的惜花之心，写人面对暮春的怅恨之情。末句"得"字含思深远。尽管望眼欲穿，才盼得春天到来，希望鲜花不败，春光常在，但春天还是离人而去，不知归处，唯有将一掬伤心之泪，洒向落花。一结低回掩抑，深情无限。

（黄　珅）

天平公座中呈令狐令公时蔡京在坐，
京曾为僧徒，故有第五句

罢执霓旌上醮坛，慢妆娇树水晶盘。

更深欲诉蛾眉敛，衣薄临醒玉艳寒。

白足禅僧思败道，青袍御史拟休官。

虽然同是将军客，不敢公然子细看。

　　细味诗意，此诗描写的当是天平军节度使令狐楚的一个曾为女道士的家姬。作诗时义山十八岁，在天平幕府为巡官。

　　首句点出美人曾为女冠的身世。"霓旌"指道士所执的彩旗，"醮坛"即道士祈祷之坛。"罢"字贯串全句，指她已经还俗。

　　次句说者纷纭。"水晶盘"，朱鹤龄注引宋人乐史《杨太真外传》，谓唐玄宗读《汉成帝内传》，中有"汉成帝获飞燕，身轻欲不胜风，恐其飘翥，帝为造水晶盘，令宫人掌之而歌舞"之语，冯浩则以为唐以前《经籍志》无《汉成帝内传》之书，疑不足据。"娇树"，徐逢源以为系暗用陈后主《玉树后庭花》"琼树朝朝新"之语，从整句来看，其解亦难圆满。此句惟"慢妆"为薄妆可解。从这二字推测，整句系形容和衬托家姬之美无疑。

　　颔联刻画美人在夜宴已久、酒醉将醒时的神态。自《庄子·天运》篇提到"西施病心而矉其里"之美以后，世人往往以美人之矉为别具美态。这里义山不写美人之笑，反写其矉，也正是这种审美情趣的一种表现。下联着意描摹美人酒醒将解时睡眼惺忪的娇态。整句从"衣薄"两字生发出来。句末的"寒"字乃应此而下，虽然实际上公宴时是不至于觉得冷的，何况又在酒后。"寒"字乃是心之所度。为了琢句更美，义山又嵌入"玉艳"二字，足与"寒"字相映生辉。这虽与杜甫"清辉玉臂寒"（《月夜》）的用意不同，但极可能受到杜诗词汇搭配之妙的启发。

颈联用最不可能对美色动心的人物也禁不起诱惑，来极写美人之美。诗题与《唐诗纪事》卷四九均谓白足僧人指蔡京，考蔡京是令狐楚从僧侣中识拔出来，劝其还俗读书、应举的。既已还俗，早已败道，故"白足禅僧"不必指蔡京而言，只是虚写而已。（题中"京曾为"以下疑为后人所加小注。）"白足禅僧"典出《法苑珠林》沙门昙始赤脚行泥中不污足，"色白如面，俗号白足阿练"的传说，此泛指高僧，以求与下联"青袍御史"作工对。唐制监察御史正八品上，服青，由于是御史台官，不能参加宴会。诗意谓为了能一见美人，即使是不允许参加宴会的御史，也不惜冒罢官的危险来与宴，用意与上联同中有异。

末联点出题意。本诗既是应命而赋，自不应将令狐抛撇一边。义山在此暗用两个典故：一是《汉书·汲黯传》中汲黯为大将军卫青"揖客"（相逢不拜，仅作一揖的客人）之事；一是《三国志·魏志》裴注所载曹丕命甄后拜坐，坐者咸伏，刘桢独平视，因之得罪事。这里有两层意思：一层是承上文而来，美人之美既足以使高僧不惜败道，御史不畏休官，如我者更恐不能自持，此"不敢公然子细看"之由一也；一层是美人既为明公家姬，若"迫而察之"，只恐失礼，甚至逢公之怒也未可知，此"不敢公然子细看"之由二也。其中不乏与令狐调侃之意，于此亦可见令狐与义山虽为上下级，而二人友谊已至不拘形迹的地步。

全诗正面描写与侧面描写相结合，赞美与调侃相结合，直赋则婉媚可喜，使典又如盐着水，足见技巧之圆熟。 （刘永祥）

安定城楼

迢递高城百尺楼，绿杨枝外尽汀洲。

贾生年少虚垂涕，王粲春来更远游。

永忆江湖归白发，欲回天地入扁舟。

不知腐鼠成滋味，猜意鹓雏竟未休！

　　城墙缭绕，楼高百尺，这是何等壮伟的建筑。登临送目，视通千里，这又是何等豪迈的情怀。如果一个春风得意之士，在此凭栏长啸，临风把酒，必然心旷神怡，逸兴遄飞。但青年诗人李商隐，眼看绿杨纷披，极目汀洲之外，却全无面对春光的喜悦。就在这一年，诗人前往长安应博学宏词考试，原已录取，因无端被卷入党争，在复审时落选。诗人正是带着落选的惆怅，带着被诬陷的愤慨，回到安定（即泾州，在今甘肃泾川北），登上高楼。这种怅恨，使他十分自然地想起西汉的贾谊，虽然他年轻有为，抱负不凡，但却被排挤在外，郁郁以终，徒然为时势痛哭流涕而已。诗人又想起了汉末才子王粲，因中原战乱不休，只得远游荆州，依附刘表，他曾在春日登麦城城楼，作《登楼赋》，抒写了景物虽好、此地难留的悒郁之情。而诗人此时正寄身泾原节度使王茂元的幕中，在同样的春日、身处同样的境遇、怀着同样的心情、同样登上了高楼。额

唐　张萱｜**虢国夫人游春图卷**（局部）

虢国夫人承主恩，平明骑马入宫门。

却嫌脂粉污颜色，淡扫蛾眉朝至尊。

张祜《集灵台》，见第1157页

唐 周昉　**调婴图**（局部）

女娲炼石补天处，石破天惊逗秋雨。
李贺《李凭箜篌引》，见第 1167 页

唐 杜牧　**行书《张好好诗》**

君为豫章姝，十三才有余。

杜牧《张好好诗》，见第 1228 页

遠上寒山石徑斜白雲深處有人家停車坐愛楓林晚霜葉紅於二月花

清 邹一桂 | **杜牧诗意图**（局部）

远上寒山石径斜，白云生处有人家。

杜牧《山行》，见第 1252 页

清 樊圻 | **金陵五景图·秦淮渔唱**

烟笼寒水月笼沙，夜泊秦淮近酒家。

杜牧《泊秦淮》，见第 1257 页

清 袁耀 | **山雨欲来图**

溪云初起日沉阁，山雨欲来风满楼。

许浑《咸阳城西楼晚眺》，见第 1265 页

月中玉兔擣靈丹卻被嫦娥竊一丸
縱此兄眈夜仙骨夜風桂子暮青鸞
吳郡唐寅□畫并題

明 唐寅 | **嫦娥奔月图**

嫦娥应悔偷灵药，碧海青天夜夜心。

李商隐《嫦娥》，见第 1346 页

五代南唐 周文矩 | **西子浣纱图**（局部）

家国兴亡自有时，吴人何苦怨西施？

罗隐《西施》，见第 1406 页

清 蒋溥｜**四季花卉图**（局部）

无情有恨何人觉，月晓风清欲堕时。

陆龟蒙《白莲》，见第 1420 页

联写贾谊，写王粲，分明都在写自己。

诗人始终怀着归隐江湖的愿望，但又希望能像春秋越国的范蠡那样，在旋乾转坤、功成白发之时，才驾一叶扁舟，消失在烟波浩渺之中。如今年少气盛，正宜为世所用，以建不朽功业。据说王安石深爱颈联，认为"虽老杜无以过"（《蔡宽夫诗话》）。但诗人这种脱俗的志趣和情怀，却得不到世俗的理解，反而遭到猜忌，被黜外出。据《庄子·秋水》，南方有鸟名鹓雏（凤凰类），非梧桐不宿，非竹实不食，非甘泉不饮。有只鸱鸟（鹰类）得到一只腐鼠，把它当作美食，看到鹓雏飞过，竟怀疑它前来抢夺，抬头对着它怒叫。诗最后以腐鼠比功名，以鸱鸟比猜忌者，而以鹓雏自比，表现了诗人高洁远大的情怀、愤世嫉俗的心情，同时对那些心胸狭小、趣味卑下的猜忌者，作了轻蔑、辛辣的斥责。

这首诗虽然作于失意之时，但当时诗人年纪尚轻，磨难未多，对前程依然充满希望，故虽有愤激之词，并无衰飒之意。全诗思致深远、风骨遒劲、语言凝炼、用典贴切、沉着顿挫，"以沉雄之笔，写宏远之怀"（俞云陛《诗境浅说》），颇能表现青年诗人的非凡才情。

（黄　坤）

哭 刘 蕡

上帝深宫闭九阍，巫咸不下问衔冤。

黄陵别后春涛隔，湓浦书来秋雨翻。

只有安仁能作诔，何曾宋玉解招魂？

平生风义兼师友，不敢同君哭寝门。

晚唐宦官擅权，骄横跋扈，君王无奈，朝野结舌。进士刘蕡不忍与世浮沉，坐看国家危亡，遂于文宗大和二年（828）应贤良对策时慷慨陈词，极言宦官祸国。众人叹服，名重一时。但考官畏忌宦官，不敢录取。武宗会昌元年（841），刘蕡为宦官所诬，贬柳州司户参军，次年在浔阳（今江西九江）饮恨而死。李商隐与刘蕡同怀忧世之心，俱为沦落之人，对刘蕡遭遇，深为同情。当恶耗传来，诗人悲愤填膺，不能自已，于是接连写了四首诗，以抒哀思。此为其一。

"巫咸"句反用《离骚》"巫咸将夕降兮，怀椒糈而要之"句意。巫咸为传说中商代的神巫。屈原正道直行，不容于楚，心中困惑，不知所从，巫咸于夜晚降临，传示神意。今刘蕡以直言极谏，忤于群小，远贬南荒，衔冤莫伸，其心迹遭遇，均与屈原相似。而上帝却紧闭九重宫门，不派巫咸下临人世探问，则其困顿不幸，又过于屈原。此诗首联以愤激之情、不平之声，借指责上帝、巫咸，直斥朝廷冷酷、人世不公。

在刘蕡去世前一年，诗人南游，与刘蕡晤别黄陵（山名，在湖南湘阴北，洞庭湖滨）。颔联上句即记其事。别后而隔以春涛，不仅指时间上又过一春，地域上远隔江湖，更表达了诗人的思情，如春江涛水，无穷无尽。下句写正值秋雨淫淫之时，得到从溢浦（即溢水，流经九江，此借指浔阳）传来的刘蕡死讯。"秋雨翻"三字，不仅写出了当时凄切的景象，同时也借以形容诗人泪水浪浪，悲不自胜，就像秋日淫雨，滂沱不止。西晋潘岳字安仁，擅长作哀诔文字。据说宋玉哀怜其师屈原忠而被弃，魂魄散佚，作《招魂》诗。颈联写自己如今只能像潘岳那样，作诗以致哀悼，但又何尝能招其魂魄，使之复生？言下颇有死者长逝，一去不返的伤痛。《礼记·檀弓》引孔子语："师吾哭诸寝，朋友吾哭诸寝门之外。"末联言刘蕡风概气节，迥出侪辈，与自己兼有师友之谊，故今日又怎敢居于同列，哭于寝门之外呢？从中表达了对刘蕡无比的钦敬。

全诗激情鼓荡而组织精巧。"黄陵""溢浦"一联写别后到闻噩时间之短促，既承上点出何以愤激如此，启下引起"作诔"、"招魂"之叹，更以春涛、秋雨渲染出地动天哭之悲壮情景。如起笔先写别后闻噩，则全诗平熟无奇，唯如此逆笔运掉，方有以见跌宕不平之气。前人评玉谿诗最得老杜沉郁顿挫之旨，正当于此等处窥入。

（黄　坤）

锦 瑟

锦瑟无端五十弦，一弦一柱思华年。

庄生晓梦迷蝴蝶，望帝春心托杜鹃。

沧海月明珠有泪，蓝田日暖玉生烟。

此情可待成追忆，只是当时已惘然。

"望帝春心托杜鹃，佳人锦瑟怨华年。诗家总爱西昆好，独恨无人作郑笺。"（元好问《论诗》）李商隐的《锦瑟》诗，沉博瑰丽，哀艳凄断，景象迷离，难以索解。元好问在慨叹之际，不自觉地替此诗作了笺释：这是一首情诗，诗人借吟咏锦瑟，来抒写一个佳人的长恨。李商隐曾作过一首悼亡诗，其中有二句也以锦瑟致意："归来已不见，锦瑟长于人。"（《房中曲》）清初朱鹤龄据此，首倡《锦瑟》乃悼亡诗之说。经后人考证，诗人集中言及"锦瑟"的作品，如"新知他日好，锦瑟傍朱栊"（《寓目》）、"玉盘迸泪伤心数，锦瑟惊弦破梦频"（《回中牡丹为雨所败》），均为其妻而作。

从李商隐的诗中可知，其妻王氏知音善琴。当王氏去世之后，诗人目睹遗物，追思当年妻弹瑶瑟、己奏玉琴的亲密景象，不禁触绪生悲，因借"锦瑟"发端，托物起兴，以寓悼亡之意。白居易《甲去妻后妻犯罪请用子荫赎罪判》："王吉（应为其子王骏）去妻，断弦未续。"可知在李商隐之前，已有以"断弦"喻"丧妻"的说法。瑟本二十五弦，弦断则成五十。"无端"二字，从空顿挫而出，若怨若责，似泣似诉；原期白头偕老，谁知无故永别，诗人一片痴情于此可见。前人以"一弦一柱"，追思"华年"，推算王氏年二十五而殁，未免胶柱鼓瑟，实际上诗人只是抚弦伤神，感叹王氏正当青春年华，却如一片落红，叶陨香消。

　　中间二联，纯是诗人意识中流动的情景。由于心意紊乱，神情黯伤，故诗人追念旧情，如太空流星、山间游云，来去倏然，不能自制。后人读此诗，自然更难捉摸，由此引起不少推疑和聚讼。但是这些看似迷离恍恍、毫不相关的意象，又绝非无端而生，它们都是诗人思绪迷惘的幻影、情意朦胧的象征。据《庄子·齐物论》，庄周在梦中化作蝴蝶，栩栩然飞翔，居然真的成了蝴蝶，俄然醒来，还是原来的庄周，真不知是庄周在梦中成了蝴蝶，还是蝴蝶在梦中成了庄周。又据《庄子·至乐》，庄周妻死，惠施前往吊唁，只见庄周伸脚而坐，叩盆而歌。李商隐在诗中常以"蝴蝶"比喻其妻，颔联上句兼用《庄子》二个典故，既以"梦蝶"喻妻子物化，又自称庄周，言生者辗转结想，然往事难寻，徒为蝶梦所迷，令人不禁慨叹生命的变幻无常。据《太平寰宇记》诸书载，蜀王杜宇，号望帝，后禅位，死后魂魄化为杜鹃。颔联下句写即使王氏多情，哀怨之气，感动上苍，魂兮归来，也只是化为杜鹃而已，那声声啼血，又使人格外悲伤。

　　李商隐曾作诗寄王氏："结爱曾伤晚，端忧复至今。未谙苍海路，何处玉山岑？"（《摇落》）颈联与此语相近，但意不同。如今王氏已身葬玉山，魂归沧海，山重水远，生死异路。据《博物志》：南海有鲛人，水居如鱼，其眼能哭出珍珠。颈联上句即写诗人遥望沧海，对景伤情，唯有泪珠滚滚，哭悼爱妻而已。又据《搜神记》：吴王宫女紫玉，爱儒生韩重，不能如愿，含恨而死；后吴王复见紫玉，如一缕青烟。下句即道王氏已经物化，如烟飘逝。句中还兼含"蓝田日暖，良玉生烟，可望而不可置于眉睫之前"（司空图《与极浦书》引戴叔伦语）之意，以示如今瘗玉埋香，风雨几度，空驰神想，难寻芳踪，恍若烟生，心迷莫从。

　　中间四句，全写诗人对伉俪之情的追忆。诗人和妻子情深意厚，但长期分离，两地相思，年以继日，中心惘然，无可遣排。故最后二句说：这种种啮人的伤情，在当时便已令人怅恨不已，今日追忆，就更加不堪回首了！

（黄　珅）

正月崇让宅

密锁重关掩绿苔，廊深阁迥此徘徊。

先知风起月含晕，尚自露寒花未开。

蝙拂帘旌终展转，鼠翻窗网小惊猜。

背灯独共余香语，不觉犹歌起夜来。

　　李商隐岳父王茂元，故宅在洛阳崇让坊。在此，诗人曾热恋王氏女，喜结良缘。但欢爱未久，诗人便离家远游，两地分居，聚散无常。焉知旻天不吊，欢情成梦，佳人一去，红消香断。诗人晚年重过崇让宅，但见宅门紧锁，绿苔深掩，楼阁深迥，月冷空房。追思往昔，触景伤怀，孤鸾踽踽，徘徊兴叹，遂以此景领起，写了这篇"感旧意少，悼亡意多"的名作。

　　颔联写徘徊所见的景象，兼喻王氏临终情事。夜月含晕，凉风四起，娇花怯露，畏寒未开。按何焯说："月晕多风比妻身亡，下句则未得富贵开眉也。"(《义门读书记》)上句月晕生风，暗示厄运笼盖在王氏身上，确可用以比喻夫人身亡，但若将下句理解为夫人自嫁诗人之后，始终生活在贫困之中，以至愁眉不展，笑口难开，未免凿之过深。下句承上句而来，只是指夫人临终之时，天气犹寒而已，未必定有深意。

　　徘徊所见，都是凄苦之景，返身室中，唯见夜间蝙蝠拂动帘旌，辗转反侧，难以入眠，又闻窗网上有细微的声响，却引起了诗人一阵惊猜。难道是夫人神魂有知，特地赶来和自己相会？然而等到挑灯相迎，方知是鼠儿作怪。此时诗人四顾室内，不见身影，唯有余香犹存，恍若伊人，宛在身边。自别之后，多少深恨蜜意，藏在心中，此时此刻，又怎能不一吐心衷？于是背灯对香，絮絮而语，道尽相思之情、别离之苦。若久别重逢，又若新婚，在两情相接之中，不禁重唱《起夜来》歌(《起夜来》为乐府杂曲歌辞，男女新婚之夜所唱)。

　　前人写悼亡诗，常见的是睹物思人，悲不自胜，或朝思暮想，梦中相会。由于诗人自有一种人所不及的深厚的情意、一种人所没有的深切的感受，因此也就能用一种似断若续的手法，营构起一种恍惚朦胧的独特意境。诗由故地徘徊忽而移笔于夜，写月晕风生，顿时打破了原来的静寂，但正是这种景象的突变，真切地传达出诗人内心深处的感情风潮。颈联却又不承"风起"继写风声入耳，长夜难捱，而笔锋陡转，由室外移至室内，通过细节描写，在错觉的真真假假中，反复致意，最后进入似梦非梦、非梦而又缥缈更甚于梦的追忆之中。使人在这零风断雨般的诗歌意象中，感受到诗人专注而近于痴迷的刻骨哀思。全诗情生于文，文生于情，文思奇特，一往情深，从而被誉为"悼亡诗最佳者"(张采田《玉溪生年谱会笺》)。

(黄　珅)

井　络

井络天彭一掌中，漫夸天设剑为峰。

阵图东聚烟江石，边柝西悬雪岭松。

堪叹故君成杜宇，可能先主是真龙？

将来为报奸雄辈，莫向金牛访旧踪。

　　高峡幽森，阁道凌空，雪山皑皑，长江滚滚。蜀中天险，自古而然。此诗前半首即铺陈险要。《三国志·蜀志·秦宓传》引《河图·括地象》："岷山之地，上为东井络。"左思《蜀都赋》："远则岷山之精，上为井络。"古人根据天空星宿的位置，划分地面相应的区域。井络，井宿的分野，专指岷山，亦泛指蜀地。岷山千里绵亘，天彭两阙相对；剑门峭壁中断，形若利剑，蜀人恃之以为门户；川东大江，烟波浩渺，江边细石，聚成岿然不动的八阵图；川西雪岭，兵家必争，山上松枝，长年悬挂着警夜响木。前四句诗，以沉雄之笔，写奇险之景，气盖一世，力具千钧。

　　古往今来，多少奸雄，企图凭险割据，逞威一方。安史之乱后，杜甫入蜀，见剑门险要，心怀殷忧："至今英雄人，高视见霸王。并吞与割据，极力不相让。吾将罪真宰，意欲铲叠障。"（《剑门》）后来蜀将据险为乱之事果然屡屡发生。诗人有感于此，故上继杜诗，借题发挥，抒写其忧国深心。

蜀中有此天险，自宜固若金汤。但自古以来，却罕见有人能据此成事。首句言岷山、天彭，如在一掌之中，已暗示千里蜀中，于全国不过弹丸之地；剑门天险，历来令人赞叹不已，次句却加"漫夸"二字，则更有天险不足恃之意。后半首对此进一步抒发议论。古代蜀王杜宇，自以为功高德厚，称作"望帝"，但却被迫去位，死后魂魄化为杜鹃，使人为之叹息不已。而蜀国先主刘备，虽有"功盖三分国，名成八阵图"的诸葛亮辅佐，最后也兵败彝陵，饮恨白帝。周瑜说刘备一旦有所凭恃，必如蛟龙得水。诗中用反语诘问，正表明刘备虽得蜀地，并未成为一统天下的真龙天子。自陕西勉县至四川剑门，古称金牛道，又名石牛道，是联系汉中和巴蜀的交通要道。相传战国秦惠王欲伐蜀，因山道险阻，故作五头石牛，以金置牛尾下，言能便金，蜀王信以为真，派五壮士开路去牵石牛，秦军随而灭蜀。末联以杜宇、刘备都未能据蜀成事的史实，警告当时怀有二心的奸雄：自古以来，英雄辈出，但从未能成功，故不要再恃险割据，重蹈历史覆辙了。

这首诗将吟咏史实和描写形胜融为一气，音节高亮，语意浩然，风神潇洒，感慨淋漓，尤妙在抑扬顿挫，唱叹有情。田兰芳称之"足夺奸雄之魄，而冷其觊觎之心。"(《玉溪生诗集笺注》引)

(黄　珅)

筹 笔 驿

猿鸟犹疑畏简书，风云长为护储胥。

徒令上将挥神笔，终见降王走传车。

管乐有才真不忝，关张无命欲何如？

他年锦里经祠庙，梁父吟成恨有余。

在四川广元北朝天峡上，有筹笔驿。这原是蜀道中一个不起眼的古驿，但因诸葛亮曾驻兵于此，筹划军事，驿也因人而显，成为一处名胜。以后迁客骚人凡途经于此，常吟诗作文，以致其意。在这些作品中，能将议论和抒情、历史和现实结合起来，并寄托自身的感慨的，当推此诗。

从诸葛亮在此驻军，到李商隐怀古赋诗，时隔数百年，当初的景象早已烟消云散。但在诗人眼中，诸葛亮始终英气奕奕，声威长在。因此眼前飞鸟啼猿，似乎依然畏惧当时严明的号令；而风起林梢，云满山壑，又仿佛始终卫护着森严的壁垒。诗人只是从眼前的景象谈起，但"诵此二句，使人凛然复见孔明风烈"（范温《潜溪诗眼》）。

按照通常的写法，下面一联，应该歌颂诸葛亮神机妙算，鬼神莫测。但此诗却忽作凄凉黯伤之语。尽管诸葛亮在此挥动神笔，但他的一切筹划，又有何用？死后不久，蜀国灭亡，已经投降的后主，被送往洛阳，乘车从这里经过，当他看到诸葛亮留下的故垒，不知有何感触？如果诸葛亮有知，看到这种景象，又有何感想？更有那些对诸葛亮充满感情的风云草木，对此又怎能含羞忍辱，无动于衷？颔联看似平常，但和首联连读，便觉笔下有神，奇横无匹。

　　诸葛亮年轻时常自比为春秋、战国时的良相名将管仲、乐毅，其雄才大略与管、乐相比，确实毫无愧色。他忠诚不渝，多次率兵北伐，但终因蜀国兵弱民贫，加上关羽、张飞相继被杀，如双翼被剪，不能有所作为。天不祚汉，真使人徒唤奈何！有此二句，则前面所写徒挥神笔、难挽蜀亡，就毫无贬义，反能显出诸葛亮独撑危局的风概，与杜甫"运移汉祚终难复，志决身歼军务劳"（《咏怀古迹》），是同一意思。

　　诸葛亮早年隐居隆中，好为《梁父吟》，从中抒发自己的政治抱负。但此诗末句的《梁父吟》，并不是指诸葛亮的原作。在此之前，李商隐曾至成都，过武侯祠，作《武侯庙古柏》，最后二句是："谁将《出师表》，一为问昭融（天）！"末句《梁父吟》，实指前诗。"出师未捷身先死，长使英雄泪满襟！"（《蜀相》）杜甫这二句诗，不仅说出了诸葛亮的遗恨，也说出了包括李商隐在内的所有胸怀大志、但命途多舛的沦落者的长恨。此诗末句的"恨"，不是诸葛亮之恨，而是诗人自己的怅恨，是诗人为诸葛亮"出师未捷"而恨，更为自己生不逢时、未能实现"欲回天地"的理想而恨。此诗意气浩然，寄托遥深，顿挫曲折，唱叹有声，酷似杜甫，无怪王安石说唐代诗人学杜而得其藩篱者，唯李商隐一人。

（黄　坤）

隋　宫

紫泉宫殿锁烟霞，欲取芜城作帝家。

玉玺不缘归日角，锦帆应是到天涯。

于今腐草无萤火，终古垂杨有暮鸦。

地下若逢陈后主，岂宜重问后庭花！

"秦中自古帝王州。"（杜甫《秋兴》）隋文帝统一天下，建都长安，欲恃殽函险固、关中沃壤，包举宇内，控制八方。但时隔不久，长安便失去了京城的繁华，宫殿深锁，烟霞缭绕。紫泉，即紫渊，为流经长安的一条河流，诗中借指长安。贵戚大臣、妃嫔伶优都随炀帝泛江南下，原已"泽葵依井，荒葛罥塗，坛罗虺蜮，阶斗麇鼯"（鲍照《芜城赋》）的扬州，顿时锦绣满目，有如帝王之家。

前二句既写炀帝为所欲为，有迁都扬州之意，下面似应写炀帝在此穷奢极欲、沉迷不悟，但颔联却陡起奇峰，别开生面，反说就连扬州的繁华，也不能牵住炀帝的身心。如果不是反抗的义军风起云涌，传国玉玺过早落入李渊手中（据说唐高祖李渊额角突起如日，旧时常以日角龙庭，称受命帝王），那么炀帝的锦帆龙舟，也许已经将他载到了海角天涯。

炀帝连同他浩浩荡荡的随从，早已被江水淘尽，不见了踪影，但从自然景物之中，依然可看到当年留下的痕迹。为了游山所用，炀帝曾大举征集萤火，一时光遍山谷；由于当时搜罗殆尽，直至今日，仍然连腐草中也难找到萤火。为了赏心悦目，炀帝又下令沿运河种杨柳，一时绿荫满堤；时至今日，暮色中点点昏鸦在枝间聒噪，俨然是一种衰亡的象征。颈联摇曳多姿，兴在象外，在有无对照、今昔对比中，寄寓着深沉的历史教训。

李商隐的咏史诗，以长于讽喻、工于征引见长，这首诗更是运其神思，独辟新境，笔势开展，设想奇特，一波未平，一波又起，以出其不意取胜。据《隋遗录》：炀帝在扬州时，曾游吴公宅鸡台，梦见陈朝亡国之君陈后主，请后主宠妃张丽华舞《玉树后庭花》。一曲终了，后主问炀帝："从长安到扬州，沿途游赏，其乐如何？人活着就是寻欢作乐罢了，过去你对我的行为，为什么如此怪罪呢？"陈后主在历史上以纵情淫乐著称，《后庭花》素称亡国之音。炀帝无视殷鉴，重蹈覆辙，咎由自取，不仅为世人嗤笑，就是再见后主，也难以为容。末联忽发奇想，说炀帝在黄泉重逢陈后主，又怎能再请张丽华舞《后庭花》呢？设意奇警，感慨遥深，风神跌宕，运古入化。

（黄　珅）

马 嵬

海外徒闻更九州，他生未卜此生休。
空闻虎旅传宵柝，无复鸡人报晓筹。
此日六军同驻马，当时七夕笑牵牛。
如何四纪为天子，不及卢家有莫愁。

唐安史叛乱，玄宗仓皇逃奔蜀中，途经马嵬（在今陕西昌平西），六军哗变，玄宗只得令杨妃自缢，以谢天下。这首咏史诗所写内容，和白居易的《长恨歌》相似，但其涵义、表现手法和意境则全然不同。

颈联颇传诵，点出马嵬之变，用事属对，工致罕见。但诗人决不只是为求字句的工巧，而牵入长生殿的旧情，以与马嵬坡的新恨相对。从字面上看，下句和白居易"七月七日长生殿，夜半无人私语时。在天愿作比翼鸟，在地愿为连理枝"写的是同一件事。但白诗是通过描写当时的恋情，来衬托此日分离的伤痛，而李诗则以此日的悲恨，来隐射当时的荒淫。这一联包含着多层涵义：造成此日六军驻马、杨妃溅血的状况，全因当时玄宗沉溺女色、荒怠朝政所致，这是一；马嵬祸起，玄宗为了保全自己，不惜牺牲杨妃，那么他当时和杨妃在长生殿上的山盟海誓，究竟是真是假？这是二；当时二人取笑牛郎、织女天各一方，自以为能永世相守，而此日他们却生死异所，永无相见之时，岂不反为牛郎、织女所笑？这是三。

白居易的《长恨歌》洋洋长篇，风华掩映，一气舒卷。而在律诗八句之中，也同样用平铺直叙的手法，就决难生色。因此同其余咏史诗一样，诗人精选意象，融化排斡，用逆挽倒叙之法，化平实为摇曳，化板滞为跌宕，写得纵横舒展，波澜曲折。想当年月下歌舞，两情缱绻，只苦春宵太短，难以尽欢；看如今皓月当空，唯柝声传响，再无鸡人（古代报晓之官）报晓，催促早朝。从事情发展的时间顺序看，颔联就事实言，是颈联上句的继续，"六军同驻马"后的凄凉情景；从诗的内涵看，颔联又先挈颈联下句，反衬出"七夕笑牵牛"的荒唐。

冯浩说此诗起句"破空而来，最是妙境。"（《玉溪生诗集笺注》）何焯说首联"变化之至，超忽。"（《义门读书记》）从诗的章法看，确是如此。但就事实言，首联正由颔联事来，对于像玄宗那样的风流天子，当然无法容忍深夜闻柝的凄凉孤寂，由此更加怀念和杨妃的欢情，以至后来听信方士的胡言，上穷碧落，下至黄泉，到处寻找。"在天愿作比翼鸟，在地愿为连理枝"的誓言，是那么虚幻，今生永世欢爱的意愿，则实实在在已经破灭。即使正像方士所说的那样，杨妃远在九州之外的海外仙山，但幽冥路隔，仙凡难通，也只是徒然引起"天长地久有时尽，此恨绵绵无绝期"的慨叹罢了。

最后二句，诗人以其惯有的冷隽的口吻发问：为什么玄宗贵为天子，在位四十余年，最后却掩面流涕，只能眼看杨妃血污马嵬，甚至不能像一个普通百姓，保全自己的妻子？余音袅袅，发人深省。

（黄　坤）

重过圣女祠

白石岩扉碧藓滋，上清沦谪得归迟。
一春梦雨常飘瓦，尽日灵风不满旗。
萼绿华来无定所，杜兰香去未移时。
玉郎会此通仙籍，忆向天阶问紫芝。

　　李商隐年轻时，曾在河南玉阳山一带隐居学道，并和女道士宋华阳姐妹，有过一段恋情，只是在他们中间，横着某种障碍，最终未能遂愿。日后诗人故地重游，以圣女借指宋氏姐妹，写了几首追念旧情的诗，这是其中一篇。

　　旧说在陈仓（今陕西宝鸡）、大散关（在宝鸡西南大散岭上）间，悬崖旁有神像，状似妇人，世称圣女祠；李商隐途经此地，目睹此景，借吟咏圣女凄凉，以寓身世沦落之感，未免过于穿凿。诗中"上清"，原是道家所说的神仙洞府，此借指玉阳山灵都观（玄宗妹玉真公主曾在此修道，进号上清玄都大洞三景师）。诗人也曾在此学道，后为薄宦所累，飘泊天涯，如从仙界复落尘世，故有"沦谪"之说。当年祠宇应是幽篁成韵，蕙香缭绕，龙护瑶窗，凤掩朱门，何等高雅庄严，如今唯见山门深掩，碧藓滋生，景物全非，情不能堪，故有"归迟"之叹。

　　颔联为后人激赏的名句。春雨濛濛，飘洒在瓦檐之上；春风习习，无力将整面旗帜卷起。眼前这种凄迷的景象，更加深了诗人的落寞之情。据宋玉《高唐赋序》，楚襄王游云梦台，梦见一女子，自称巫山之女，愿荐枕席，临别时说："妾在巫山之阳，高丘之阻，旦在朝云，暮为行雨，朝朝暮暮，阳台之下。"颔联上句即暗用其事，"梦雨"，谓那如丝的细雨，将诗人带入楚王梦见巫山神女一般的氛围之中，并似乎从中感到了圣女的气息、听到了她的脚步。但这种雨景，又是那么飘忽，到哪里、怎样才能见到圣女呢？蓬山远隔，音信难通，相思成灰，好风何处？眼前春风无力，又怎能凭借？这种可望而不可即、可思而不可得的情景，如"神光离合，乍阴乍阳"（曹植《洛神赋》），缥缥渺渺，恍恍惚惚。还有什么描写，能比这更细腻、真切地表现诗人当时追思旧情、但又难圆旧梦的情意呢？据说寇准深爱这二句诗，"以为有不尽之致"（吕本中《紫薇诗话》）。

　　由于诗中写的是山中幽寂的祠宇，是和尘世远隔的求仙之所，故诗人又借用荒忽迷幻的神仙典故，来渲染一种空灵惝恍的神话般的境界。萼绿华、杜兰香，均为道教传说中的女仙，在此用以比喻宋氏姐妹。颈联没有从正面去描写"仙女"的风姿容貌，只是用"无定所""未移时"，写出"仙女"的踪迹不定、来去匆匆，以此暗示人生如梦，聚散无常。

　　眼前的惆怅，更促成诗人对往日的追忆。李商隐号玉溪生，在此以"玉郎"自指。最后二句说自己正是在此接受仙箓，访求灵芝仙草。如今学道不成，求仙无缘，更兼"圣女"已去，往事难回，空怀旧情，曷胜怅望!

　　此诗笔势飘忽，文思缥渺，遣词诡丽，造义幽杳，写得似真似梦，亦真亦幻。由于诗人长于表现象外之象、韵外之致，故这种诞谩的词语、朦胧的意境，反能使人得到一种更耐寻味的美感。

（黄　坤）

银河吹笙

怅望银河吹玉笙，楼寒院冷接平明。
重衾幽梦他年断，别树羁雌昨夜惊。
月榭故香因雨发，风帘残烛隔霜清。
不须浪作缑山意，湘瑟秦箫自有情。

　　首句拈出"银河""玉笙"这两个意象，作者似乎是漫不经心地将它们缀入诗中，读者也往往因太常见而轻易放过。甚至像朱彝尊这样的著名诗人，也怀疑此诗只是写"吹笙"，"银河"二字因笙而误入题中。但恰恰正是这两个意象，点明了诗的主题。

　　据《列仙传》，王子乔好吹笙，七月七日于缑氏山头（在今河南偃师），乘白鹤而去。七月七日，又是牛郎织女凭鹊桥度银河相会之日，首联合用二典，却又以一个"怅"字联带，将成仙之意撇开，而侧注于牛女之事。诗人怅望银河，吹起了幽怨的玉笙，这惆怅既因牛郎织女的相会引起，那么在他的心中，一定存有天各一方的怅恨。颔联即补足其意：昔日的欢情好梦，早已断绝经年，而前夜惊起的一只孤栖的雌鸟，却又重新"惊"起了诗人似已麻木了的梦思。因此他企望重新去追寻那久已失落了的恋情，于是他独步小院，独上高楼，全不顾漫漫长夜，风寒露冷，彻夜吹笙，直至次日平明。清代诗人黄景仁的名作:"几回花下坐吹箫,银河红墙人望遥。似此星辰非昨夜,为谁风露立中宵? 缠绵思尽抽残茧,宛转心伤剥后蕉。三五年时三五月,可怜杯酒不曾消。"(《绮怀》)遣词造境,均由此诗化出。

然而诗人追寻到了什么呢? 当初携手台榭,曾见明月清辉沐浴一园花丛,多谢细雨(日间的? 昨夜的? ——诗人未明言)有情,催开了旧日的朵蕾,故香阵阵,递送着温馨的记忆;然而清风拂拂,残烛荧荧;吹卷珠帘,映照清霜,复使人顿悟鲜花虽然重开,但如花之人,却早已远去。这种忽现即逝的幻觉,使诗人分外悲慨,于是他自我解嘲地说:善于吹笙的王子乔,已在猴山乘白鹤仙去,而我今宵吹笙,却非空怀成仙之想;正如那鼓瑟的湘灵、吹箫的萧史,自有那别一种情意。按《楚辞·远游》:"使湘灵鼓瑟兮,令海若舞冯夷。"湘灵即湘水女神,指湘君和湘夫人,为舜二妃,溺水而亡。又《列仙传》载:秦穆公女弄玉,爱听萧史吹箫,后结为夫妇,居凤台之上,一夕乘凤而去,空留凤台。尾联反挑篇首"吹玉笙",同时翻出新意,连用两个仙灵的爱情故事,传递出一种虽然缥渺、空幻、却又是执着、实在的人间真情。

李商隐这首诗,词语并不晦涩,用典也不冷僻,但杳渺深曲,缠绵顿折,故依然让人感到扑朔迷离,耐于寻味。这是因为诗人以其特有的细微的感受,精心选用了一些十分美丽的意象,作用于人的耳目,使人感到一种难以言喻的美,并通过这种视听效果,充分调动人们丰富的想象力,从而使这种美变得更加深纯和空灵。

(黄　坤)

无　题

来是空言去绝踪，月斜楼上五更钟。

梦为远别啼难唤，书被催成墨未浓。

蜡照半笼金翡翠，麝熏微度绣芙蓉。

刘郎已恨蓬山远，更隔蓬山一万重！

此诗是义山夜待情人，至晓不至，在绝望的情绪下写出的记恨词。

首联"来是空言去绝踪，月斜楼上五更钟"，是说诗人通宵都在等待，看着明月向楼上斜去，听着钟声一次次敲响，为什么她还不来呢？她一去便无踪影，当初赴约的允诺分明已成了空话。这里，"五更钟"似宜解释为"一夜的钟声"为宜，古时一夜分为五更，唐时夜间也鸣钟报时（见《唐六典》卷十《太史局》、《新唐书》卷四七《职官志·司天台》），若将"五更钟"解释为"晨钟"，似不能体现出诗人期人不至、听钟漏而待旦的心情。与其将"五更钟"释为时间上的一个点，不如将它释为具有长度的线来得适宜。

"梦为远别啼难唤"，诗人在等待中曾朦胧睡去，但并没有"好梦留人睡"，梦中出现的竟是诗人与心中的她远别的情景。纵然美人所住非遥，但咫尺天涯，不能相见，反映在梦中就形为远别了。香车远去，啼唤难回，与室迩人遐，思之不见的况味有什么区别呢？同样是有情人不能相会啊！在这一点上，梦是较现实更为真实的。"书被催成墨未浓"，诗人梦醒之后，不由得在感情的催迫下，未待墨浓，即已舐笔，急急给对方写了一封信。是讯问不来之由？是诉说相思之苦？还是重约再会之期？诗人都没有说，但读者自可意会。

"蜡照半笼金翡翠，麝熏微度绣芙蓉"，这一联用以衬托诗人自己的孤寂。"金翡翠"，有人谓指屏风，有人谓指被褥，有人谓指帷帐，有人谓指灯罩；"绣芙蓉"，有人谓指帘箔，有人谓指被褥，有人谓指羽帐。诸说均无确证，我们只要理解为有着翡翠鸟图案、绣着芙蓉花的高级用品就可以了。此联有人以为是描写燕昵之欢，实则大误。诚然，"金翡翠""绣芙蓉"宜于欢会，但"蜡照半笼""麝熏微度"的情景，只有在独自一人时，才会觉察和感受。因而"金翡翠""绣芙蓉"在此更突出自己的形单影只。

诗人在绝望中不由地发出了"刘郎已恨蓬山远，更隔蓬山一万重"的叹息。史载汉武帝刘彻为求仙，派人寻蓬莱山，终不能到。此联即用其典，而加以生发：我和她之间岂止隔着蓬山，是隔着一万重蓬山啊！此联是义山名句，后采清代诗人黄景仁的情诗《绮怀》中的"何须更说蓬山远，一角屏山便不逢"，便由此化出。

从结构上来看，整首诗皆围绕首句"来是空言去绝踪"为中心，写出了诗人期望、等待、入梦、梦觉、修书、孤坐、绝望的过程，虽然写的只是诗人恋爱中的个人经历，但由于反映了人类最普通的情感，所以千载而下，读来还是那么令人感动。

（刘永翔）

无 题

（二首选一）

昨夜星辰昨夜风，画楼西畔桂堂东。

身无彩凤双飞翼，心有灵犀一点通。

隔座送钩春酒暖，分曹射覆蜡灯红。

嗟余听鼓应官去，走马兰台类转蓬。

　　读"无题"类诗时，需要运用丰富的想象力和缜密的分析综合，以填补诗句间的跳跃所留下的空白，探索诗人故意省略所隐去的那些意蕴。题名为义山作的《杂纂》所云"隔壁闻语"，正为读者指示法门。

　　首联点明时、地。既言"昨夜"，则诗必今日所作；叠言"昨夜"，则透露出对于这个"昨夜"，诗人的印象是如此强烈，以至念念不忘。"西"与"东"二字说明地点在"画楼"与"桂堂"之间，而非其内。与首句"星辰"与"风"对照，其地当在花园中的一个露天场合。时、地既明，但在此时、地究竟发生了什么事呢？有人说即指颈联"隔座送钩春酒暖，分曹射覆蜡灯红"中所描述的宴饮、游戏之事，但我们觉得颈联既言"隔座"、"分曹"（分组），显然是指室中人众之处，与此联所述不合。所以除了时、地以外，诗人对其事在诗中实未明言。

　　但尽管作者对此秘而不宣，我们从颔联"身无彩凤双飞翼，心有灵犀一点通"中，却可窥见一些端倪。诗人既叹身无凤翼，自然已与某人分别；既言心有犀通（古人谓犀角有白线通两头），自然已与某人目成心许。可见首联所言必是幽会之地，星空之下，夜风之中，决不会是送钩（藏钩于手，以较胜负的游戏）、射覆（猜度覆盂下物的一类游戏，后人亦称猜谜为射覆）的室内宴饮游戏之地。否则诗人用不着在诗的开头，即如此强调时、地。因为只有在"夜半无人私语时"，灿烂的星空和吹拂的夜风才会给幽会的情人留下这样深刻的印象。

　　末联意谓自己听着官街鼓骑马去秘书省应卯，真像风中蓬草，身不由己。味其意，似谓颈联所叙之乐，若非有公事在身，是可以通宵达旦、继续下去的；只是因为要去应卯，才打断了这些赏心乐事。由此更可证明，义山所思之不置的"昨夜"之事，决不是宴饮、游戏之类，因为这些乐事在今夜或明晚还可再现，用不到深叹"身无彩凤双飞翼"的。足以使诗人生此感叹者，一定非某种很难得到的机会不可。我们所假设的幽会正符合这样的条件。

　　根据诗意，我们当然明白，颈联所叙的宴饮、游戏场合，义山所恋者也必在场，只是众目睽睽，相亲不易。偶有机会，在"画楼西畔桂堂东"的地方，得一诉衷肠，随即匆匆离去，又回到座间与众人一起送钩、射覆，装得若无其事。但共同游戏终究抵不上单独相对啊！不久，晓鼓骤鸣，义山起而告辞，于走马应官之际，回思昨夜，恍如梦寐，于是不禁生"转蓬"之叹：即使是在大众场合的见面也是那么的短暂!

本诗共有二首，第二首云："闻道阊门萼绿华，昔年相望抵天涯。岂知一夜秦楼客，偷看吴王苑内花。"如果此诗与第一首所叙为一事，那么我们由此可知，义山早就慕彼美之名，本以为无缘相见，岂知一夜竟得谐夙愿，甚至过其所望。

前人有谓此诗为义山窥窃贵人家姬之作，说虽近是，但对具体内容的解说不是含糊过去，就是尚有扞格。这里我们所作的诠释和赏鉴，虽然未必完全符合义山的本意，但也许消除了旧说的牴牾，解析了原诗的疑难。

（刘永翔）

无　题

相见时难别亦难，东风无力百花残。

春蚕到死丝方尽，蜡炬成灰泪始干。

晓镜但愁云鬓改，夜吟应觉月光寒。

蓬山此去无多路，青鸟殷勤为探看。

这是一首诉相思之情，叙别离之苦，对重逢寄托希望的情诗。

首句"相见时难别亦难"，翻用曹丕《燕歌行》的"别日何易会日难"，曹植《当来日大难》的"别易会难"，而更进了一层。"相见时难"，是就客观的环境来说的；而"别亦难"则是就主观的感情来说的。正因为相见不易，所以愈觉离别为难。次句"东风无力百花残"，用比兴的手法表现离别的来临无可避免，"东风无力"，指无人为之助力；"百花残"，比喻离别的黯然销魂。这样的承接胜于用赋，他人正未易到，所以冯舒称之云："第二句毕世接不出。"

颔联是千古传诵的名句："春蚕到死丝方尽，蜡炬成灰泪始干。""丝"谐音"思"，蜡泪象征痛苦。二句表示自己的相思之情和愿为爱情受苦之心，都是至死方休的。由于此联表达意愿的坚决和感情的深挚，后人往往断章引来表达对学业或事业的执着。纪昀认为"三、四太纤近鄙，不足存"，在我们看来，此联比喻虽巧，但由于充满了感情，读来只觉一往情深，根本没有纤靡之感。纪氏之说，实为偏见。

颈联乃是揣想对方现在的情形：离别之后，想必容光销减。晓起对镜，只愁云鬓凋残；夜步吟诗，不顾月光清冷。此种写法乃从老杜"今夜鄜州月"一首得来，亦与后来韦庄《浣溪沙》"夜夜相思更漏残，伤心明月凭栏干，想君思我锦衾寒"词中的意境仿佛。

末联"蓬山此去无多路，青鸟殷勤为探看"，与作者自己的"刘郎已恨蓬山远，更隔蓬山一万重"（《无题四首》之一）之句用意恰好相反。诗人对久别重逢和再谐连理似乎又燃起了希望：也许仙境就在眼前，只要努力就能到达，写一封信请青鸟带去试探一下吧！

我们不知道此诗与"来是空言去绝踪"诗的创作究竟孰前孰后，也不知道二诗中涉及的对方是不是同一个人。作为读者，我们不妨假设二诗针对着同一个对象，此首诗写在前，而"来是"首作在后，那样，在我们的脑海里将编织出一个怎样凄惋的恋爱故事啊！相识、定情、离别、相思、痛苦、希望、通书、失约、绝望。这对于整个世界来说，可能是平淡无奇之事，但对于个中人来说，却又会是怎样刻骨铭心、不能忘却的一页啊！只要是失恋过的人或劳燕分飞的情人，都会引起共鸣，对于自己的前尘影事泛起莫名的惆怅。这正是义山《无题》诗为读者喜爱的原因之一。

当然，我们的理解不一定被所有的人所接受，但我们觉得，无论如何，这样来理解总比许多古代注家把此诗看成是义山向令狐绹乞怜之作切合得多，也有意味得多。

（刘永翔）

春 雨

怅卧新春白袷衣，白门寥落意多违。

红楼隔雨相望冷，珠箔飘灯独自归。

远路应悲春晼晚，残宵犹得梦依稀。

玉珰缄札何由达，万里云罗一雁飞。

　　"暂出白门前，杨柳可藏乌。欢作沉水香，依作博山炉。"（《杨叛儿》）这是南朝的一首情歌。白门为建康（今江苏南京）城西门，此指诗人与恋人欢会之处。昔日相会之地，如今是那样寂寥冷落，心中感到不是滋味。诗人在怅卧中不禁陷入了沉思，他忆及当时寻访情人不遇，孤寂地站在雨中，望着伊人居住的地方。依然是那熟悉的红楼，只是不见温柔的红袖；只有默默的追忆，清清冷冷，却没有两情的交流。当初在这里嬉游，燕语花笑，境热、人热、情更热；如今在这里伫立，风凄雨悲，景冷、身冷、心更冷。密密的雨丝，犹如珠帘，飘拂着车上的灯，撩拨着诗人的心。春雨如麻，心情如麻；灯火明灭，情思黯淡。独自回到家中，独自品味着孤寂的痛苦。割不断的情丝、抛不开的相思，依然留在心头，萦系在伊人身上。当此春晚，景物凄凄，更兼日暮，烟雨濛濛，远方的伊人，也该触动惜春的情怀，也该惹起别离的伤感。满怀惆怅，那堪风雨敲窗，长夜未央，耿耿不眠，直至清晨，方才朦胧入梦，仿佛伊人，就在身傍。梦中醒来，音容宛然，心意迷离，神思恍惚。这种可望不可即、可思不可亲的情景，更使人独抱痴心，不能自已。唯有玉珰定情，锦书寄意。只是万里云罗，一雁孤飞，此书此情，怎样才能飞度茫茫云天，越过重重罗网，送到伊人手中，传到伊人心上？

　　这首诗题为"春雨"，其实是一首无题诗，诗人只是借春雨寄怀，并非吟咏春雨。李商隐的无题诗，以深情绵邈见长，有荡气回肠之效，此诗也充分表现出这种特色。但它又不像某些无题诗纡曲其指，诞谩其词，绮密瑰妍，景象迷离。除了"白门"一词，诗中不见其他典故，甚至不见比兴手法。全诗通篇都用白描，就像高秋的晴空那么清明，飘浮的行云那么自然；清词丽句，像碧池中凌波玉立的娇荷；委婉多致，又像河堤上迎风摇曳的垂柳；诗中的意境，犹如琴声在修竹中飘荡悠扬；诗人的感情，犹如桃花潭水那么深沉凝重；而诗人的心意，又是那么迷茫，就像濛濛杨花，在细雨中飞舞飘荡。这样的诗，不用求其寓意，也不必求其深意，它的美，是那么明白、那么纯净，仿佛就在人的眼前，就在人的心头。

　　　　　　　　　　　　　　　　　　　　（黄　珅）

乐 游 原

向晚意不适，驱车登古原。
夕阳无限好，只是近黄昏。

乐游原又名乐游园，汉宣帝修乐游庙，因以为名。故址在今西安市郊，地居高处，四望宽敞。每年上巳、重阳，士女都要来此登高游赏。李商隐在长安，曾数游其地。诗人写乐游原，好写其黄昏景色，如七绝《乐游原》："万树鸣蝉隔岸红，乐游原上有西风。羲和自趁虞泉宿，不放斜阳更向东。"又如《柳》："曾逐东风拂舞筵，乐游春苑断肠天。如何肯到清秋日，已带斜阳又带蝉。"这首五绝，虽然同样写景抒慨，却表现出一种全新的意境。

"不管相思人老尽，朝朝容易下西墙"（韩偓《夕阳》），这是直接抒写桑榆迟暮的伤感；"但将酩酊酬佳节，不用登临恨落晖"（杜牧《九日齐山登高》），其语已较婉曲。此诗下联，更是抑扬尽致，低回无限。诗人在"意不适"之时，驱车出游，见夕阳瑰丽，便以"无限好"三字尽情赞美，令人为之一振。但下面"只是"一转，又跌入更加不适的境地：惟其无限好，故对其流逝，就更觉惋惜；而在惊叹赞美之余，猛地觉悟到这美好的景物正在渐渐消失，这又怎能不使人感到无限悲凉？

诗人登上古原，纵目眺望，但见夕阳绚烂，暮色苍茫，一时心事浩茫，百感交集，迟暮之感、沉沦之痛，触绪纷来，不可名状。当此之时，诗人只是表现面对大自然的直观感受，对整个宇宙、人生的下意识感发，不会、也不可能去表现任何具体、特定的意义。惟其不泥一端，故能无所不包，时事身世，尽在其中，使人能从各个角度，来解释，来寻味。正是由此，前人说此诗"消息甚大，为绝句中所未有"（管世铭《读雪山房唐诗序例》）。　　　　（黄　坤）

初食笋呈座中

嫩箨香苞初出林，於陵论价重如金。
皇都陆海应无数，忍剪凌云一寸心。

　　这是一首咏物寄兴诗，冯浩等以为是诗人早年居兖海观察使（治兖州，在今山东）崔戎幕时所作。大和七年（833），义山应试不第。翌年春，随从表叔崔戎赴兖州。诗系在兖幕宴上即兴而作，托物寓讽以破土初出的嫩笋自喻，抒发了青年人的凌云壮志，同时对皇都秉权者摧抑人才的行为表示了忧虑和不平。

　　首二句先状初出林幼笋的鲜嫩清香，喻其品质之美。接言其价值千金，却供作兖幕宴席上食用。於陵，今山东邹平，近兖，所产般肠竹笋特名贵，在二句补出，遂使语言婉曲，蕴含怜才借物之情。三、四句由咏物转出寄兴。由食笋联想到皇都长安附近素有“陆海”之称的鄠杜竹林，其中同样有无数可以长成凌云美材的幼笋被剪伐食用，如此暴殄天物，于心何忍！诗意由隐渐显，远而不尽，达到了人、物一体的境界，富于韵外之致，显示出诗人早期诗作已初具“深情绵邈”的风格。

（周建国）

宿骆氏亭寄怀崔雍崔衮

竹坞无尘水槛清，相思迢递隔重城。

秋阴不散霜飞晚，留得枯荷听雨声。

　　题中崔雍、崔衮是作者从表叔崔戎之子。骆氏亭，据注家考证在长安城外。诗系告别崔氏兄弟后旅夜寄怀之作。

　　骆姓亭园座落在绿竹丛生的土坡上，亭外栏杆下是一脉清水。静夜相思是唐诗中习见的意象，而此诗起首即以清词丽句创造优美境界来传达自己的怀人相思，格调尤为清新。次句所谓"隔重城"指自身客居之地与崔氏兄弟所居横隔着重重城池。但重城阻不住其神思飞越，迢递的空间反而促使他思情倍增。

　　三、四句从想象中的重城回到索寞寂寥的客居。事实上诗人是从雨滴枯荷联想到连日秋阴，又从秋阴不散感悟到今秋霜迟，起岁云暮矣、客况萧索之感，却以逆笔出之，辗转相思情状既可从那曲折推想过程中细细品味出来，而枯荷雨声更化实为虚，于篇末留下了无尽言外之意。所以何焯说："下二句暗藏永夜不寐，相思可以意得也。"（《义门读书记》）

　　全诗句句写景，又句句寓有感人的清思。短短四句几经转折，情与物会，堪称李商隐诗歌中婉曲抒情的代表作之一。　　（周建国）

夜雨寄北

君问归期未有期，巴山夜雨涨秋池。
何当共剪西窗烛，却话巴山夜雨时？

　　这首诗在有些唐诗选本里题作《夜雨寄内》，以为是寄给妻子的诗。但诗作于巴蜀，李商隐大中五年（851）冬应柳仲郢之请，赴辟东川幕府时，其妻王氏已病逝。此应是寄给在北方的长安友人之诗，不是寄内之作。

　　诗以一问一答起笔，明白如话而有跌宕之致。首句中"期"字重复，颇为细腻地表露了诗人羁旅他乡、不得归还的心绪。接着，诗人推开一笔，即景抒情。"巴山"，指作者当时正幕居的东川一带的山。他听着绵绵的巴山秋雨，推想雨水已涨满秋池。盈满的雨水象征诗人神驰长安的情思。诗的后半由实转虚，运用示现修辞手法把美好的遐想写得宛然在目。"共剪西窗烛"是他重逢故人的遐想，诗由此超越时空，从眼前的巴山转到未来的长安。"巴山夜雨"的字句重用更使全篇情景交融，意蕴连贯。次句"巴山夜雨"是身在巴山，神驰长安。结句"巴山夜雨"乃设想他日在长安欢晤故人，话及此时情景。作者抓住这瞬间的至性至情向空灵不尽处落墨，不仅打破了短诗忌避字句重用的常规，而且使文意更为曲折深厚，显示了诗人后期炉火纯青的功力。

全诗语句清淡平易，明白如话，而意蕴连贯，含蓄隽永。何焯赞其如"水精如意玉连环"(《李义山诗辑评》)。它在以藻绘典丽著称的李商隐诗中是别具一格的。

(周建国)

嫦　娥

云母屏风烛影深，长河渐落晓星沉。
嫦娥应悔偷灵药，碧海青天夜夜心。

　　不少注家都以为这是借咏嫦娥而别有寓意的，但历来对寓意的解说却是迭出纷纭。联系义山若干咏女冠诗曾以"月娥孀独"喻其孤寂，以"窃药"喻其入道学仙。本诗所咏实有相似之背景，我们将诗理解为对入道女冠寂寥无欢生活的同情，亦似符合作者的创作本意。

　　前两句展现了女主人公永夜难寐的情景。华贵的陈设适足反衬身居此间人物的凄清悲凉，而沉静渺远的氛氲又自然酝酿出后两句人物由对月伤怀而忽发遐思奇想。她由自身的处境联想到月宫中嫦娥的夜夜独处，揣度嫦娥该是在追悔当初偷吃灵药飞升入月之举吧。诗以嫦娥窃药升天喻女冠入道学仙，却从对面着笔，似镜照形，突出了女主人公的寂寞苦闷。全诗虚实相生，主客交融，通体浑成。

　　此诗笔调的细婉亦令人爱玩。烛影深——银河落——晓星沉，由深夜到黎明，又以"夜夜心"作殿。可见"此恨绵绵无绝时"之慨，极为传神地刻画出一位不甘寂寞、又格于教规的怀春女冠形象。

（周建国）

霜　月

初闻征雁已无蝉，百尺楼高水接天。
青女素娥俱耐冷，月中霜里斗婵娟。

　　本诗描绘了一幅秋夜雅洁明净的图景，此中寓意很难确定，也不必强为确定，但它一扫历来悲秋的传统主题，却显而易见。而尽情赞美在高寒环境里仍显示出美好风姿的事物，含英咀华，则更有佳趣。

　　时届深秋，初闻南飞征雁嘹唳的鸣声，始悟连月来撩人愁思的蝉唱业已消歇。于是诗人心怀顿开，登楼南眺，只见霜华、月光上下辉映。"水接天"，暗写霜月似水一色，与天相接，并为下文写霜月耐冷争妍作了渲染。头两句一实一虚，传出诗人月夕登楼，面对空明澄澈世界的清新感受。

　　后两句再就前面描绘的景物加以神奇的想象：秋夜何以会如此皎洁明净？那是因为主管霜、月的青女、素娥不畏寒冷，在相互争妍斗美。作者将自己瞬间的独特感受注入客观物象。诗是瞬间佳境的敏感捕捉。如果说诗人创造的意境是心灵的自然流露，那么他得先有那份心境，才能写出如此完美清新的作品。

（周建国）

咸　阳

咸阳宫阙郁嵯峨，六国楼台艳绮罗。

自是当时天帝醉，不关秦地有山河。

　　这首咏史七绝的作年难以确定，唯义山数度寓京，当是留居长安时的兴感之作。

　　一、二句互文见义，极富含蕴。《史记·秦始皇本纪》曰："秦每破诸侯，写仿其宫室，作之咸阳北阪上。……所得诸侯美人钟鼓，以充入之。"诗表面写秦灭六国，在咸阳大兴宫室的煊赫声势。实际上，其象征意义则在暗示秦与六国一样，正在穷奢极欲地重蹈亡国覆辙。

　　三、四句专就秦事展开议论。传说天帝醉中曾将下土赐予秦穆公。然有醉必有醒，秦灭六国而旋踵自亡。言外见得皇权神授之不足凭信。这与诗人在《行次西郊作一百韵》中说的"又闻理与乱，系人不系天"是一致的，又因此而言山河形胜也不足为凭依。贾谊《过秦论》认为秦称雄诸侯的原因之一是"被山带河以为固"，诗人则反其意而用之。天时地利既俱不足凭，那么人和为要，全在不言之中了。

　　此诗通篇使事用典，对有关秦的诸种说法加以辨析议论，翻出新意。其虽不能如文章那样铺陈尽致，而用笔曲折、意蕴丰富，则令人深思。与杜牧咏史诗之淋漓犀快，亦各擅胜场。　　　　　　（周建国）

贾　生

宣室求贤访逐臣，贾生才调更无伦。

可怜夜半虚前席，不问苍生问鬼神。

宣室奉召曾是古代文人艳羡的君臣遇合盛事，李商隐则独具慧眼地看出了事件里杰出人才被视同卜祝的不幸。

诗的基本结构是前扬后抑。开头叙写汉文帝求贤若渴，既"求"又"访"，其谦恭的神情宛然若见。诗句亦叙亦议，意蕴丰富。"宣室"寓夜召意，"逐臣"寓自长沙征回意。"贾生才调更无伦"，既是诗人对贾谊才能风调无与伦比的赞美，又隐括了文帝夜召后所说"吾久不见贾生，自以为过之，今不及也"一语。只要熟悉故事，人们不难从议论叙事里领略到丰富的诗歌意象。

诗的后半纯以议论出之，抓住文帝倾听贾谊具道鬼神之本忘情前席的举动转而一抑。着"可怜"二字，感慨系之。贾生怀经邦济世之才，却被君主视同卜祝，这才是真正意义上的怀才不遇，其不幸更甚于前此之迁谪长沙。

本篇可算得以议论为诗，而议叙里面却有栩栩如生的形象画面。作者以唱叹有情的笔调发抒感慨，读来情韵悠长、不见论断之迹。

（周建国）

南　朝

地险悠悠天险长，金陵王气应瑶光。

休夸此地分天下，只得徐妃半面妆。

　　金粉南朝败亡相继，是义山咏史常用的题材。本诗选取南朝君主自恃上应天象、下据形胜，却只图偏安的事实，发抒议论。诗从古称金陵的南朝都城建康（今江苏南京）说起。诸葛亮出使吴地目睹此处山阜，曾叹曰："钟山龙盘，石头虎踞，此帝王之宅。"这便是它的地险。天险，指城外浩渺的长江。吴地属斗宿分野，南朝诸帝对此更为得意。北斗在星空里明亮高远，他们就自欺欺人地以为王朝的气运特别好。次句中的"瑶光"是北斗第七星，这里借以代指全体。

　　莫里哀在《达尔杜弗》序言中说："一本正经的教训即使最尖锐，往往不及讽刺有力量。"南朝苟安江左的事实是对昏庸君主所夸示的王气形胜最有力的嘲讽。诗人匠心独运，借梁元帝和妃子徐昭珮不和的故事，来比拟南朝只有半壁江山的可悲。史载徐妃姿容不美，元帝二、三年一入房，徐妃因元帝独眼，每知其将至，必以半面妆相待，元帝看到大怒离去。诗的后半先以"休夸"句陡转力折，再以笑谑为讥刺，妙语解颐，却因刚柔相济而略无纤巧之嫌，反见言外情韵。

　　题曰南朝，诗只举梁元帝故事。义山咏史常用这种举一以概其余的手法，故诗的垂戒之意又不拘限于南朝。

（周建国）

齐宫词

永寿兵来夜不扃，金莲无复印中庭。

梁台歌管三更罢，犹自风摇九子铃。

题曰"齐宫词"，主旨则在表现梁朝新主淫乐相继，重蹈亡齐覆辙。其悲恨相续的趋势在诗歌的场景描写里自然地显示出来。

起笔以形象的笔触叙写齐梁易代历史。齐后主宠幸潘妃，为其造永寿等殿，更凿金为莲花贴于殿廷，令潘妃行其上，称作"步步生莲花"。当雍州刺史萧衍率军攻建康、齐臣王珍国等引兵入宫响应时，后主尚在含德殿夜宴作乐，而兵至被斩。齐宫夜间连宫门都不关闭，后主醉生梦死之状可想而知。次句说殿廷中再也看不到潘妃步步生莲花的舞姿了。"无复"二字深寓兴衰之慨。

诗的三、四句用九子铃贯串齐梁，富有寻绎遗教垂戒的深刻意义。三句接"兵来"由齐入梁，四句合绾齐梁，以玉铃返照金莲。梁台，即梁朝。晋、宋间称朝廷禁近为台，时又夜深，梁朝新主歌舞弦管之乐初歇，当年后主为装饰潘妃宫室而摘取的华严寺玉九子铃又在风中摇曳作响，其可久乎？不禁使人联想到"金莲无复"的前代下场。

此诗主要用记叙写法，以唱叹出之，既不像《龙池》的纯用白描，也有别于《贾生》的纯用议论，手法不同而各极其致。诗人随物赋形，不拘囿于一格，于此可见一斑。

(周建国)

北 齐

（二首选一）

一笑相倾国便亡，何劳荆棘始堪伤。

小怜玉体横陈夜，已报周师入晋阳。

  诗咏北齐后主高纬宠幸冯小怜荒淫失国事。上两句议论警策，下两句援史以证。字面极亵昵，而炯戒之意却极严肃。

  诗以使典议论发端，能引起深沉的历史感。"一笑"，用周幽王宠褒姒围城不救故事，高纬后来也是城破国亡，使事精切。"荆棘"用晋索靖预知天下将乱，指洛阳宫门外铜驼而叹"会见汝在荆棘中耳"事。两句意蕴连贯，议论之中极富意象。

  接着诗再对后主荒淫失国情景展开绘声绘色的描写。高纬溺于冯小怜的美色，愿得生死一处，终日宴昵游猎。"玉体横陈"是一幅触目的春宫图，也是他们荒淫生活的典型写照。结果导致北周军队攻入晋阳，重镇一失，北齐旋亡。冯浩引钱良择语曰："故用极亵昵字，下句方有力。"很有见地。

  义山咏史诗为了揭示隐藏在事件表象下的本质，往往对史料加以剪裁改造。如《齐宫词》将萧宝卷被杀于含德殿改为永寿殿，《南朝》将梁元帝都江陵改为金陵，本诗将冯小怜进御之夕与北周破晋阳并非同时发生的事浓缩到极短的瞬间来表现，都显示了诗人艺术构思的独特。

（周建国）

龙　池

龙池赐酒敞云屏，羯鼓声高众乐停。
夜半宴归宫漏永，薛王沉醉寿王醒。

　　义山对唐玄宗夺子寿王妃杨玉环为妃嫔的恶行屡有讥刺，《龙池》篇尤耐寻味。

　　龙池，在兴庆宫，原系玄宗为藩王时的潜邸。他登位后常在此与家人宴饮叙乐。诗云"赐酒敞云屏"，可见那是一次亲属众多、无分内外的家宴；原为寿王妃的杨氏当然亦正在座。突然，众乐俱停，羯鼓高奏，宴饮进入高潮。据记载，玄宗极爱听汝阳王李琎奏羯鼓，自己亦擅此道，如此叙写不仅暗示其可凭个人爱好任意取求，且以"众乐停"为一隔，一路羯鼓为一引，形成喧闹与清深的气氛转换，自然转入后半特写寿王宴后的辗转悲思。他听着铜壶的滴漏声彻夜难眠。可是，诸王在欢饮后都已进入醉乡，他身遭夺妻的耻辱有谁给予同情呢！诗举薛王以概其余，时薛王已死，不必坐实为一人。义山咏史常有此种手法，颇可注意。

　　本诗纯以想象出之，通篇白描，不着一贬字，而讥刺玄宗借睦亲之名行损亲之实之意自见。葛常之《韵语阳秋》引杨亿论义山诗，赞其"包蕴密致，演绎平畅，味无穷而炙愈出，钻弥坚而酌不竭"，这篇即为一例。

（周建国）

李群玉

李群玉（约813—860），字文山，澧州（治所在今湖南澧县）人。善吹笙，工书法，喜食鹅。举进士不第。宣宗大中八年（854）以布衣游长安，诣阙进诗三百篇，授宏文馆校书郎。不久去职。其诗善写羁旅之情。所作《人日梅花》诗尤为人称。有《李群玉集》。

（黄　珅）

黄 陵 庙

小姑洲北浦云边，二女啼妆自俨然。

野庙向江春寂寂，古碑无字草芊芊。

风回日暮吹芳芷，月落山深哭杜鹃。

犹似含颦望巡狩，九疑如黛隔湘川。

　　据《列女传》《水经注》《述异记》诸书载，上古帝舜南巡，死于苍梧之野。二妃（娥皇、女英）追之不及，相与痛哭，挥泪沾竹，竹为之成斑；后溺死湘江，变而为神，称湘君、湘夫人。黄陵庙为祭祀二妃的祠庙，在洞庭湖畔、潇湘下游、湘阴县北，相传为汉末荆州刺史刘表所建。此诗作于李群玉晚年解职南归途中，其以空灵之笔、古朴之气，写凄寂悲凉之景、悠然怀古之情，在同类题材作品中久享盛誉。

首句远望，展现出云水苍茫的背景；次句近观，写出庙中二妃的神态；落笔即将人带入一个空旷缥渺的神仙境地。二妃生前遥望苍梧，临江痛哭，颔联上句"野庙向江"，正是这种矢志不移、贞节长保的形象写照；下句"古碑无字"，则是岁月销磨、遗迹剥蚀的真实记录。"野"字写出所在的冷落，"古"字写出历时的悠久。"春寂寂"与"草芊芊"，不仅语相对，而且意相关。正因为地处荒远，行迹稀少，故翠竹幽幽，芳草萋萋，更觉东风无语，春意寂寥。

颈联"芳芷""杜鹃"，看似随手拈来，其实不然。屈原《湘夫人》："沅有芷兮澧有兰，思公子兮未敢言。"上句即从中化出。相传战国蜀王杜宇称帝，号望帝，不久禅位，退隐西山，死后化为杜鹃，每至春日则啼，其声哀怨，闻者凄恻。尽管杜鹃声声呼唤"不如归去"，但舜已长眠苍梧，不能再起；尽管湘灵思念公子，情怀难已，但也只能在苍茫的暮色之中，独自惆怅而已。颈联通过描写薄暮冥冥、风吹芳芷、日落深山、杜鹃啼归这样凄寂的景象，表现出徒然的无可奈何的情思。颔联写的是静景，颈联写的是动景；颔联是实写眼前景象，颈联可能是实写，也可能是虚写。这种景象，未必是作者当时所见到的，而只是想象中的、可能存在的、甚至是为了表达作者的情意所应有的景象。

末联用更加明确的语言，表达了同样的意思。"含颦"与前"啼妆"呼应。因前面是摹写庙中神像，故云"俨然"；这里是抒写作者的感触，故云"犹似"。九疑，即苍梧山。作者心神萦徊于高山流水之间，似觉二妃含颦蹙眉，隔水相望，九疑渺渺，帝舜何处？一江流水，虽然已将二妃与舜隔开，但又怎能隔断她们永恒的思念？

最后提一下：在《太平广记》中，记载了一个李群玉和湘妃相遇的神话故事。这和曹植作《洛神赋》而后人有感甄之说一样，当然是出于小说家的附会编造，但也从一个侧面，反映出此诗流传之广、影响之大。

（黄　坤）

引 水 行

一条寒玉走秋泉，引出深萝洞口烟。
十里暗流声不断，行人头上过潺湲。

在南方一些山区，由于水源缺乏，当地人便把竹筒的腔内凿通，节节相连，将泉水从高山洞口，引到居住和耕种之地。描写这种出现在某个特定地区的特有风俗，一般有以下几种表现手法：一是抓住其不同寻常的特色，作具体、逼真的描写，但若笔无灵气，往往会流于枯涩板拙。二是略去所描写的对象，借题发挥，但若没有纵横恣肆的才气，又往往会招来空疏迂远之讥。三是在描写中注入情趣，这是一种比较取巧的手法，因为不离描写，故能避免空疏；因为注入情趣，又能避免板拙。本诗所用的即是第三种写法。

竹本高洁之物，加上外表细腻光洁，故前人好以"玉"来形容。诗中"一条寒玉"，即用以比喻节节相连的竹筒。作者所见的竹，虽无耸秀之姿，但却能带来潺潺的泉声；而这种声响，给岑寂的山林增添了不少生趣，也引起了作者的注意和兴趣，使他不禁提出这样一个问题：竹筒里的清泉究竟来自何处？次句回答了这个问题：里面的泉水，原来都是从藤萝蔓生、烟雾迷漫的高山深洞中流出。这给那本来就已使人感到新奇的竹筒引水，又增添了几分神奇的色彩。山中行路，最难熬的无疑是寂寞。如今这架设在头上的、看不到、听得见的泉声，如同欢快的乐声，如同多情的朋友，伴随着作者，走过十里路程。三、四句这种特殊、奇妙的景象，使那原来十分静寂的山林，顿时充满了无限的情趣，在人的心中唤起一种亲切的感觉，一种不可抑止的愿望。由此，这首小诗也如同山间的清泉，从诗人的心中潺潺流出，沁人心肺。 　　　　　　　　（黄　坤）

薛 逢

薛逢（生卒年不详），字陶臣，蒲州（今山西永济）人。会昌元年（841）进士。始为秘书省校书，崔铉入相，引直弘文馆，历任侍御史、尚书郎等职。文词俊拔，持论鲠切，常触忤权贵。有人荐他知制诰，会刘瑑当国，忌之，乃出为巴州刺史，复斥蓬、绵二州刺史，稍迁秘书监，卒。诗多悼古悲今、抒发抑郁之作，七律精警。《全唐诗》存其诗一卷。

（展望之）

猎 骑

兵印长封入卫稀，碧空云尽早霜微。

浐川桑落雕初下，渭曲禾收兔正肥。

陌上管弦清似语，草头弓马疾如飞。

岂知万里黄云戍，血逆金疮卧铁衣。

这首诗是讽刺唐代禁军中最有势力的神策军。据《新唐书·兵志》载："长安奸人多寓两军（左右神策军），身不宿卫（在宫中值宿，担任警卫）。"神策军仰仗皇帝权势，养尊处优，玩忽职守，所以诗人上来就说"兵印长封入卫稀"。下句言正逢秋令，天高气爽，碧空无云，正好打猎。

领联、颈联都是描述他们狩猎的情景。浐川源出陕西蓝田，流经长安，合灞水入渭河。此处浐川、渭河泛指长安郊外。桑落禾收，秋原空旷，猎手们个个施展身手，射雕逐兔，劲弓鸣镝，马蹄如飞。如此意犹不足，他们又在陌上张乐宴饮，助兴取乐。

表面看来，此诗似与王维的"草枯鹰眼疾，雪尽马蹄轻。忽过新丰市，还归细柳营"(《观猎》)、张祜的"红旗开向日，白马骤迎风。背手抽金镞，翻身控角弓"(《观魏博何相公猎》)等遣句立意差不多，为赞美狩猎英雄的意态神情；然而读到最后两句，才知道诗人有更深的含意。

诗笔从猎地荡开，把在黄云万里的遥远边陲戍守疆土的战士铁甲未解、刀创箭伤还在流血的情景，一下子推到人们的眼前，使人从戍边士兵的艰苦战斗与神策军的游乐骄逸强烈对照中，去感受诗人云起潮涌般的愤懑。

(展望之)

曹　邺

曹邺（约816—约875），字业之，一作邺之，桂州（治今广西桂林）人。大中进士，累官至祠部郎中，出为洋州刺史，转吏部郎中，乾符中辞官返乡。其诗多抒写不得志的感触，时见讽喻。语言通俗，多用口语，复古倾向明甚。与邵谒、于濆、苏拯等，俨然成唐季一流派。然而质木无文，嗣响乏人。有《曹祠部集》。

（周慧珍）

官　仓　鼠

官仓老鼠大如斗，见人开仓亦不走。

健儿无粮百姓饥，谁遣朝朝入君口？

　　这首小诗借写官仓老鼠以讽刺贪官污吏，语极平易而笔锋犀利，字字凝聚着诗人无限愤慨之情，其构思显受《诗经·硕鼠》篇的影响。

　　前两句以夸张之笔为仓鼠画像，突出了其迥别于凡鼠之处：身大如斗、见人不走。鼠向以"小""怯"为特征，而这种怪鼠却相反，何以至此？费人猜思。三句由鼠及人，反挑醒明比体深意。"健儿无粮百姓饥"，与硕鼠饱食仓粮形成鲜明对比，令人触目惊心。而这种现象正表明，这里的所谓"官仓老鼠"，实非贪官污吏莫属。末句更深问一步，谓贪官委琐，却又如此肆无忌惮、有恃无恐，是谁在后面撑腰呢？笔锋直指当道者，却妙在点到即止，不加挑明，故能发人深思。

七绝体向以婉转空灵为尚，以七绝直书时事，起于中唐如卢纶《逢病军人》等篇，至唐季蔚成风气。名作如曹松《己亥岁》、陆龟蒙《新沙》等均是，而以杜荀鹤为最多，合此诗以观之，可见晚唐七绝于轻灵婉曲外的又一走向。

（周慧珍）

李 频

李频（？—876），字德新，睦州寿昌（今属浙江建德）人。少秀悟，以诗著称。宣宗大中八年（854）进士。累官至都官员外郎。后为建州（治所在今福建建瓯）刺史，以礼法治下，卒于任所。乡人为立庙梨山，敬之如神。李频为姚合女婿，但诗清丽新巧，时而发为凄怆之音，自具一格，往往逸出晚唐。集中佳句，可与"大历十才子"并驱。有《梨岳集》。　　　　　　　　　（黄　珅）

湖口送友人

中流欲暮见湘烟，岸苇无穷接楚田。

去雁远冲云梦雪，离人独上洞庭船。

风波尽日依山转，星汉通宵向水连。

零落梅花过残腊，故园归醉又新年。

　　这首诗作于李频在洞庭湖口和友人分别之时，和一般赠别诗相比，在表现手法上，有其值得注意的独到之处。

　　情景交融，是古代赠别诗最常见的表现手法。问题是同为情景交融，每个作者都可以根据自身的情感、面对的景象，作各有特色的表现。传统的赠别诗，常将情景交叉描写，而此诗前六句全写景，但又不作单纯的物象堆积，而是随着言情达意的需要，进行由景入情的排比。首句写欲暮，点出送别之时；次句写岸苇，说明送别之地；而湘烟、楚田又显示湖南的大环境。三句"远冲云梦雪"，既表明时节在冬，又暗示友人的去向；四句落到友人身上，变景语为情语；五句想象旅途漫长；六句遥念行人孤寂。尽管没有一句明白写意，而意已尽在其中了。

　　传统的赠别诗一般都写得比较悲切，而此诗却气象壮阔、词语豪宕，但又不措空泛的豪言壮语，而是在景物的描写中，自然显出阔大的气魄。明明在渡口送客，首句却偏写中流，将送别的背景，放在开阔的江面。次句岸苇无穷，已见旷远之状，继以湘楚相接，愈见一片苍莽。"去雁"句写一孤雁，飞向无边无际的云梦大泽，"风波"句将一叶扁舟，置于连绵不断的群山、奔腾不息的江流之中，诗人正是通过这种强烈的对照和反差，烘托出大自然的壮观。"星汉通霄向水悬"，想象江上夜景，星河璀璨，倒垂江间，水色天光，连成一片，意境阔大，与杜甫名句"星垂平野阔"相似。

　　细玩诗味，伴随这些壮观景象的，又是一种孤寂的气氛。大自然雄伟壮阔，同时也反衬出飞雁、扁舟的孤独零丁。诗中写日暮烟起，岸苇无穷，雁冲云梦，舟依山转，颇有杜甫"飘飘何所似，天地一沙鸥"之意。这种孤寂，这种零丁，既是友人独上征程的剪影，同时也反映出作者独留他乡的凄清。因作者的情感已渗入景物，表面的景物处处蕴含着丰富、深远的情致，故景语、情语不辨，妙合无垠。

（黄　坤）

郑 畋

郑畋（823—882），字台文，荥阳（今属河南）人。会昌进士。任秘书省校书郎、中书舍人。出为节度使，又贬梧州刺史。僖宗即位，召还任兵部侍郎，后拜相，又出为凤翔节度使。其诗蕴藉平正，多有言及时事者，为世人所传诵。《全唐诗》存其诗十六首。

（周慧珍）

马嵬坡

玄宗回马杨妃死，云雨难忘日月新。

终是圣明天子事，景阳宫井又何人。

《全唐诗话》卷四：“马嵬太真缢所，题诗者多凄感。郑畋为凤翔从事日，题云：‘玄宗回马……’观者以为有宰辅之器。”即指此诗。马嵬坡，在今陕西兴平西。相传晋人马嵬在此筑城，故名。唐天宝十五载（756）六月，安禄山破潼关，玄宗由长安西奔成都，军士哗变，被逼赐杨贵妃自缢于此。此事历来题咏者甚多，大都责备玄宗无情，为杨妃鸣不平。此诗则为明皇解脱，可谓别开生面。

前两句写玄宗对杨妃的刻骨思念。“玄宗回马”，自蜀返京，时距“杨妃死”已一年有余，如今虽然大乱平定，日月重光，然而当初云雨绸缪之情，反而转转入深，难以忘情。诗以“日月新”反衬“云雨难忘”之旧情，与白居易《长恨歌》中“圣主朝朝暮暮情”

的大段描写，各擅胜场，却开脱了玄宗"无情无义者"之罪名。不过这依旧难辩既有今日，何必当初之讥。故三句一转，为之申说："终是圣明天子事"，谓玄宗于危亡之际，能从六军之请，割爱以挽狂澜，故虽系不得已而出此下策，却总是"圣明"的举动。其意稍近杜甫《北征》诗的"不闻夏殷衰，中自诛褒妲"，而婉约温顺。末句承此转意，又拈入陈后主事作比较。当隋兵攻进陈都金陵时，后主与其宠妃张丽华匿于景阳宫井内，结果一同为隋兵所执，身俘国亡。言外之意是：倘玄宗不从众请，岂非陈叔宝第二？因此同后主之庸弱无用、终受大辱相比，玄宗则虽然情深，却仍不失为圣明天子，用一典而双收前二层之意，加以冷然一问，发人深思。由于诗人高屋建瓴评断杨妃缢死事，故时人以为他有宰相之器。不过形象大于思想，既将玄宗与荒淫误国之后主相较，则即使胜过，亦甚有限，反似有微讽之意，这也许是诗人所始料未及的。诗之蕴藉深沉处，隐然有盛唐七绝余响；而巧于布局、精于使典，又见出晚唐人的本色。

（周慧珍）

李郢

李郢(832—?),字楚望,吴人,一说长安人。初居杭州,以山水琴书自娱。大中十年(856)进士,历为藩镇从事,官终侍御史(一说为员外郎)。与贾岛、杜牧、李商隐、方干等交往,与女诗人鱼玄机亦有唱和。李商隐称其"人高诗苦"。擅长七言律绝,理密辞闲,意多警策;写景述怀,语自清丽。方干称其"物外搜罗归大雅,毫端剪削有余功"。《全唐诗》存诗一卷。　　　　(展望之)

春日题山家

偶与樵人熟,春残日日来。

依岗寻紫蕨,挽树得青梅。

燕静衔泥起,蜂喧抱蕊回。

嫩茶重搅绿,新酒略炊醅。

漠漠蚕生纸,涓涓水弄苔。

丁香政堪结,留步小庭隈。

　　李郢虽擅七言,但这首五言排律写得清圆熟通,律切工稳,堪称佳作。排律是唐代格律诗中最为严谨的一种体裁,要求除首尾两联外,联联偶对,通首粘对相切,严谨整齐,每易板滞;此诗妙在于严谨中见自然之致。

这首诗以描写春光风景和山居悠闲，来表现都市中人对大自然的向往、喜爱。它的主题和写法都与英国十九世纪大诗人济慈的十四行诗《一个久居城市的人》颇为相似。

第一、二句写诗人偶来山林，相遇樵夫，俩人一见如故；乘春天还没有完全过去，天天来此山中作客。这里暗示诗人心中原有一股向往大自然的意情，"偶"字后面是必然。

下面四句描绘了一幅春景图，诗人自由自在，如鱼游水中，其乐无穷。沿着山岗一路寻觅紫色的如小儿拳状的野生蕨菜，挽低树枝摘采还未熟透的梅子；头上有燕子衔着春泥无声无息飞过，身边有采蜜而归的蜜蜂发出快乐的嗡嗡声。

游玩有些累了，诗人来到一樵夫家小憩。山民好客，送茶敬酒。茶是嫩芽，煎饮一过，又换上新叶，更觉清香碧绿；新酒酿成，主人正好拿出来待客。这里写出主客间的亲近和融洽。

来到庭院，诗人看到蚕蛾下卵子纸，春水滋润着碧苔；用"漠漠"形容前者无声和密布，用"涓涓"拟状后者细流缓淌。浓郁的山村生活气息扑面而来，使人轻松愉快，留连盘桓。

写诗开句难，结尾更难，收结全诗并要留有余味。丁香正当结实，诗人留步庭院，将尘世名利哀乐远远抛却，独自沉浸在美的享受之中。我们似乎也身临其境，为诗人笔下纯朴的人情和优美的景物所陶醉。

诗至此写完了，但又似乎还有更加深远的意境在继续展开。

（展望之）

马　戴

马戴（生卒年不详），字虞臣，曲阳（今江苏东海）人。会昌四年（844）进士。参太原幕府任掌书记，贬龙阳尉。官终太常博士。工五律，承贾岛之清秀而去其僻苦，深于体察，写景新丽秀朗而蕴藉自然，于凝炼之中见出宽阔纡徐境界。严羽《沧浪诗话》称其身处晚唐而能得盛唐之音。然诗中的凄苍之色、悲苦之气及尖新去熟处，仍可见晚唐特点。　　　　　　　　　　　　　（包国芳）

落日怅望

孤云与归鸟，千里片时间。
念我何留滞，辞家久未还，
微阳下乔木，远烧入秋山。
临水不敢照，恐惊平昔颜。

本诗景与情、物与我间隔层递而下，渐入佳境。

首联兴起颔联，因见云、鸟归翔，自伤欲归不得。自曹丕《杂诗》"西北有浮云"起，古诗中常以浮云、孤云比飘泊无定的游子，此处变化以用之，谓浮云尚且能与翔鸟飞归，可怜我却留滞他乡，久而未归。"云""鸟"与"我"、"归"与"滞"、"片时间"与"久"，均对照见义；而"孤"字则为全诗领脉。既已触景伤情，更乃移情入景，于是抬眼远望，只见夕阳渐渐沉落在高大的林木之后，依稀微茫；远处秋山之上霞光洒落，似同烧畲的山火，渐远渐杳。这景象更勾起了游子深一层的怅触，以至不敢临水自照，深恐发现岁月的流逝，改变了自己青春的面貌。

诗的结构疏中见密。二层景、二层情交互递进，一层深于一层。但其间却无明显的过渡痕迹，这尤其得力于"微阳下乔木，远烧入秋山"一联。它对前后两层情的中介过渡作用，只有在细细玩味中方可体会。因久游不乐，故眼前晚景迷茫；因迷茫而晚，更感到流年如梦，岁月将老；至"恐惊平昔颜"一结，实已将"落日"与"人老"拍合，尤觉深沉。这种似断而续的联系就是疏中之密，颇为难到。

对于"微阳"一联素有歧解。远烧，一说为晚霞之光焰，一说为烧山的畲火。二说均可通，但从整体意境观之，不如理解为晚霞之红光像是烧山的山火一般，更能显示出朦胧迷茫的感觉。试想：林莽斜阳，落照鲜红，如跃动的山火在一带秋色暮影中，向远山深处延伸开去……这怎不动人遐思！由于汉语语法的特点，也由于近体诗字数的限制，这种歧义多解的情况，在诗歌欣赏中颇为常见，只要可通，不妨见仁见智。这种歧义现象，也许也是古代诗歌耐人寻味，意境深远的成因之一，因为朦胧本身就最能引发和触动人的好奇与猜思。

（包国芳）

楚江怀古

（三首选一）

露气寒光集，微阳下楚丘。

猿啼洞庭树，人在木兰舟。

广泽生明月，苍山夹乱流。

云中君不见，竟夕自悲秋。

　　诗歌当然离不开现实生活；但诗歌，尤其是抒情诗，往往不是现实生活的直接反映。时代的种种投影往往积聚在诗人心中，久而久之，便形成了诗人含有时代特征的个性化的心态，然后它会时时潜流般地、甚至不自觉地反映于诗作中，形成其特殊的体调韵味。这首诗相当生动地显示了这一道理。

　　怀古诗总是针对某一具体古迹，由怀想前人前事而生发开来，寄托一种较为明确的理念或抱负。就是说，无论诗写得如何开展、空灵，它总是比较具体的，有迹可循的。比如杜甫名作《咏怀古迹》五首即如此，怀宋玉就以"摇落深知宋玉悲，风流儒雅亦吾师"起，怀明妃则开首即言"群山万壑赴荆门，生长明妃尚有村"。但这首《楚江怀古》则不然，很难确指它究竟在怀念哪一个具体对象，结句云"云中君不见，竟夕自悲秋"，似乎点到了楚神云中君

（即云神），但又寄寓何种情怀呢？仍很难确指。因《云中君》是《九歌》中文义最为恍惚的一篇，王逸《楚辞章句》注《九歌·云中君》结句"思夫君兮太息，极劳心兮忡忡"云："屈原见云一动千里，周遍四海，想得随从，观望西方，以忘己忧思，而念之终不可得，故太息而叹，心中烦劳而忡忡也"，是纷纭众说中最通脱的一说。那么本诗之意大抵也就是一种莫可言说的烦扰了吧，且从全诗释之。

秋露涵着寒光下降，原来，秋阳已傍楚山西下了，日暮中洞庭湖畔猿啼声起，这光色、这悲声传到了江上小舟中的诗人眼中、耳中，浸淫着他的心地。渐渐地，他看到远处浩渺的湖面上升起了一轮明月，近处月光投照在束峡苍江上，水流泛起点点杂乱无绪的光斑，匆匆流去。这样就以"人在木兰舟"为枢纽，景由夕阳写到月色，景中之情则由怅惘而转为悲怨。于是诗人不堪凄清之感，"云中君不见"，长空无云，秋夜明净，他竟连"猋远山兮云中""聊翱翔兮周章"聊为解脱的幸运都没有，只能任摆脱不去的愁思"竟夕"噬咬着他的心灵。可见结尾所怀的"云中君"，并非是诗人预先怀想的对象，而是愁不自胜时所偶然兴起的想头，而他愁的是什么，则难以言究，也不必详究。只能从"猿啼洞庭岸，人在木兰舟"（似乎用《楚辞·湘夫人》"袅袅兮秋风，洞庭波兮木叶下"与《湘君》"桂棹兮兰枻，斫冰兮积雪"）二句中，感到诗人有着以洁身自好的屈子自比之意，这也许与他大中初贬龙阳（在湖南）尉有关。但更多的是与李商隐"夕阳无限好，只是近黄昏"相通的那种回天无力、而无所聊赖的深沉的悲思。这也就形成了全诗"清微婉约"的格调。

　　"猿啼""人在"一联是名句，既因其比兴自然，寄意婉曲，更由于它在全诗中的上述地位。　　　　　　　　　　　　　（包国芳）

无名氏

哥 舒 歌

北斗七星高，哥舒夜带刀。

至今窥牧马，不敢过临洮。

这是一首西北地区人民怀念唐将哥舒翰的民歌，或题为西鄙人作。

据《通鉴》记载："（天宝六载）哥累功至陇右节度使。每岁积石军麦熟，吐蕃辄来获之，无能御者。边人谓之'吐蕃麦庄'。翰先伏兵于其侧，虏至，断其后，夹击之，无一人得返者，至是不敢复来。"

诗的首句用诗歌中常用的起兴手法，以北斗七星带出哥舒翰，起句警绝。北斗星在夜空中又高又亮，常被人们用作指引方向的坐标。以北斗起兴，暗喻哥舒翰的功勋如北斗之为人所共见；同时又为哥舒翰夜间巡防作气氛渲染——夜空繁星闪烁，大地万籁俱寂，哥舒翰佩刀夜巡在广袤的大漠，烘托出哥舒翰无畏的英雄气概。俞陛云在《诗境浅说续编》中说："高歌慷慨，与'敕勒川，阴山下'

之歌同是天籁。如风高大漠，古戍闻笳，令壮心飞动也。首句排空疾下，与卢伦之'月黑雁飞高'皆工于发端。惟卢诗含意未尽，此诗意尽而止，各极其妙。"

　　"至今"两句谓吐蕃虽意欲入侵，时时企图过境偷牧，但因慑于当年哥舒翰的余威，不敢逾越临洮一步。临洮，今甘肃岷县，秦筑长城西起于此。贾谊《过秦论》："乃使蒙恬北筑长城而守藩篱，却匈奴七百余里，胡人不敢南下牧马。"两句用其事，以吐蕃的丧胆、收敛，反衬哥舒翰的威望和功勋。

　　整首诗明白如话，质朴自然；正反相成，雄浑有力。　（任亚民）

方 干

方干（？—约888），字雄飞，人称玄英先生，新定（今浙江建德）人。举进士不第，后隐居会稽（今浙江绍兴）镜湖。咸通中和间以诗闻名江南，多应酬题咏之作。有《玄英先生集》。《全唐诗》收其诗六卷。　　　　　（曹明纲）

旅次洋州寓居郝氏林亭

举目纵然非我有，思量似在故山时。

鹤盘远势投孤屿，蝉曳残声过别枝。

凉月照窗攲枕倦，澄泉绕石泛觞迟。

青云未得平行去，梦到江南身旅羁。

　　这是一首抒写因羁愁而触发的仕途失意之作，作于诗人旅居洋州（今陕西洋县，位于汉水北岸）时。郝氏名未详，从诗的末联来看，其时诗人似乎于仕途刚遭受了一次重大的挫折，其心情之烦乱苦闷不言而喻。

　　在旅途中作客他乡，所见皆是异地景物，心里却无时不想着故乡。诗的首联即真实地记录了诗人当时的这种境况。其中"非我有""似在故山"紧扣题面"旅次"二字，两者又互为因果，彼此渗透；而"举目""思量"又为全诗主干，颔联写"举目"所见，颈联状"思量"形状，末联则合而出之，结构十分严谨。

鹤投孤屿、蝉过别枝，皆诗人"举目"望中所见之景。此联取物、绘景、用词都极见匠心：鹤、蝉在诗中常被用来寄托清高孤傲的秉性，诗人不取它物而取此二物，其意显见；鹤盘蝉过，远近相间，形声俱备；至鹤势而曰"盘"、蝉声而曰"曳"，屿曰"孤"、枝曰"别"，不仅状物神肖，且含情其中。故前人曾称此联为齐梁以来所未有过的佳句。

"敧枕倦""泛觞迟"，又为旅人"思量"出神之态。凉月照窗、澄泉绕石，一写独处，一写共宴，景色都很优美，气氛也很轻松，可是诗人却心事重重，愁绪萦怀。一个"倦"字、一个"迟"字，活画出他的容貌与神态。泛觞是古代文人饮酒作诗的一种娱乐，拿酒杯放在水中，任其飘浮，飘到谁的面前谁就饮酒。而诗人面对飘至眼前的酒杯却迟迟不饮，呆呆发愣，他在想什么呢？

诗的末联即用直率的语言，解答了诗人之所以如此失态和走神的原因。前句是说仕途困踬，未能一举平步青云；后句则写梦到江南，身在洋州，神、形两地，羁旅愁浓。沉浸在这仕途失意与旅次思乡的双重苦涩的况味中，难怪他要坐卧不安、魂不守舍了。诗至此，将首联的"举目"与"思量"写尽，通篇浑然一体，颇见唐人律诗的深厚功力。

（曹明纲）

题睦州郡中千峰榭

岂知平地似天台，朱户深沉别径开。

曳响露蝉穿树去，斜行沙鸟向池来。

窗中早月当琴榻，墙上秋山入酒杯。

何事此中如世外，应缘羊祜是仙才。

　　我国众多的名胜古迹，曾留下了历代诗人的大量题咏。这些题咏往往与所题景观相映生辉，名传千古。方干这首题于家乡睦州郡治（在今浙江建德）中的千峰榭的七律，即描绘了那里的优美景色，使人神往。榭是古代建在高土台上的一种宽敞的屋子，常常傍水临池，以供观览宴饮。

　　首句先状其高。天台，天台山，在浙江东部，向以"峻极"与"嘉祥"著称。若不坐实，此"天台"解作天上之台榭亦可，然两者言其高峻之意则一。次句继言其深。"朱户"见其建筑之华丽，"别径"则示其构造之曲折，给人以"曲径通幽"之感。两句由外貌而内形，引人入胜。颔联在一种深沉、静穆的氛围中点出生气：带着露珠的知了撒下一阵声响向树中穿去，排成斜行的几只沙鸟正向水池缓缓飞来。这一去一来，一响一行，顿时为榭中的景观平添了无限情趣。诗人善于捕捉瞬间即逝的声态，组成视听并用、徐疾相间的画面，寓示客观景物在人心中触发的美感。其中以"曳响"再现露蝉飞去时留下的响声十分形象，与"穿""去"配合，尤为生动传神。

颈联的视角则由榭外转至榭内。"窗中早月"指从窗中呈露出来的新月，"当"言正照着，"琴榻"是一种安放琴瑟的矮桌；"墙上秋山"可以指挂在墙上的画中的秋山，但此榭既名"千峰榭"，把这一句看作是墙头外山峰的秋色映入酒杯之中，也未尝不可。诗人在此只作静物描写，但从画面的意境中，却分明飘溢出个中人对月抚琴、面山浮白的逸情雅兴。置身于如此幽静的环境，面对如此舒旷的美景，怎么不使人尘虑皆忘、俗滓尽洗，恍若涉足世外、飘然欲仙呢！诗的尾联即用自问自答的方式，含蓄地表达了诗人的这种感受。羊祜，西晋大臣，曾参与司马昭以晋代魏的机密，并筹划灭吴，临终时举杜预自代。羊祜向以才学功德著称于世，《晋书》本传谓其"乐山水，每风景，必造岘山，置酒言咏，终日不倦。尝慨然叹息……'自有宇宙，便有此山。由来贤达胜士，如我与卿者多矣，皆湮灭无闻，使人悲伤。如百岁后有知，魂魄犹应登此也。'"诗人在此说"羊祜是仙才"，即取其乐山水而不倦、百岁后魂魄仍游之意，谓千峰榭景致优美，足令爱山水、有才情如羊祜者百游不厌、生死向往。

作为一首题咏诗，它的妙处在于对千峰榭不作表面的赞美，只是由榭外而榭内、屋外而屋内地作客观描写，就像一个高明的向导，引你渐入佳境，使你留连忘返。直到最后，才巧妙地借用典故，写出自己亲临其境、乐此不倦的感受，不仅收到了水到渠成、势所必然的效果，而且欣赏之意、赞美之情也自然涌出，读之令人心向往之。

（曹明纲）

题 君 山

曾于方外见麻姑，闻说君山自古无。

元是昆仑山顶石，海风吹落洞庭湖。

　　君山在洞庭湖中，又名湘山、洞庭山，因相传湘君所游而得名。与刘禹锡《望洞庭》以"白银盘里一青螺"喻写其形色不同，方干此诗用游仙的方式，写了它的成因，从而使君山这一名胜更蒙上了一层突兀飘缈的神秘色彩。

　　诗以"题君山"为题，入手却说曾神游八表，巧遇麻姑，似与主旨全不相涉。麻姑是传说中的仙女，容貌年轻而三见沧桑，是个见多识广、阅历很深的人。诗人在此提她，是为下文折入写君山的来历作铺垫。次句欲擒先纵，说"自古无"是为了引出"因何有"，这是诗家常用的逆笔折入法，它能引起读者的好奇。

　　三、四两句翻出正意：那君山原是昆仑山顶的一块巨石，是被呼啸的海风吹落到洞庭湖中的。昆仑山相传是各路神仙的游聚之地，诗借麻姑之口说出，神秘中又带有几分可信。诗人这一想落天外的奇喻，表面只字未及君山的具体形象，可是细味其意，君山的突兀、飘缈、奇幻、神秘，已全在不言之中了。这就是诗人诗艺的高超和诗作的魅力所在。

　　在唐代众多的以君山为题的诗作中，如果刘禹锡、雍陶等人的作品以形象的妙喻取胜，那么方干此诗，则以奇特的想象、新颖的构思和独到的契机见长，它使美丽的君山更平添了几分令人神往的奇趣。

（曹明纲）

薛　能

薛能（生卒年不详），字大拙，汾州（治所在今山西隰县）人。会昌六年（846）进士。大中末书判中选，补盩厔尉。累官至工部尚书、节度徐州。擅诗，日赋一章，有集十卷，《全唐诗》编诗四卷。　　　　　　　　　　　　　（曹明纲）

麟中寓居寄蒲中友人

萧条秋雨地，独院阻同群。

一夜惊为客，多年不见君。

边心生落日，乡思羡归云。

更在相思处，子规灯下闻。

这是诗人寓居麟州（治所在今陕西神木）时，寄赠蒲中（今山西隰县西北，诗人的家乡）友人的一首诗。诗中抒写了作客他乡的思归之情。

诗入手便交代时、地，点出独处。连绵不断的秋雨、萧条荒凉的异地、冷寂凄清的独院，活画出诗人当时所处的典型环境。时序临秋已易令人生悲，何况眼前是一场淫霖，满目萧瑟，所居是异地的一座与人阻隔的小院，孤寂清寒。"同群"当指同僚。在首联略作铺垫的基础上，颔联即直抒感受。"一夜"言为时极短，"多年"

谓于时甚久，两下相形，使一"惊"字显得尤为突出。诗人在一夜之间所感到的震惊，不仅是"身在异乡为异客"的孤独，而且更是久违友人和故乡的怅恨。因为"君"在故乡蒲中，而己却孤居麟中，怀友中实含着浓重的旅思。所以颈联紧承而下，以明确的语言直接点破这层意蕴。"边心"，身处异乡边地的悲戚之心；"归云"，飘向故乡的云。诗人常常面对落日忧从中来，望着浮云思绪难安而最使他不堪的是，往往在怀念友人和故乡时，在灯下听到窗外传来的子规鸟的声声啼叫。子规即杜鹃鸟，又名杜宇，因其啼声如唤"不如归去"，故古诗中常以其为牵动、引发归乡之思的物因。此诗亦如此，诗人平时连见到落日和浮云，都会触动难遣的乡思，如今让他在独院孤灯下聆听杜鹃"不知归去"的声声呼唤，那是一种怎样的滋味呀！一个"更"字，便将诗人本已郁结的愁绪渲染得格外浓重。

此诗最显著的特点是集怀友与思乡于一体，两者因友人在故乡而并行不悖，相得益彰。怀友即思乡，思乡亦怀友，故以此诗寄人，既见怀友之情，又陈思乡之心，可谓一箭双雕、一举两得。至于它铺垫景物、渲染气氛、用语浅近、感情真挚等，都还在其次。

（曹明纲）

李咸用

李咸用（生卒年不详），字号、里间无考。约生活于唐懿宗、僖宗年间。少负大志，因遭逢乱世、累试不第，遂奔走江湖，终老林下，以释道自遣。曾应辟为推官。辛文房评李咸用等人诗"气格卑下"，"才调荒秽"，不甚确。李咸用长于乐府歌行及五、七律，时见用世之心与季世丧乱之象。风格豪健，然时或失之粗疏。有《披沙集》六卷，《全唐诗》辑为三卷。　　　　（丁如明）

春　日

浩荡东风里，裴回无所亲。

危城三面水，古树一边春。

衰世难修道，花时不称贫。

滔滔天下者，何处问通津。

诗人生活于战乱频仍的晚唐末世，目睹王公卿相"珍珠索得龙宫贫，膏腴刮下苍生背"（《富贵曲》），诛求无厌，而边地"寒沙战鬼愁，白骨风霜切"，"杀成边将名，名著生灵灭"（《陇头行》），百姓流亡，生灵涂炭；自己功业未就，惆怅莫名，身世寂寞而又不甘心，常常写诗发泄。此诗即是一例。

东风浩荡，春满人间，万象更新，然而作者的心境却十分寂寞，大有草长花繁非我春之意。首联给全诗定下了忧伤的基调。他深感相知无人，披衣独目彷徨。其《送进士刘松》诗写道："滔滔皆鲁客，难得是心知"，可与此"裴回无所亲"参看。颔联写春景，但显得很峻切。作者内心抑郁，所以春景也非万紫千红，仅是一边春而已。景色显然蒙上了作者的感情色彩。然而他似乎连这样的句子也无兴致去写，忧郁笼罩了一切，因在颈联中就迫不及待地发起感叹来了。丧乱之世，要求得一心的宁静是不容易的，花发时节，置贫贱于不顾，浮生偷得半日闲去赏春，最后还是触目成愁，不欢而罢。这两句诗充满了自悲、自叹、自嘲的意味。尾联照应第二句。芸芸众生，到处都是，可是有谁能向作者指出前途呢？这里作者用了《论语·微子》中孔子使子路去向长沮、桀溺问津的典故，很确切地表达了诗人此时此地的心情。这两句也是"衰世难修道"的观照。世乏修道者，问津当然也就无人了。

全诗写春日所感，但充满萧瑟、冷清的气象。天地悠悠，四顾茫茫，悄立东风人不识，独怆然而泣下，这就是此诗所显示的意境。时代的黑暗造成了诗的阴郁气氛，它深切地反映了处于风雨飘摇的残唐季世之中，失意士人的寂寞之感和找不到出路的苦闷。

（丁如明）

李　洞

李洞，字才江，京兆（今陕西西安）人。唐宗室远支，昭宗年间，三举进士不第，后游蜀，卒。诗师法贾岛，新奇或过之，而境界愈仄。《全唐诗》存其诗三卷。　　　　　　　　　　　　　　　　　　　　　　　　　　　　（丁如明）

送云卿上人游安南

春往海南边，秋闻半夜蝉。
鲸吞洗钵水，犀触点灯船。
岛屿分诸国，星河共一天。
长安却回日，松偃旧房前。

　　此诗当作于长安时。云卿上人，未详。作者与僧侣交往甚多，集中什之二三是与此辈酬赠送别之作，于此亦可见失意文人思想之一斑。安南指今越南一带。

　　此诗是集中气象较阔大的一首，在晚唐诗坛上亦稍逞异调。送人赴远地，自当有依依之情，但也许是被送者为方外之人，所以诗不作寻常儿女语，唯于尾联微挑祝归之意，然意致潇洒，很切合被送对象的身份。

　　首联、颔联、颈联分别从时间、景物、空间三方面表现阔大的意境。首联言春往秋至，程途遥远、时日悠长，尽在这十字之中。起首便使人有别时容易见时难之感。颔联描绘海南的特有景象，巨鲸出没，翻江倒海；水犀浮沉，吞波掀浪，而其中有人，洗钵水、点灯船都点明云卿上人，因为这些都与僧人的生活行藏有关。诗人所以这么描写，既突出南海景色的壮观，同时也表现云卿上人胸怀的博大、形象的伟岸、定力的深沉，它与末句以苍松来隐喻云卿上人意趣的高洁是相通的。颈联海天茫茫，显示海南疆域的辽阔，自然蕴有行人无尽离思，然而"分"而又"共"，景中兼寓"海内存知己，天涯若比邻"之意。思绪流动，万里江天飞渡，诗句是写得很壮美的。末尾以悬拟去人回观景象，正从颈联二重意来，长松旧房，似见上人方外之致，尤有余味。

　　诗用一先韵，音节浏亮，使这首送别诗也增添了若干亮色，这也应当是此诗的一个特色。它对于塑造诗的阔大气象有一定作用。

（丁如明）

李 远

李远（生卒年不详），字求古，一作承古。夔州云安（今四川云阳）人。大和五年进士及第。历任忠州、建州、江州、岳州、杭州刺史。终官御史中丞。《唐才子传》称其"少有大志，夸迈流俗。为诗多逸气，五彩成文"。《全唐诗》录其诗一卷。

（朱怀春）

送友人入蜀

蜀客本多愁，君今是胜游。

碧藏云外树，红露驿边楼。

杜魄呼名语，巴江作字流。

不知烟雨夜，何处梦刀州。

　　古时巴蜀一带山险水急，跋涉维艰，自来令入蜀者望而生畏。李白《蜀道难》诗即感叹："蜀道之难，难于上青天！"但蜀地山高水险，景色瑰丽，又自来引人入胜。此诗写送友人入蜀，不言其难其苦，而称之为胜游，正在于友人是游蜀而非客蜀。

　　颔联和颈联承首联"胜游"而下，极写蜀地之美：白云缭绕，绿树掩映，杜鹃鸟歌啼婉转，巴江水曲折蜿蜒。这四句同为拟写胜游状景，但同中有异，色调前后转换。颔联之景以明丽为主，而言

"云外"，见其险峻，言"驿边"，见其远行。杜魄即杜鹃鸟。相传是古代蜀帝杜宇所化，啼声如呼杜宇之名，常至嘴边流血。巴江是四川境内的一条河流，其水蜿蜒曲折如同"巴"字，故名，颈联所描画的景色丽则丽矣，但杜魄呼名，巴江曲屈，无不起人迷茫惆怅之情思，故显得十分凄丽。末联烟雨夜梦之联想，正因以上景色转换而来。刀州即益州，在今四川省境内。相传晋朝人王濬晚上梦见三把刀悬在梁上，不一会又益一刀，王濬受惊而醒。部属李毅对他说，三刀为"州"字，又益一刀为"益"字，梦兆为将升任益州刺史。不久王濬果然迁任益州刺史。后即以益州代指蜀地。作者由"杜魄呼名语"而盼友人早归，因盼归而想于梦中相见。离别之绪、相思之情于此曲折道出。

作者与友人长别，本意不在言胜而在言愁，但起笔却撇愁言胜，故将离别之苦、相思之恨含隐不露，荡开一笔，而以壮言丽语出之。至结尾则又归结到愁，其转折全通过中间二联形胜之色调变化来完成，因见其言胜实为言愁之反衬，由此可悟诗的结构之妙。

这首诗在修辞炼字上也很见功力。颔联二句是有意倒装，倘顺言则为"碧树藏云外，红楼露驿边"，意味索然。颈联二句工整精细，宋人魏庆之将它列为唐人诗中"刻琢"一类的典范句法（见《诗人玉屑》卷三）。特别是末联连用"不知""何处"两个不定疑问词语，将作者思念友人深沉、迫切的情感表现得淋漓尽致，使全诗的意境更为深远。

（朱怀春）

李中

李中（生卒年不详），字有中，江西九江人，唐末进士，历任新淦、淦阳、吉水三县县令。官终水部郎中。《全唐诗》存其诗一卷。　　　　　　　　（朱怀春）

春日野望怀故人

野外登临望，苍苍烟景昏。

暖风医病草，甘雨洗荒村。

云散天边野，潮回岛上痕。

故人不可见，倚杖役吟魂。

　　这是一首怀念友人的诗作。作者于阳春三月雨后初晴之日，登高望远，希图一见思念中的故友，但终无所见，因将思念之情抒写成篇。

　　全诗实赋其事。起句点明"野望"，以下全是望中情景。前三联虽然都是写景，但是并不呆滞，而富于变化。从首联烟云苍茫到颈联云开雾散，可见出时间上的变化；颔联之"暖风""病草""甘雨""荒村"，明显带有感情色彩，与单纯写景不同；颈联着眼于天上之云，地下之水，俯仰之间，不仅写出望中景致，更画出诗人神态。诗人登高远望，本意并非赏景，而为"怀故人"。然而"故人不可见"，登临远望时的满怀希望落空，自己只身孤独如故，诗人不禁怅然若失，只得倚着拐杖，独自踏上归途。从"故人不可见"，正可见诗人想见而不得见，又可知前三联所见景色并非诗人所钟情，乃是不经意之所见。诗至末联才显见主旨，并与诗题呼应，丝丝入扣。

　　此诗在作法上有意写出暖风甘雨的融融春景和"故人不可见"，与友人天各一方现实遭际的对比，使人们在鲜明的对照中，感受到诗人内心强烈的情感波澜。前三联虽正写实景，却是虚笔，是铺垫；末联思友之意虽然轻轻一言带过，却是正写，是全诗的主旨所在。思友之意先蓄而不发，至末联于望尽天涯仍无所见之后，才尽情吐出，看似轻描淡写，实则更见其心情之沉重，读来令人回味。

　　李中诗工琢字炼句，据《唐才子传》言，当时就有人赞赏其诗风近于贾岛，时或过之。此诗中"暖风医病草，甘雨洗荒村"一联，即于遣词造句均极见功力，堪称"惊人泣鬼之语"。　　　（朱怀春）

陈　陶

陈陶（约812—885前），字嵩伯，鄱阳（今江西波阳）人，一作岭南（今广东、广西地区）人，又作剑浦（今福建南平）人。大中时曾至长安游学，后隐居南昌西山。有诗集十卷，已佚，所传仅辑本《陈嵩伯诗集》一卷。　　（曹明纲）

陇 西 行
（四首选一）

誓扫匈奴不顾身，五千貂锦丧胡尘。

可怜无定河边骨，犹是春闺梦里人。

　　陈陶《陇西行》共四首，这是第二首。诗人用《陇西行》这一乐府《相和歌·瑟调曲》旧题，表现了唐代边塞的长期征战给人民带来的深重灾难。

　　首句出语惊警，气概不凡："誓扫"突出了唐军将士勇往直前、所向无敌的决心与气概；"不顾"再现了他们义无反顾、视死如归的激战场面和献身精神。诗一入手，便使人精神为之一振。然而第二句即急转直下，激战的结果却是五千精锐尽丧"胡尘"！两下对照，这场恶战的剧烈程度已不言自明。"貂锦"，貂裘锦衣，汉代羽林军的服饰，此代指唐军的精锐部队。这两句在全诗中是一种精彩

1392

的铺垫，它以非常经济、却又蕴含丰富的笔墨，典型地再现了唐代边地长期战争的空前残酷。

三、四句逼出正意。"可怜"承前而来，既是作者的感叹，也是春闺中人当时的处境。无定河是黄河中游的一条支流，在今陕西北部。诗人在此拈出无定河一地，是否实指，已难确知；但"无定"二字字面，却能令人产生生死未卜的联想。"犹是"转接前句的现实与后句的梦想，与"可怜"二字呼应，尤觉凄惨悲凉。已经变成白骨抛弃边地的征人，在少妇的梦中还是那么英武可亲，这种现实与梦境的对比和错位，奏响了此诗撼人心肺的旋律，读之令人泫然神伤。

诗的妙处在于以少胜多、以幻当真，巧妙地利用了不知比知更悲的心态，在抒写闺怨方面取得了出奇制胜的最佳效应。　（曹明纲）

崔　涂

崔涂（生卒年不详），字礼山，江南人。光启四年（888）进士及第。一生为生计所迫，穷年羁旅，四处飘泊，因而诗多离怨之作。《唐才子传》谓其"工诗，深造理窟，端能竦动人意，写景状怀，往往宣陶肺腑"。在唐末很有诗名。《全唐诗》存其诗一卷。

（朱怀春）

巴山道中除夜书怀

迢递三巴路，羁危万里身。

乱山残雪夜，孤烛异乡春。

渐与骨肉远，转于僮仆亲。

那堪正飘泊，明日岁华新！

　　这首诗重见于孟浩然诗集，按孟浩然虽也曾到过蜀中（《全唐文》卷二三四载陶翰《送孟大入蜀序》），但那只不过是一般的游历，与此诗所写羁旅愁苦、飘泊无归的情怀不相吻合，故当是崔涂所作。崔涂及第以前，曾避地巴蜀，滞留为客，诗即作于客居期间。

　　离人异客每每思念家乡亲人，而当斗换星移、年岁交替之际，心中苦况尤甚。"独在异乡为异客，每逢佳节倍思亲"，这正是诗人在除夕之夜要抒发的内心凄苦感受。

　　首联二句总括客游之苦。"三巴"指巴郡、巴东、巴西，在今四川省东部。羁危是说旅途处处艰险难行。上句"迢递"言其远，故下句有"万里"之说。一言遥远，一言艰险，首联即为全诗定下了悲凉凄苦的基调。次联言及眼前身处境况。夜已残，风不止，屋外乱山兀立，飞雪正急，屋内一点昏烛，摇曳明灭。诗人孤身一人，独守灯前，坐待天明，陪伴他的只有凄清和冷寂。第三联是历来传诵的名句。这两句看似平淡无奇，实则意味深长，将离人游子怀乡思亲的情景心态刻画得极其传神真切，真可谓字字和泪成，句句见真情。非经长年客愁者不能道，亦难体昧。王维《宿郑州》诗有"孤客亲僮仆"之句，崔塗此联显然由此化出。清人沈德潜在《唐诗别裁》中褒王贬崔，以为崔诗衍成十字便觉繁重，不及王诗简贵。其实二诗意虽同而繁简各得其妙，"渐与""转于"二虚词勾连，写出客居人心理变化的微妙过程，尤见细腻真切。沈说未确。前三联以写景叙事为主，末联则直抒胸臆，倾吐心中的悲苦沉痛而又无奈，令人难堪。次联残夜孤烛之句，已见守岁之意，隐透除夕消息，暗合诗题；至此"明日岁华新"，方点明除夕之夜，既与诗题"除夜"照应，又使中间二联所叙情景因此有了着落，正可见其构思之巧。

　　此诗前三联，诗人写出巴山道中客行之艰险，山居之冷寂，守岁之愁苦，层层铺叙，虽无愁苦、悲伤等字面，但羁客愁苦深深透出，读来情真意切，令人感伤。有此烘托、铺垫，末联的直抒胸臆显得水到渠成，自然流畅，诗意也因此达到高潮：不仅说出辗转悲思之原因，这是诗人除夜书怀重心所在，而且留无尽之意于言外，情怀悠远深长。

（朱怀春）

赤壁怀古

汉室河山鼎势分，勤王谁肯顾元勋。

不知征伐由天子，唯许英雄共使君。

江上战余陵是谷，渡头春在草连云。

分明胜败无寻处，空听渔歌到夕曛。

赤壁在今湖北蒲圻西，北临长江。汉献帝建安十三年（208），曹操率军进攻东吴。孙权与刘备联兵抵御，在赤壁大败曹军，三国鼎立之势由此确立。此诗是崔塗客行途中路经赤壁，凭吊古迹，有感而作。

起首二联咏史，寥寥四句，把汉末天下纷争、三国鼎立、汉室名存实亡之大势赫然陈明。首句"鼎势分"三字看似叙事，实暗合赤壁之战影响，正从"赤壁怀古"题中生发。"顾元勋"以反问出之，元勋本贵，今却人人不愿顾，则见个个欲问鼎之意。颔联承上伸足其意，"英雄""使君"分指曹操、刘备。语见《三国志·蜀志·先主传》载曹操对刘备语"今天下英雄，惟使君与操耳"，写出当时汉室之衰、三国之盛，正与上句"征伐由天子"之周礼形成鲜明对照。其使典工切、虚词照应，均见锤炼之功。

后二联由咏史怀古转入发抒感怀。沧海桑田，高岸深谷，时过

境迁，人事已非。胜也罢，败也罢，强也罢，弱也罢，英雄也罢，
懦夫也罢，于今何在？一切均成过眼烟云，变得无影无踪。就连当
年万船齐发的渡口，也已被浮云野草所掩没而无处寻觅，眼前惟见
夕阳残霞，耳旁只闻渔歌声声。诗人即景，顿感茫然、空寂，末联
一个"空"字正透露出这种无限感叹。

　　这首诗由怀古而思今，由叙事而抒情。前二联多议论，后二联
议论中插入写景，苍茫空阔的境象与当日轰轰烈烈的史事映衬比
照，人生如梦的心境见于言外，诗意沉着悠远。崔塗早年为求功名
四处飘泊，"青云如不到，白首亦难归"（《言怀》）。然而，"十年来
复去，不觉二毛生"（《江行晚望》），"章句积微功，星霜二十空"
（《秋夕与友人同会》），"半生吟欲过，一命达何难"（《春晚怀进士
韦澹》），流年暗度，功名依然无成。从其仕途不济、失意潦倒的境
遇来看，此诗抒写的不单纯是吊古伤今，而且还隐含了诗人对自己
一生出处前途的茫然惆怅。

（朱怀春）

罗 隐

罗隐（833—909），字昭谏，余杭（今属浙江）人，一作新登（今浙江桐庐）人。本名横，因十次应举不第而改名隐。光启中，入镇海军节度使钱镠幕，后迁节度判官、给事中等职。少聪敏，既不得志，诗文多寓讽刺。有诗集《甲乙集》、清人辑本《罗昭谏集》。

(曹明纲)

魏城逢故人

一年两度锦江游，前值东风后值秋。

芳草有情皆碍马，好云无处不遮楼。

山将别恨和心断，水带离声入梦流。

今日因君试回首，澹烟乔木隔绵州。

此诗《唐诗别裁集》题作《绵谷回寄蔡氏昆仲》。魏城，唐时绵州属县，故治在今四川绵阳东北六十里。故人未详，或即指别题中的"蔡氏昆仲"也未可知。

这首赠别诗向以感情深挚、意境沉郁著称。诗人与故友在魏城相逢，短暂的晤谈之后，故友将去诗人的所来之地锦江（指成都，因江水濯锦鲜于他水而名），诗人因作此诗赠别。

首联点明在魏城与故人相逢之前，自己在一年中已两次游览了锦江，一次是在春天，一次是在秋日。其中既含赞美、留恋故人将去之处的意思，又婉转地说出难以再陪同前往、不得不于此相别的原因。字面不见"别"字，而离别之意已在。次联折入对眼前景物的描写。芳草萋萋，向被视作牵动离愁的典型景色，古人诗中屡有吟诵，罗隐在此却能化熟为生，变陈为新。他不直接写芳草触动人的愁绪，而是赋物以情，说因芳草有情而妨碍了诗人和故友的马蹄，使它们难以背向而行。下句写好云遮楼也是如此：连云也似解人意，故意轻轻地遮去了他们即将在那儿告别的楼阁。两句以景传情，出神入化，妙得诗家意趣。故前人谓"三、四写景极佳，是谓神行。若但以佳句取之，则皮相矣"（高步瀛《唐宋诗举要》）。

　　三联以山断水流拟状离别与相思，虽由隐而显，却也颇见匠心。其出句谓山势忽断，正如眼前之分别，令人怅恨心碎；对句则谓水长流不断，恰似日后无穷的思念、难遣的梦思。不仅取喻形象贴切，别思兼顾，而且对仗工稳，意味深长。末联"因君试回首"绾合篇首锦江。因诗人此时在魏城，而故友将去自己的所来地锦江，故云"回首"。"澹烟乔木"是诗人望中所见，"隔绵州（今四川绵阳）"点明魏城与成都（锦江）的地理方位。一个"隔"字流露出无限惆怅，而诗人缠绵的惜别之情，也尽融于这一"回首"中了。

　　诗的佳处，自然在于已为前人言及的"神行"，但其结构的前后绾合照应，也与一般赠别诗不同。首联的所来之地也是故人的要去之地，末联的"回首""隔绵州"又妙示、点破这一点，如不合看细究，是难以领会的。

（曹明纲）

忆 九 华

九华巉崒荫柴扉，长忆前时此息机。

黄菊倚风村酒熟，绿蒲低雨钓鱼归。

干戈已是三年别，尘土那堪万事违？

回首佳期恨多少，夜阑霜露又沾衣。

饱尝了战乱颠沛流离之苦和人事乖戾坎坷之味的人，最容易回想、甚至沉浸于往日的安宁闲静的生活，此诗所描写的，正是这样一种人类的普遍心态。

九华，九华山，在安徽青阳西南四十里，历来以风景奇丽著称。巉崒，形容山势高峻耸立。息机，指摆脱世俗的种种追求。诗一入手，便明确点题。在山势嶙峋的九华山中，有一处长年为其阴影所遮蔽的茅屋，使诗人在多年之后，仍时时回想起那里度过的一段美好时光。"荫柴扉"，环境十分幽僻；"长忆"，感情格外依恋。次联即紧接描写在九华山的难忘生活。"黄菊"句令人联想到晋代诗人陶渊明"采菊东篱下，悠然见南山"以及其《饮酒》诗中所描写的种种情景，"绿蒲"句则将屡见于唐人吟咏的细雨垂钓、归不系舟的闲逸之趣宛然托出，充满了名士隐者的闲散、淡泊和疏旷。

　　然而如此平静悠闲的生活如今已一去不返，再难追回了。三联出句中的"干戈"二字急转直下，既点出以往生活难以为继的原因，同时也将诗人从"长忆"的沉浸中拉回到眼前的现实。晚唐社会动荡，兵燹四起，给人民带来了深重的灾难，也破坏了诗人宁静的隐居生活。这时浮现在他眼前的，再也不是三年前九华山的那种黄菊秋酒、绿蒲归钓了，战火的破坏、人事的乖离使他难以忍受、不堪负担。"三年别"，时间不算很长；"万事违"，挫折却已接踵。诗人在不长的时间内经受了过量的打击，这就更使他难忘"前时"，慨叹、怅嗟痛失了多少"佳期"。诗的末句即以夜深霜露沾衣的具体形象，表现了撞击、煎熬着他内心的"恨"。一个"又"字，说明像这样深夜独立、怅恨不已的情况已不止一次，而是多次了，从中可体味出诗人感情的强烈程度。

　　此诗题为"忆九华"，首联先点题，次写所忆，次揭原因，末状现况，历转而下，表面是在回忆、留恋已经失去了的"息机"生活，但从这种表象后所透露出来的，却是诗人对于"干戈"的痛恨和"万事违"的感慨。因此从某种程度上看，与其说这是一首留恋、向往隐逸生活的闲逸诗，不如说它是一首以隐逸为表的反战诗和失意诗，尽管它的出发点和力度都是有限的。　　　　（曹明纲）

曲江春感

江头日暖花又开，江东行客心悠哉。

高阳酒徒半雕落，终南山色空崔嵬。

圣代也知无弃物，侯门未必用非才。

一船明月一竿竹，家住五湖归去来。

　　位于长安（今西安）东南的曲江池，始以天然池沼修浚于汉武帝时，唐开元中重加疏凿，并于七里池面沿岸建造亭台楼阁，成为游人云集、玄宗上巳赐宴臣僚和每科新进士宴聚的胜地。唐代许多著名的诗人都在此留下了传世佳作，就其流露与抒写的感情来说，则因个人的遭际不同而大致可分为得志与失意两种。罗隐此诗，即属后者。罗隐在京师前后十四年以上，曲江春景每多亲历，但他屡举不第，心情自然不会轻松。

　　这年春，他又去游览了曲江。首联日暖花开点出季节，一"又"字说明来此已非首次；"江东行客"句谓自己游于曲江，悠闲自得。这两句是铺垫，体现了诗家常用的以乐景写哀的技法。景自大好，人自悠哉，而诗人却别有一番滋味在心头。"高阳酒徒"典出《史记·郦生陆贾列传》：当初刘邦率军过陈留，郦食其求见，刘邦让人推说不见儒生，郦生大声呵斥："吾高阳酒徒，非儒人也！"

后即指以酒纵放不羁者。诗人用以自喻，言语间已透出桀骜不驯的性格和仕途失意的牢愁。"半雕落"既状形貌，亦传心态。终南山一称南山，在长安城南。"空崔嵬"乍看似指因人心境不佳，无意观赏而徒呈高峻之貌；但如果联系唐代向有以"终南捷径"喻求仕便利门路的常例，则此句已暗示出自己屡试不第的痛苦遭遇。颔联即承其意，前句在杜甫"圣朝无弃物"(《客亭》)句中加入"也知"二字，露出不为世用却又无可奈何的情态，语含讽刺；后句则以虚拟谓即趋侯门为幕僚，亦难为重用更进一层，"非才"即"不才"，孟浩然有"不才明主弃"(《归终南山》)句，此为诗人自指。两句透出浓重的失意之情，是诗人科场屡挫、仕途无望的真实反映，也是对晚唐社会用非其人现实的一种委婉抗议。

既见弃于朝廷，又难用于侯门，诗人不得不在出仕意冷的情况下转入归隐一途。尾联即暗用春秋越国大夫范蠡在助越王灭吴后泛舟五湖(今太湖一带)、晋代诗人陶渊明辞官归隐，作《归去来辞》之典，抒写了这种思想和愿望。据《鉴戒录》云，诗人得刘赞赠诗，有"自古逃名者，至今名岂微"之句，"遂起归欤之兴"。其说虽不无道理，但罗隐的灰心仕途而向往归隐，是他屡试不第、看透了官场科举的虚伪后的必然归宿，这恐怕是因读他人之作而偶然起兴所难以解释的。

全诗即景抒感，景是科举场中得志者的必游之地、必赏之景，感是仕途失意人的见弃不用、意欲归去之感，两相比照映托，令人倍觉怅惘。而晚唐的所谓"圣代无弃物"，也尽在不言之中了。

(曹明纲)

黄 河

莫把阿胶向此倾，此中天意固难明。

解通银汉应须曲，才出昆仑便不清。

高祖誓功衣带小，仙人占斗客槎轻。

三千年后知谁在？何必劳君报太平！

　　罗隐聪敏有才，早年曾十次应试而不第，因于科举制的虚伪、官场的腐败，自有一段常人难到的切身体验。这首以"黄河"为题的诗，即以巧妙的暗喻，辛辣地讥刺了科举场中的混浊不堪，果断决绝地表示不再应试的明确态度。

　　黄河水浊，自古已然。诗入手便由此生发，说一切企盼澄清的努力都是无济于事的，因为此中的"天意"本来就难以知晓。"阿胶"本是一种中药，古代用山东清洌甘美的阿井水与驴皮煎熬而成，此指能使浊水变清的物质。"天意"表面指河水清浊的制约因素，微逗末联的"三千年""报太平"，实际隐喻难以把握的命运和天子的用意。

　　颔联出句抓住相传黄河来自于天和蜿蜒曲折的特征，巧妙设喻，说要想通天平步青云，必须曲折迂回而上。这就形象地揭露了晚唐士子多以投机取巧、巴结上司等卑劣手段去骗取功名、跻身帝侧的现实。一个"曲"字意涉双关，含蓄深刻。对句则以黄河发源于昆仑山的传说为据，指出其水一开始就不干净。由于昆仑与银汉一样，在古代有指权门豪族乃至皇帝所居的喻意，此句就很自然地使人体味出含隐其中的对显贵利用科举营私的指责。

颈联承转而下，分别用了两个典故，来进一步讽刺世家望族对爵位和升黜权的把持。汉高祖平定天下后，曾在大封功臣的誓词中说："使河如带，泰山若砺。"意思是你们的爵禄将世代相传，永不改变，除非黄河变得像衣带那么狭小，泰山变得像磨刀石那么平坦。又相传汉代张骞曾奉命探寻黄河之源，他坐了木筏溯流而上，不觉间来到了天上的牛郎、织女星座。诗人在此用这两个典故，既紧扣黄河之题，不离黄河内容，又尖刻地嘲讽了朝中达官贵人世袭不绝、把持政要和援引亲信、小人的丑恶行径。"仙人占斗客槎轻"一句，形象地道出了朝中有人好做官的社会现象，具有很强的现实意义。

尾联"三千年""报太平"，系取"黄河千年一清，至圣之君以为大瑞"（王嘉《拾遗记·高辛》）之意。二句谓三千年后有谁还在，又何必劳驾您来报告天下太平呢！语气调侃，不无揶揄，同时又充满了诗人对科举和官场的深深失望，激愤中饱含辛酸。

此诗最大特点在于取喻生动形象，句句明写黄河，暗寓讥刺，对晚唐科举制的窳败作了痛快淋漓的揭露和鞭挞，很能体现罗隐诗的讽刺力量和艺术特色。

（曹明纲）

西　施

家国兴亡自有时，吴人何苦怨西施？

西施若解倾吴国，越国亡来又是谁！

在中国古代，历来有女色亡国之说，褒姒、西施等女子都因貌美而负有溺君亡国的罪名，以至后来以"倾城倾国"来描写美女。罗隐此诗，即为翻此案而作。

西施是春秋末年越国有名的美女，由越王勾践献给吴王夫差，成了最受宠爱的妃子。后吴国为越所灭，不少人就把亡国的罪责加在西施头上。诗人对此深为不平，他在诗中入手便开宗明义地指出国家的兴亡自有其更深的原因，吴人之怨西施是毫无道理的。"何苦"二字带有诗人愤愤然的强烈感情，让人体味出他对像西施这样的弱女子而代人受过的深切同情。后两句据此推论：如果西施真能让吴国灭亡，那么把她献给吴国的越国又是由于谁而灭亡的呢！吴、越兴替史实的尖锐对照，借篇末的冷然一问，其义顿现，我们既能感到以事实为依据的本身所具有的内在逻辑力量，同时也不能不看出他对历代亡国者推诿罪责所持的憎恨。因此，这首咏史诗从表面来看只是据理力争的议论，而实际也倾注了诗人对真正祸国殃民者的痛恨和对代人受过者的同情的感情。从这一点来看，它又不仅仅是一首论理诗。

论者谓诗人另有《帝幸蜀》一诗为杨贵妃乱国辩解，与此诗精神实质并无二致，所以它的意义又不止于为历史翻案，在当时还具有很强的现实意义，这也是在读这首诗时所不应忽视的。（曹明纲）

罗邺

罗邺（生卒年不详），大约活动于咸通至大顺年间。浙江余杭人。咸通年间屡试不第，投谒无成，长期飘泊江湖。无奈于晚年赴塞北边关从军，郁郁而死。在晚唐诗坛上，罗邺与罗隐、罗虬齐名，号称"江东三罗"。《唐才子传》称他"素有英资，笔端超绝"，其诗"清致而联绵"。《全唐诗》录其诗一卷。

（朱怀春）

早 发

一点灯残鲁酒醒，已携孤剑事离程。

愁看飞雪闻鸡唱，独向长空背雁行。

白草近关微有路，浊河连底冻无声。

此中来往本迢递，况是驱羸客塞城。

这首诗是作者晚年在长期失意潦倒、漂泊无依的情况下，以垂老之身赴职塞北边关途中所作。全篇笼罩着悲凉愁郁的气氛。

首联交待时间，紧扣诗题。从灯残酒醒，可以想象前夜曾有多少愁怀难以排遣，故只能以酒浇愁，一醉方休。然而宿酒才醒，惟见一点残灯明灭，万事依旧，又将踏上北去关山之路，心中的悲苦自不待言。次联承上联"离程"写来，明点"愁"字，全是离人眼中情景。孤身早行，偏偏遇上漫天飞雪；浩浩长空，大雁结伴南归，而"我"则单人只影，离乡背井，反向北而去。此于理相背、于情相违之事，真是不胜其苦、难堪其愁。如果说前二联是抒情为主，以情带景，那么第三联极写边地荒凉，于景中见情。旷野漠漠，唯见塞北特有的白草萋萋。"近关微有路"，正反见大野无路，荒无人烟，浊河连底冻彻，此是正写，更于凄清中见出怅惘之思。在这无声的空茫之中，诗人内心的愁苦郁结已久，再也不能忍耐，故于末联发为深沉而又无奈的慨叹。江南、塞北，本已千里迢迢，艰辛备尝，更何况蹇驴只鞭，茕茕独行，此中况味，人何以堪！

　　此诗之精粹在颈联，这不仅因其写景深切边地景象，更由于它在全诗结构中的地位。一、二联均明写征行，此联如再明写，必平直无味，唯如此移情入景，转明为隐，方能既拓开境界，又造成感情之渟蕴。有此一弛，尾联再转入明写，发为感愤，方于诗势跌宕之中，见出感情之郁结奔涌。

（朱怀春）

秦韬玉

秦韬玉（生卒年不详），字中明（一作仲明），京兆（今陕西西安）人。主要活动于唐懿宗、唐僖宗时期。出身单寒，早年屡试不第，后投靠权宦田令孜门下，官至丞郎、保大军节度判官。广明元年（880），黄巢攻破长安，唐僖宗逃奔成都，秦韬玉从驾随行。因于中和二年（882）特赐进士及第，为"芳林十哲"之一。田令孜又擢为工部侍郎。擅律诗，"歌诗每作，人必传诵"（《唐才子传》）。《全唐诗》录其诗一卷。

（朱怀春）

贫　女

蓬门未识绮罗香，拟托良媒益自伤。

谁爱风流高格调，共怜时世俭梳妆。

敢将十指夸纤巧，不把双眉斗画长。

苦恨年年压金线，为他人作嫁衣裳。

　　在秦韬玉传世的三十余首诗中，此诗最著名，是他的代表作。从诗中所抒发的贫士不遇之感慨来看，可能作于诗人赐进士及第之前。

　　这首律诗首联写贫女的家境和心情：身处蓬门之中的贫家女子，家贫如洗，从未享受过豪华生活，已自悲苦；可是想要托媒无门，年华渐去，则更加令人感伤。次联说明"自伤"的原因在于世人只知追求时髦的梳妆衣饰，无人喜爱贫女高雅的风流格调。俭妆即险妆，也就是追奇尚异，不合大雅的妆饰。《唐会要》卷三一记大和三年敕："又奏妇人高髻险妆，去眉开额，甚乖风俗，颇坏常仪。"可为此作注。颈联写出贫女的性格：虽然贫困不遇，但自尊自重，志气不坠，其所以自恃者不是寻常女子之美色，而是自食之技能。末联综合前言，针对现实发出深深的叹息。

全诗以伤贫为主线，却于中间二联翻出波澜：先以世俗反衬格高，更以才高卑薄色相，均用流水对而句式又有变化，于一气流转中内蕴盘曲之势，在婉曲哀怨中见出孤芳自赏。这样尾联之叹，就非但没有萎卑之态，反能引起人们深切的同情。

这首诗表面上写一位贫家少女虽有才貌，但因无人赏识而不能出嫁，实际上是借以抒发贫士不得际遇的感慨，字里行间流露出怀才不遇、寄人篱下的怅恨。秦韬玉早年虽有才名，但因出身寒素，屡试不第，只得奔走于高官权宦门下。因此诗中贫女形象，其实就是他本人境况的真实写照。清人沈德潜称此诗"语语为贫士写照"（《唐诗别裁集》），确实一语中的，"苦恨年年压金线，为他人做嫁衣裳"，以强烈的对比，构成具有典型意义的名句，这不仅是秦韬玉个人的生活遭遇，更反映了封建社会下层文人士子的共同遭遇，道出了他们的共同心声，因而使本诗蕴有更深刻的生活哲理和广泛的社会意义。

（朱怀春）

皮日休

皮日休（约834—902后），字逸少，后改袭美，襄阳（今湖北襄阳）人。尝隐居鹿门山，自号鹿门子、间气布衣等。咸通八年（867）进士，曾任太常博士、毗陵副使，约于乾符五年（878）入黄巢军任翰林学士，后下落不明。一说黄巢兵败后为唐军所杀，一说因误会被黄巢所诛，又一说逃往江东。工诗和小品文，多讥刺时政之作，诗风兼取刘、白之流利与韩、孟之奇崛，每以偏锋侧笔，出奇制胜。但亦时见滞涩或平易浅露之病。有《皮子文薮》。《全唐诗》录其诗九卷。

（周慧珍）

橡媪叹

秋深橡子熟，散落榛芜冈。

伛伛黄发媪，拾之践晨霜。

移时始盈掬，尽日方满筐：

几曝复几蒸，用作三冬粮。

山前有熟稻，紫穗袭人香。

细获又精舂，粒粒如玉珰。

持之纳于官，私室无仓箱。

如何一石余，只作五斗量。

狡吏不畏刑，贪官不避赃。

农时作私债，农毕归官仓。

自冬及于春，橡实诳饥肠。

> 吾闻田成子，诈仁犹自王。
>
> 吁嗟逢橡媪，不觉泪沾裳。

　　此诗为皮日休组诗《正乐府》十篇之二。《正乐府》序称作诗目的是要使人君"知国之利病，民之休戚"，故诗乃元结《系乐府》、元白《新乐府》之嗣音。其以一老农妇处丰年却拾橡子充饥的不幸境遇，展示了晚唐农民挣扎在饥饿线上的悲惨现实。而以"叹"名篇，以"泪沾裳"作结，则表现了诗人的深切同情。

　　开首八句正写老媪拾橡实："伛伛""黄发"，这样的老妪，本应安享天年，现在却要上"榛冈"，"践晨霜"，且"移时""尽日"地收取橡子以充冬粮。时值秋令，正当收获时节，出现这种情况岂非反常？莫非当时正逢荒年？下面四句对此作了解答：山前田中稻子熟了，流溢出一阵阵的清香，可见并非天灾之罪；农夫们仔细收获，精心舂捣，稻米晶莹透亮，宛如玉珰，可见又并非农惰之过。那么，究竟是由谁造成的呢？接下八句揭出底因。原来农民一年到头辛勤打下的粮食被尽数纳官，农家所剩本已无几，又怎么禁得起贪官狡吏的层层盘剥、甚至一石量作五斗地巧取豪夺呢！在官课、借贷等形式的煎逼下，广大农民自然只能"自冬及于春，橡实诳饥肠"了。诗至此，诗人终于按捺不住满腔愤恨，直斥时势的险恶了。"吾闻田成子，诈仁犹自王"。春秋时齐景公相田常字成子，为了收买人心，曾以大斗出贷，小斗收进，受到齐人的歌颂。后来其子孙竟藉此取齐而代之。(《史记·田敬仲桓世家》)此以故事与现实作对比，以见今之牧民者自上而下层层掠夺，连"诈仁"都不屑为，简直如同明火执仗的盗贼。诗人对此，又怎能不为橡媪，乃至天下百姓，一掬同情之泪呢！

诗以橡媪起结，中间按逻辑顺序，由反衬折入主旨，层层深入，不加雕饰，逼真地展现出当时农村刻剥之深重，吏治之腐败。其语言虽质朴而笔底情深，"如何"一问之见百姓无奈之态；"诳饥肠"之见生民水尽山穷，均能以至诚之情化寻常为奇崛，足见元结、白居易之流风余韵，而篇末"田常"一典，旁敲侧击，屈曲中见锋颖，是以唐季小品文笔法作诗，最见皮氏个性。　　　　(周慧珍)

旅舍除夜

永夜谁能守？羁心不放眠。

挑灯犹故岁，听角已新年。

出谷空嗟晚，衔杯尚愧先。

晓来辞逆旅，雪涕野槐天。

咸通八年（867）诗人虽中了进士，却未得官职，遂离京东游华、嵩诸山及洛阳、扬州、苏州等地。直至咸通十年，才辟为苏州刺史郡从事。此诗约写于东游的两年间，抒发了飘零失意的苦闷心情。

除夕之夜，诗人彻夜未眠，然而并非兴奋地守岁迎新，而只是因为羁留他乡，落魄失意，以至愁怀难遣，永夜不寐。"不放眠"是说羁心不让人睡去。首联就"守岁"风俗，反起而正说，便见奇崛不平。次联申足达旦不眠之情状。昨夜掌灯，时间尚在故岁，此时听角，已是新年。一"犹"、一"已"、一"故"、一"新"，既暗示通宵未眠，又使羁旅之凄寂增添了物换星移、岁华流去的惆怅，于是自然转入三联对科场遭际的反省。出谷，用《孟子·滕文公》"出于幽谷，迁于乔木"句意，唐人常以指科举及第。又唐代进士曲江会宴，例尊年长者为先，诗人折桂已届而立，于得名已"空嗟晚"，于庆宴则"尚愧先"，更何况最终又为吏部摈落，一官未就。于愁思百转中，不觉天已破晓，于是辞别客舍踏上新年的旅途。他在行进中忽见道旁野槐高耸，于是因"槐花黄，举子忙"的俗语想起，数月之前，自己曾怀着满腔希望，砺笔奋志；如今槐花凋落，心情已不复当时，因此不觉仰天向槐，泪如雨下。

　　此诗看似平凡实倔奇。以"出谷""衔杯"之孤愤为中峰作回斡，曲屈以写新旧年迭代之夜，剪不断、理还乱的愁思。语言素朴而沉郁深沉。篇末，"野槐天"更起波澜，于苍茫中尤见孤兀，最见皮氏本色。

（周慧珍）

西塞山泊渔家

白纶巾下发如丝，静倚枫根坐钓矶。

中妇桑村挑叶去，小儿沙市买蓑归。

雨来莼菜流船滑，春后鲈鱼坠钓肥。

西塞山前终日客，隔波相羡尽依依。

咸通四年（863）初，皮日休约三十岁，离家去京。他自襄阳出发，循汉水南下，来到湖北东部，今大冶附近的西塞山，泊舟渔家，写下了这首诗。

前三联写即目所见渔家生活与水乡风情。首联状垂钓老翁白纶巾下银丝微露，倚枫根而坐，投钓水中，"静"享天年，好不自在。颔联由老及壮，同时揭出老翁安逸的原因，正在晚辈勤奋敬上。次子媳妇年轻力壮，满挑着一担桑叶给养蚕人家送去，小儿子腿脚勤快，已从沙市买得蓑衣归来。这一来一去，轻快中透出忙碌和快乐。颈联复写老翁，并描出水乡的富庶秀美。一场雨来，莼菜溜滑，傍着船舷流过，老翁钓钩上也终于坠上了一条初夏格外肥美的鲈鱼。诗人笔下的老翁一家，宁静而和谐，各得其所，怡然自乐的生活令人羡慕不已，于是诗人隔水观赏，留连终日，依依而不能去。

　　诗以白描手法，写真率之趣，行笔轻利而情味淳厚，深得刘、白七律余风。其忙闲、老幼相映成趣；由人入景，又由景及人的布局亦颇见匠心。其于流利中微见夭矫之态，下启宋代梅尧臣一脉之先声。

（周慧珍）

汴河怀古

（二首选一）

尽道隋亡为此河，至今千里赖通波。

若无水殿龙舟事，共禹论功不较多。

此是《汴河怀古二首》中的第二首。汴河，自汴州（今河南开封）至淮安的一段运河，由隋炀帝杨广就原有蒗荡渠及其下游故汴河道加以疏浚而成。诗以怀古作翻案，评判隋炀帝修建运河之千秋功罪，独具只眼。

首句立出旧案。运河为隋亡之祸根，乃众口一词之定论。次句针锋相对，片言破的，指出运河造福后世之久远；"至今"而南北"千里"赖其通航。唐代安史乱后，租赋供应，十之七八，依凭江南，诗人所言，并不夸大。三、四两句又自反面着笔，归到炀帝开河之功罪，尤为卓见。水殿龙舟，指杨广南巡扬州纵情游乐事。据《资治通鉴》（卷一百八十）云，大业元年（605）八月，炀帝自东都洛阳行幸江都（今江苏扬州），乘龙舟凤舸，舟高四层，上有正殿、内殿，东、西朝堂，舳舻相接二百余里，水陆随行人员无算，极尽奢靡之能事。较，差。不较多，不差多少。两句谓炀帝若无"水殿龙舟"荒淫劳民之罪，则其开河之功可与大禹治水之业绩相提并论。而"若无"一笔提转，意在强调其开凿功绩不能因后之荒淫而予轻易否定。此论发前人之所未发，胆识过人，立论通达，非史眼如炬者不能为此。（周慧珍）

陆龟蒙

陆龟蒙（？—881年左右），字鲁望。苏州（今属江苏）人。举进士不第，便不复应试。曾为湖州、苏州从事，后隐居松江甫里，号江湖散人、天随子、甫里先生。死后追赠右补阙。诗文与皮日休齐名，世称"皮陆"。其作或讽谕时事，激切尖新；或咏景写怀，疏放清丽。至排比声辞争奇斗险，又见元和之后遗风。有诗集《松陵集》、文集《笠泽丛书》，后人合为《甫里集》。　　　（萧华荣）

白　莲

素蘤多蒙别艳欺，此花端合在瑶池。

无情有恨何人觉，月晓风清欲堕时。

　　此诗咏"白莲"，着眼于"白"，"别艳""瑶池""何人觉"是与此相关的关键性字眼，而末尾"欲堕时"三字，则可以当作欣赏此诗"悟入"的切点。我们可以想象，在那月白风清，迷蒙幽寂的黎明时分，那亭亭玉立于湖面的一株白莲即将凋零。在这最后的时刻，她回顾自己高洁而被冷落的"一生"。她的悲剧就在于她是一株冰清玉洁的"白"莲，而世俗的眼光总喜欢绚丽的色彩，于是红莲便得到人们的赏悦，成为骄凌于她的资本。这些意思，都被概括在开头"素蘤多蒙别艳欺"一句中。"素蘤"（wěi）即素花，指白莲；"别艳"，艳而非正色，指红莲之粉红。是白莲的对立面与反衬。白居易《白牡丹》诗也叹息过白牡丹"素华人不顾",时髦的是"紫艳与红英"。此诗的立意也许受其启示,却远比白诗空灵、超妙,含蓄。第二句的"瑶池"从正面衬托,说她不应生在人间,而应生在仙界,在西王母那玉石般明净光洁的瑶池中才相得益彰。而在尘俗的世界里,她得不到理解,即第三句所说的"何人觉"。她无情吗?她有恨吗?她何以如此洁身自好,出污泥而不染?对此没有人知道,也没人想知道。她只是默默地开放、默默地凋零。

此诗为清人王士禛所看重。王论诗主"神韵",要求"咏物之作……不粘不脱,不即不离",并称赞此诗"语自传神"(《带经堂诗话》卷十二)。所谓传神,应指此诗不仅传达出白莲那素洁而幽怨的情韵,更传达出作者寄寓于其中的生不逢时、曲高和寡的自伤,但又无迹可寻,不露比附之痕。

(萧华荣)

新 沙

渤澥声中涨小堤，官家知后海鸥知。
蓬莱有路教人到，应亦年年税紫芝。

　　此诗的要害在一"税"字。有了这个"税"字，诗的主题才得以揭示，立意才得以凸现，对统治者的讽刺鞭笞才得以显露。凭借这个"税"字，诗中原不相关的形象构成了有机整体。倘无这个"税"字，前二句的叙述也许会被当成一个古老的童话，后二句也许会被认为是一个渡海求仙的神话。高明的画师画龙，往往最后才点睛，龙瞬间便会宛然如生。这首诗置"税"字于末尾，即有此妙。

　　首二句虽不言"税"，而"税"已在其中。你看，在渤海（即"渤澥"）边一个由泥沙沉积而成荒僻的角落，人们正打算在堤内种庄稼，官府却已敏锐地察觉到了，时间甚至比天天出没在海边的海鸥还要早。这真是极其辛辣的讽刺！从后面的"税"字不难想象，随之而来的必然是对这片新沙地的横征暴敛。官家的剥削是如此的无孔不入，甚至连大自然一点小小的"恩赐"也不放过。作者的讽刺与批判并不到此为止，而是更发奇想："蓬莱有路教人到，应亦年年税紫芝"。如果蓬莱仙境有路可通，他们必定会去征收灵芝税，甚至连仙境也无法躲避苛捐杂税！与同时代诗人杜荀鹤的"任是深山更深处，也应无计避征徭"（《山中寡妇》）比较起来，此诗旁敲侧击，笔意更为诙谐尖刻。而两诗对封建惨重剥削的揭露，则可谓异曲同工。

（萧华荣）

和袭美春夕酒醒

几年无事傍江湖，醉倒黄公旧酒垆。

觉后不知明月上，满身花影倩人扶。

　　此诗之妙，在后二句；后二句之妙，在"不知"二字。"不知"二字之妙，一是在结构上承上启下——承上醉酒之意，启下醉觉后之态；二是在情调上流露出一种无所关心的隐逸情绪、名士风流。全诗基调由此挑明。

　　前二句关键在"黄公旧酒垆"。黄公垆是魏晋之际的著名酒家，三国魏后期阮籍、嵇康等人常在这里醉酒佯狂。当时统治者内部争权夺利斗争剧烈，天下多故，名士少有全者。嵇、阮等人便纵酒放诞，借以避灾远祸、发泄心中的苦闷。诗中用这个典故，表明诗人自身也牢骚满腹，有难言之隐。其实此意在首句便有透露，如"无事傍江湖"，即自谓闲置不用，无所事事，有才难展，只得隐遁江湖草泽，醉酒遣时。这样就自然有了下句"不知"二字。

　　古代不少士人一受挫折，往往皈依庄老，退而追求闲逸恬淡的生活。"不知明月上"数字，正写出这种隐逸情趣。"满身花影倩人扶"补足了"不知"的程度——醉得不能自持而竟要别人搀扶！句中的"明月""花影"是一种点染，用美好景物创造意境，衬托情怀，并有厌弃尘俗而与花、月、酒为侣之意。"倩人扶"写出名士风流，倜傥懒散，其中隐含着一种顾影自怜的情调，一种以闲适骄人的口吻。

最后说明：题中"袭美"，是诗人的好友皮日休的表字。

（萧华荣）

司空图

司空图（837—908），字表圣，汀中虞乡（今山西永济附近）人。咸通十年（869）进士，历任殿中侍御史、礼部员外郎等职，官至中书舍人。唐末政局混乱，隐于中条山王官谷，自号耐辱居士，知非子。工近体，五言尤擅。善写眼前景，风格清丽浅切而多韵致，并时寓忧愤之情。有《司空表圣诗集》《司空表圣文集》，另有论诗专著《二十四诗品》。　　（萧华荣）

早　春

伤怀仍客处，病眼却花朝。

草嫩侵沙短，冰轻着雨消。

风光知可爱，容发不相饶。

早晚丹丘去，飞书肯见招？

　　司空图在其《与李生论诗书》中，标举"近而不浮，远而不尽""韵外之致""味外之旨"的诗歌创作高标。作为例证，他历数自己的一些"佳句"，其中包括本诗"草嫩侵沙短，冰轻着雨消"二句，可见这是他的得意之笔。

　　芳草初生，绵延及河边沙岸，但草茎仍短小；放眼河中，尚有薄冰，却敌不住几场春雨，渐次溶化消解了。这些景象，确是早春所特有的。不过，题名"早春"，而正面写早春的句子，唯此而已，其余大抵写感受；但这联景语却是三联情语变化的关键。分而观之，这一联大约是说：春景令人感悟到自然万物的欣欣向荣的生机。你看小草虽嫩，但不久就会长高长壮，碧色粘天；薄冰虽存，乍暖还寒，但不久就会春意盎然，春景如画。从这个角度说，这早春的寻常风光确实"可爱"。但全诗的基调却是伤感的，因为赏玩早春的主体是别一种处境、身境、心境，他是在客中、病中、年光渐老中面对这大好风光的。

开头"伤怀仍客处"即点出作者客居异乡，且已非止一日，远离亲友，令人伤怀，何况正当时序变易之时？这是第一可伤处。第二句写"病"，客中兼病，更形可伤，这句中"却"与"仍"相对，是反接连词，自客病伤怀而入"早春"题面，从而引出颔联景语，这春景似乎给了诗人欣喜与生意。但伤怀之情是如此地摆脱不去，诗人旋又跌入更深的悲苦之中，而春景的明丽，适成悲苦的反照。第六句写"老"。容颜渐衰，齿发渐落，纵然春光再好，游兴再浓，却也是心有余而力不足了。这是三可伤。这三"可伤"与一"可爱"的对照和矛盾，身心与外物的失衡，逼出了最后二句："早晚丹丘去，飞书肯见招？""丹丘"传为神仙之地，不死之乡。"飞书"在这里应理解为天外飞来的书函，即缥缈仙界的召唤。游仙与隐逸，在古人心目中原是二而一的，这里透露出作者意欲归隐的心情。

（萧华荣）

秋 思

身病时亦危，逢秋多恸哭。

风波一摇荡，天地几翻覆。

孤萤出荒池，落叶穿破屋。

势利长草草，何人访幽独！

把身世之感和时局之忧放在"秋"的背景上加以渲染，与萧瑟悲凉的秋气融会在一起，使感情不脱离形象，形象中渗透感情，是这首诗最突出的艺术特点。诗中有些句子，明写秋景，实则暗示时局，隐叹身世。秋之"象"与忧之"意"合在一起，便是题目所说的"秋思"——秋天的忧思。

诗的首联开门见山，排列出这三件令人伤情的事："身病""时危""逢秋"。身病、时危本难以为怀，又值衰飒凋敝的秋天，就更悲不自禁，唯有一哭以泄了。颔联"风波一摇荡，天地几翻覆"，写秋风卷水，波涛激荡，既是秋景，又是时局的形象写照。其中的"一""几"二字都是副词，意谓风波一有摇荡，天地几乎翻覆，是"时危"二字的展开。当时黄巢起义虽被镇压下去，唐王朝也因之摇摇欲坠。司空图作为王朝的孤臣孽子，尽管已经退隐，却不能不为之忧心忡忡。颈联是司空图在其《与李生论诗书》中所自鸣得意的"佳句",自称"得于寂寥,则有'孤萤出荒池,落叶穿破屋'。"可知这两句是以秋景来表现作者隐居寂寞、感叹身世的,可以看作"身病"二字的展开。

颈联,作者抓住萤虫、落叶这些秋景,极力渲染环境的荒冷和生活的潦倒。一只青光幽幽的萤火虫从荒废的池塘飞出,在秋夜中犹如一点鬼火;落叶穿过破损的门窗,飞到屋里,这是多么荒凉、幽冷的画面!其实司空图有很大的庄园,生活并不困窘,凄凉的景色不过是为了衬托凄凉的心境罢了。

最后二句总绾家、国二面,直接议论,意谓人们都碌碌草草忙于争权夺利,没有人记得他这位老且病的隐者,更没有人来向他咨询国家大计,像古代有的隐者所得到的那种殊荣。于是这"幽独"二字就获得了新的意蕴:他固然是超越尘世奔竞的孤独的隐者;但对国事却并不能忘情,于是这"幽独"中又更多了悲慨。唐亡后司空图多次拒朱梁之聘,终老山中,他幽独的节操可称是形于言而见于行的。

(萧华荣)

山 中

全家为我恋故岑，踏得苍苔一径深。

逃难人多分隙地，放生麋大出寒林。

名应不朽轻仙骨，理到忘机近佛心。

昨夜前溪骤雷雨，晚晴闲步数溪禽。

这首诗写作者隐居山中的所见、所思、所感。四联中有叙述，有描写，有议论，也有淡淡的抒情。

首联叙述自己为躲避战乱，举家来到一座孤零零的小山，并在深深的青苔中踏出一条小路，可知那里原是人迹罕至的地方。这两句是点题之笔，也是全诗的背景。

以下六句所流露的思想感情比较复杂。关键在于颈联"名应不朽轻仙骨，理到忘机近佛心"。唐代佛教盛行，禅宗一支尤为风靡。司空图早年受儒学熏陶，有用世之志。隐居以后，经常与名僧往来，信奉佛理，思想渐趋消沉。禅宗"以无念为宗"，要求破除一切执着，达到无思无虑之境，即所谓"忘机"。只要参透这个禅理，便是"见性成佛"。司空图自以为已经达到这种境界，已经"忘机"，其实在内心深处，他仍是很矛盾的。首先，从"名应不朽轻仙骨"一句看来，"名心"就没有勘破。此句意谓：世人追求成仙，无非是为长生不死，而自己既然可以以名节千秋留芳，也就不羡慕成仙了。可见他还未破对"名"的执着追求。第二，其实他也未能忘情天下，这表现在颔联中："逃难人多分隙地，放生麋大出寒林。"这座昔日荒僻无人的小山，如今已都被避乱的人充塞；而当年行善放生在此的幼鹿却已长大，在林间自由游荡。后句反衬前句，隐隐表现出一种可堪回首之感，可见诗人也并不能"万事不关心"，破除对世事的执着。但司空图又要极力抑制自己的"世俗"之心，极力悟透禅理，于是便有了最后一联："昨夜前溪骤雷雨，晚晴闲步数溪禽。"这两句颇为闲散恬淡。雷雨之后，唯见"溪禽"而已。禅宗讲"活参"，认为即目所见的物事，都含有佛理，所谓"青青翠竹，尽是法身。"他如此津津有味地"数溪禽"，是否真的彻悟了呢？

（萧华荣）

钱 珝

钱珝（生卒年不详），字瑞文，吴兴（今属浙江）人。钱起曾孙。举进士。乾宁
初官至中书舍人。后贬抚州司马。其绝句精炼秀朗，五绝《江行无题一百首》
尤为世称。有《舟中录》。《全唐诗》录其诗一卷。　　　　　　　　　（周慧珍）

江行无题

（一百首选二）

咫尺愁风雨，匡庐不可登。

只疑云雾窟，犹有六朝僧。

　　《江行无题一百首》是钱珝迁谪抚州时杂咏途中见闻之作。其
《舟中集（录）·序》云："秋八月，从襄阳浮江而行……"题"江
行"即由此而来。此诗为途经匡庐时所作。匡庐即庐山。相传殷周
间有匡姓兄弟在此山结庐隐居，因称庐山、匡山或匡庐。

　　"匡庐奇秀，甲天下山"，如今它虽近在咫尺却不可登，乃因风
雨阻隔。一个"愁"字，透露出诗人尽管心向往之，却难以领略的
遗憾之情。然而诗人仍然流连仰望，为之神往。六朝佛教盛行，高
僧多住名山。东晋慧远即曾在庐山结社讲道，盛极一时。此后释门
巨子栖息其间者，代不绝人。如今诗人瞻望高峰，但见云环雾绕，

迷蒙一片,不由浮想联翩:在那幽寂的深山里,阴森的洞窟中,恐怕依然有六朝名僧在那里栖隐吧?末二句既写出了庐山的高邈旷远和历史悠久,又不露痕迹地披露了诗人超凡出尘的潇洒情致。"疑"字极妙,诗人用疑问的语气将风雨云幕笼罩下的庐山或真或幻、若有若无的缥缈境界呈现于人前,使人生发遐想。

　　此诗结构也独具匠心。张野《庐山记》:"天将雨,则有白云,或冠峰岩,或亘中岭,俗谓之山带,不出三日必雨。"诗人显用记中所言物理,却先言"愁风雨",返及"云雾窟",既见不登之由,又化实游为虚拟,于悬想"愁""疑"之中,传出庐山神韵。如顺叙实描,反不能讨好。而此诗能于浑成中寓精微之思,是唐季七绝的圣境。

(周慧珍)

　　　　万木已清霜,江边村事忙。
　　　　故溪黄稻熟,一夜梦中香。

　　这首五绝意蕴丰富,而起、结句又很见功力。首句由树之经霜写江南秋色,一个"万"字,把高远、寥廓的清秋气象一笔写尽,并起笼罩全篇的作用。次句中的"事",即指秋事。因为起句的引带与三、四两句的承接,此句并不显得抽象。三句"故溪"犹言故园。由眼前所见江边他乡的秋收繁忙,联想到故园吴兴的稻谷也已金黄香熟,思接千里而又转折自然。末句一笔兼写虚实二境:日有所思，夜便梦归故园，亲见家乡熟稻，只觉清香沁脾，因而"梦中香"，此谓虚；借宿江村，稻田里、谷场上，香气袭人，夜风吹拂入室，故而"一夜""香"，此谓实。诗以有情之梦境收束，尤觉余味不尽。

　　虽然下半篇隐隐透发出诗人思乡之情，但全诗情调并不颓唐萎顿，而使人感到诗人热爱生活的情趣。

（周慧珍）

未展芭蕉

冷烛无烟绿蜡干，芳心犹卷怯春寒。

一缄书札藏何事，会被东风暗拆看。

清王士禛云："咏物之作，须如禅家所谓不粘不脱，不即不离，乃为上乘。"(《带经堂诗话》)这首以花拟人的小诗，即达到了这种境界。

首句描其形。芭蕉未抽叶时，茎干挺立无旁叉，犹如一支未点燃的蜡烛。"冷"为次句"春寒"伏线。芭蕉色绿，故又谓之"绿蜡干"。"蜡"之喻由"烛"而来。"绿"这种含蕴着青春意味的颜色，特别容易使人产生关于女性的联想，因为诸如绿云、绿鬓等等，均与女性有关。这里描摹芭蕉，尚未及人，然细味下句"芳心"二字，则又令人似于朦朦胧胧之中，瞥见了一位袅袅亭亭的绿衣少女。

次句传其神。卷成烛样的芭蕉，最里一层是蕉心。如今蕉心卷缩，新叶未吐，仿佛还怕春寒。"芳心"语意双关，既称花心，又暗寓少女之心，想象新颖奇特。"犹""怯"二字，既体物入微地写出了芭蕉未展之神态，又出神入化地传达出少女娇怯羞涩之神情。

三、四两句又翻进一层，笔触进一步探问"芳心"的深处。古人书札多作卷筒形，正与未展芭蕉相似，因而将犹卷之蕉心，比作芳心未展的少女写就的书札，并加以设问：这里面究竟深藏着什么呢？待到东风骀荡，蕉心自然就会展舒，正如青春觉醒了的少女，她深藏的书札终究会被暗暗拆看一样。"暗"字准确、细腻地将大自然与人的感情世界中那种微妙而不易察觉的变化，生动地传达出来，可谓摄魂之词。回味全诗，只觉句句是写未展芭蕉，又句句是写含情少女，似彼似此，亦彼亦此，确实于"不粘不脱，不即不离"中显示了嫣然风韵。

（周慧珍）

李昌符

李昌符（？—887），字岩梦。咸通四年（863）进士及第。仕历尚书郎、膳部员外郎。工诗，在长安时与郑谷相酬赠，诗风亦与谷相近。清新浅白有余，而深沉不及。工写羁旅行役之感。相传有《婢仆诗》五十首，旨趣低下，似非其所为，《全唐诗》不录。存诗一卷。　　　　　　　　　　　　（丁如明）

旅游伤春

酒醒乡关远，迢迢听漏终。

曙分林影外，春尽雨声中。

鸟思江村路，花残野岸风。

十年成底事，羸马倦西东。

　　李昌符早有诗名，累举进士不第，牢愁满腹，自嗟才薄命蹇，甚而作诗自嘲。如《下第后蒙侍郎示意指于新先辈宣思感谢》云："遭逢好文日，黜落至公时。"《送友人》云："人间不遣有名利，陌上始应无别离。"此诗当作于咸通四年（863）登进士第之前。

　　首两句明点旅游，暗寓伤春。客游无聊，以酒消愁，酒醒梦回，但觉家山万里，乡思油然而生。于是终夜不眠，听遥远的更漏一声声敲碎乡心。"听漏终"三字，忧思如见。颔联紧承首联，漏尽天晓,除了灰蒙蒙的林子,原野上天色放白。"春尽"句是历来为人称道的名句,以声传情,不经意地勾勒出风雨送春归的暮春景色,语带哀婉,明托出题中"伤春"两字。颈联是"春尽"的具体描写,鸟儿在绿水人家围绕的田径上掠飞,也许在探听春归的消息;在风雨的摧残下,残花在枝头上泣送春归。至此,诗的意境已全出,但作者似乎感到意犹未尽,又用重笔概括旅游伤春的主观心理因素:说自己为什么要这么伤感呢?原来是十年飘泊,一事无成,徒然是病马驮着多愁善感的诗人东奔西走,仆仆风尘,心灰意懒之极。那么,作者为什么不就此歇手,归老林泉,免受风霜之苦呢?这可以从作者另一首《客恨》诗中找到解答:"肥马王孙定相笑,不知歧路厌樵渔",那是因为还没有功成名就的缘故。

此诗在结构上最大的特点是以情裹景,首尾两联重在抒情,中间两联重在写景,但又互相渗透包融。语言清新婉约,很能体现晚唐诗风,尤其是郑谷一派的特色。

(丁如明)

边行书事

朔野烟尘起，天军又举戈。

阴风向晚急，杀气入秋多。

树尽禽栖草，冰坚路在河。

汾阳无继者，羌虏肯先和？

　　诗题一作《书边事》，又作《塞上行》。中间两联一作"莽苍芦关北，孤城帐幕多。客军甘入阵，老将望回戈"。

　　晚唐季年，西北边境一直不靖，吐蕃、党项经常侵扰，朝廷虽发兵进击，却连年无功，或者形势反复，为患不断。直至唐末，战乱犹存。作者曾亲至边地，目睹战时荒凉景象，感慨国运衰微，国力空虚，将帅无能，写下了这首具有强烈现实意义的悲歌。

　　诗一开头，作者就把人们带入战火纷飞的边地，但见朔方原野上，狼烟滚滚，刀枪如林。大唐军队（天军）正准备投入厮杀。第二句一"又"字，说明了战争的频繁。接着，诗人极力渲染了战地气氛的肃杀：凄厉的北风至晚更加惨烈，到了主兵的秋天杀气更是弥漫天地。颈联则描绘出战地一片荒芜酷寒的景象。因为这里经过多次战乱，所以树木被大量砍伐，鸟儿飞来只能栖息在杂草丛中。凉秋九月，塞外草衰，胡地悬冰，边土惨裂，以至河中坚冰成路，可以行军。于此战争的艰苦可以想见，战士的艰难不难体会。这样的绝境是怎样造成的呢？作者认为这是由于将帅无能，连年无功，所以不能早日结束战事，使千万健儿免受冻馁之苦和被杀戮的威胁。汾阳指汾阳王郭子仪，是中唐名将，曾领朔方军威镇西北，多次击败异族侵扰。永泰初，回纥和吐蕃联兵入寇，郭子仪说和回纥，大败吐蕃，稳定了西北局势。但是现在再也没有像郭子仪那样有勇有谋的将帅了，异族岂肯乖乖来降，实现边境和平呢？

全诗没有对两军作战情况作正面描写，但是战争的严酷却令人感到胆落心寒，这是因为作者运用了高明的烘托渲染手法，把战争的气氛和后果有声有色地刻画了出来。而诗人的期望、感慨，诗的主题意义，也正由此揭示，尾联不过是水到渠成时轻轻的一点而已。

（丁如明）

张 乔

张乔（生卒年不详），池州（今安徽贵池）人。为诗勤苦，能于炼饰中见清新浅切之致，工五言近体。唐懿宗咸通十二年（871）中进士。与许棠等人号称"咸通十哲"。黄巢起义时隐居九华山。《全唐诗》存其诗一卷。　　　　（萧华荣）

送许棠下第游蜀

天下猿多处，西南是蜀关。

马登青壁瘦，人宿翠微闲。

带雨逢残日，因江见断山。

行歌风月好，莫老锦城间。

　　题目有三层意思：送友人；送友人游蜀；送下第的友人游蜀。其中"下第"即考试落榜。名场败北，虽属"兵家常事"，但终究脸面上不很光彩，心情自然也不会愉快。所以，谙于世故的作者并不在这方面大作文章，去触及别人的隐痛，而几乎把所有笔墨都化在"游蜀"一项上，从侧面慰藉友人的心绪，并在夸美巴山蜀水奇丽风光之余，不露痕迹地表达出对他的劝勉与期许。这样，"送友人"的情谊，也就贯穿其中了。所以，全诗处理上述三层题旨，可谓十分贴切、委婉。

第七句"风月好"三字是全诗的关键。此前六句，都是描写好风月，好山水，并紧扣蜀地特点。首先是"猿"。蜀山多猿，天下闻名。离开尘嚣的都会，去听猿猴的清啸，也自有一番情趣。蜀地多山，其势峥嵘而崔嵬，自古有"蜀道难"之称，颔联即写登山之乐。先以马瘦极写攀援之艰难，次以"人闲"形容夜宿之悠然。登山的乐趣，固然就在艰苦攀援之中，而夜宿青翠掩映的大自然怀抱，听天籁，望星月，更有异于常境的奇趣。颈联二句仍从巴蜀特点入手。"带雨逢残日"写雨中观日，别有情趣。"因江见断山"写玩水。驾一叶小舟，沿江而进，两边悬崖峭壁，似为江水劈出。以上六句写巴山蜀水，都是假设由友人的眼睛看出，由友人的心境体验，写得令人神往，以化解友人下第的不怡之情。

末联"行歌风月好"一句，收束此前的景物描写，并引出"莫老锦官间"。这两句含意比较微妙、委婉。"风月"暗与科场、功名对照。从某个角度上说，风月胜过功名，胜过仕途，可以行吟啸傲，可以隐遁遗世。但以友人之才，取功名并非难事，正须"兼济天下"，不必因一时挫折，而生出终老山水之心。这样，安慰、劝勉、自信、自傲之意，都不露声色地表达出来，而又仍不离蜀地名物（锦官城，即今成都）。果然，几年之后，许棠与作者同时登第，但这是后话了。

（萧华荣）

郑 谷

郑谷（851？—910？），字守愚，袁州宜春（今属江西）人，光启三年（887）进士，历官鄢县尉、拾遗、补阙，仕终都官郎中，世称郑都官；又因《鹧鸪诗》盛传，称"郑鹧鸪"。早年以诗见赏于马戴，又从曹邺、薛能、李频等游，其诗虽气骨稍弱，而能取熔多家，自成清丽浅切多韵致的格调，亦时有悲凉之气，唐末至宋初，影响甚大。有《云台编》三卷。

（包国芳）

少华甘露寺

石门萝径与天邻，雨桧风篁远近闻。

饮涧鹿喧双派水，上楼僧踏一梯云。

孤烟薄暮关城没，远色初晴渭曲分。

长欲燃香来此宿，北林猿鹤旧同群。

"甘露寺，在华州南八里，少华峰之西"（《陕西通志》），即今陕西华阴东南。郑谷久居长安关中一带，诗之作时难以详考。

末联是诗旨所在，由望中景色而生燃香礼佛、与猿鹤为伴的出尘之想，并无多新意，然境界笔致甚见诗人的个性与晚唐特征。全诗未明写登山谒寺经过，也未对庙殿作正面刻面，只是从远近景物给自己的心理感受来表现灵山佛门的清净自然，高标出俗。前三联景语，均写甘露寺之迥出尘世，而分三层次：以"饮涧鹿喧双派水，上楼僧踏一梯云"为中心景物，前联是寺周景观，隐含登临之意；后联是远野景观，隐含绝顶眺望之情。这一切又主要以声光云烟作渲染，东望潼关长烟，西眺渭曲晴光，衬着满山雨桧风篁的天籁之音，中心处鹿鸣双涧，一僧凌云而上，能不使人起悠然出尘之想？这种景物的层次安排虽极精细，但因其中暗含登临过程，故得免平面铺写的板滞之弊，而蕴有灵动之意兴。

此诗与前录盛唐崔曙《行经华阴》题材相近，篇章结构及用意亦相似，但崔诗雄浑劲健，气象阔宏，此则轻灵工秀，以跳脱流利取胜，对读可悟晚唐与盛唐诗风之区分所在。　　　　　（包国芳）

鹧　鸪

暖戏烟芜锦翼齐，品流应得近山鸡。

雨昏青草湖边过，花落黄陵庙里啼。

游子乍闻襟袖湿，佳人才唱翠眉低。

相呼相应湘江阔，苦竹丛深春日西。

　　据诗意，本篇当作于湘中。郑谷因避乱与求仕，曾三度出入湘中，故作年未能详知。

　　诗为咏物，而寄寓游子凄苦、文士失志之意。傅玄《山鸡赋》云："鉴中流以顾影，晞云表之清尘"，徐陵《鸳鸯赋》云："山鸡映水那相得，孤鸾照镜不成双"，此特云"品流应得近山鸡"，可见其意。前人每云此诗有句无篇，并不尽然。

　　鹧鸪于春光融和中双双齐飞于草色如烟的平野上，如山鸡之顾影照耀，有云表之高情远志。而一阵风雨过处，东西分飞，一只飞向洞庭湖东南之青草湖，另一只飞到了湘阴县北的黄陵庙，二地正隔一湘水。于是此呼彼应，"行不得也哥哥"的悲啼声，在辽阔的江面上缭绕回响，直啼得春日也不忍其悲凄，躲到了苦竹丛的深处。诗中对鹧鸪形象的刻画，打破了一般咏物诗平面铺写的格局，似乎在叙述一则哀怨的禽鸟故事，构思先已不俗。前人未细玩首句

"齐"、七句"相呼相应湘江阔"及"青草湖""黄陵庙"两地名之位置，故感到意象割裂，其实是读诗未细之故。

这哀怨的禽鸟故事在诗中又与作者的身世之感相互融汇。双鸟分飞，悲声如啼，像作者那样的游子听来不禁泪下襟袖，他也更想起佳人，比如其妻子，此时也许正唱起一曲悲苦的《山鹧鸪》词而愁眉不展？颈联由物及人，则尾联"相呼相应"者，人耶，鸟耶，已浑然不可分矣。

于是更可悟传诵的名句"雨昏青草湖边过，花落黄陵庙里啼"之佳。青草湖草色萋萋，已足动离人之思，更何况那儿又是瘴烟弥漫之处，顾况有诗"青草湖边日昏低，黄茅瘴里鹧鸪啼"正可为此注脚。黄陵庙即二妃庙，传说帝舜南巡至苍梧而死，二妃娥皇、女英追踪到湘水边，南望啼哭，泪洒竹枝成斑，投水而死。由此可悟这一联不仅略形写神，以"雨昏"与"花落"、"青"与"黄"、"过"与"啼"（影与声）之对应，营造出凄迷哀丽的境界，而且更于景物中暗寓人事，使读者产生无尽的联想，这样转入"游子"——应"青草湖边过"，"佳人"——应"黄陵庙里啼"，就更为浑成了。又二女哭舜之典，唐人常用为志士失职之意，如李白《远别离》即然，所以又与"山鸡"之喻有若即若离的联系，也因而末联之隔江呼唤，日隐苦竹，其内含就更耐人寻味了。诗人因颔联而有"郑鹧鸪"之称，以名句而得别号为晚唐风气，如崔鸳鸯（钰）、许洞庭（棠）等均是。

本诗亦非完璧，"山鸡"之喻总觉生硬，"游子""佳人"一联则嫌陈俗，亦才力有限之证。

（包国芳）

漂　泊

槿坠莲疏池馆清，日光风绪澹无情。

鲈鱼斫鲙输张翰，橘树呼奴羡李衡。

十口飘零犹寄食，两川消息未休兵。

黄花催促重阳近，何处登高望二京。

薛雪《一瓢诗话》云："郑都官诗悲凉，岂特《鹧鸪》一篇名世。"确实，在《云台编》中，约占三之一的行旅奔避诗，均有悲凉之气，此诗正为一例。

诗当作于光启三年（887）郑谷及第后第三次入蜀，适遇蜀中东川顾彦朗，西川陈敬瑄及利州刺史王建等相互攻伐，连年不休，因又滞留蜀中之时。诗意极其沉痛。

"十口飘零犹寄食，两川消息未休兵"，是全诗警策。郑谷从广明元年（880）黄巢军攻破长安，初次奔蜀后，因兵连祸结，东西飘泊，携家带口已七、八年之久，其中回长安时间已不足一载，而困顿蜀中则已三度，因此此联既为自己生活不幸之概括，亦为国家多难之缩影。而就全诗结构看，诗人正由此立意。

首联由槿花落、莲花疏、夏去秋来，风日惨淡、意绪萧瑟起。"澹无情"之因在于未能如晋人张翰，见秋风起而思鲈鱼脍归隐江东（谷江西袁州人，后移居长安），又没有像丹阳太守李衡那样有洲上十万木奴——桔树以为谋生之资，家计生涯可谓穷途末路矣。尾联又云，金菊开放，重阳将近，到何处去瞻望风雨飘摇中的东、西二京呢？望京即望帝室，望国家，而"十口飘零犹寄食"，接转家计；"两川消息未休兵"，导入国难，遂使"潸无情"之意因此更深一层。

清人评郑谷诗有"诗史"之称，虽评价过高，但其奔避中诗确能反映唐季各重大史事之一斑，且多以家难国恨交融而下，能得杜甫精神于二三。其《卷末偶题》三首鄙薄以大历体为主的高仲武《中兴间气集》，而盛推殷璠盛唐诗选集《河岳英灵集》；又其《峡中》诗云："独吟谁会解，多病自淹留。往事如今日，聊同子美愁。"凡此均可见其对盛唐诗、杜甫诗的自觉继承，宜乎薛雪以"悲凉"目之。

郑谷诗才学均未足称大家，集中语熟意旧处不少；然而意之所至，亦时能化腐朽为神奇。"鲈鱼斫鲙输张翰，橘树呼奴羡李衡"，二典均熟，然连用以见进退无计，也属巧思，而着一"斫"字，一"呼"字，便见不忿豪宕之概，方与"十口""两川"一联相称。是亦"悲凉"之气所致，倒较其他作刻意修辞者为优，由此亦可悟诗歌气格之重要。

（包国芳）

淮上与友人别

扬子江头杨柳春，杨花愁杀渡江人。

数声风笛离亭晚，君向潇湘我向秦。

贺贻孙《诗筏》评此篇云："诗有极平常语，作发句无味，倒用作结方妙者，如郑谷《淮上别友人》……盖题中正意见'君向潇湘我向秦'七字而已，若开头便说，则浅直无味，此却倒用作结，悠然情深，觉尚有数十句在后未竟者。唐人倒句之妙，往往如此。"

按贺说甚是，唐人常有此种倒句作结者。如顾况《送李秀才入京》："君向长安余适越，独登秦望望秦川"；李商隐《赠赵协律晳》："不堪岁暮相逢地，我欲西征君又东"等均是，郑谷此诗似本此。又"杨花"句亦合朱放《送魏校书》"杨花缭乱扑流水，愁杀行人知不知"二句为一，可见其善用前人句意。

然此诗独盛传，则确更有度越前人处。首二句正为末句起兴，春柳碧色，管自青青，杨花飞舞，蓬蓬乱扑，伤心绿与迷惘白，缀以"扬"（子）、"杨"（柳）、"杨"（花）三字之重叠，更于音声缠绵中传达出黯然神伤之意。此时数声风笛嘹亮凄厉，使神伤之诗人憬然清醒，方悟身在离亭，而惜别已久，日色向晚，而遥隔在即，逼出"君向潇湘我向秦"，方觉无奈之极，余韵袅袅。

郑谷光启三年（887）及第，而久未得官，大顺、景福间投江南从叔湖州守处，亦无成北归。此时陕西有民变，河东唐师讨李克用大败亏输，谷有《送进士许彬》诗，颇及其事。国难家恨萃于一时。明此，则可悟本诗境界何以如此萧瑟了。 （包国芳）

十 日 菊

节去蜂愁蝶不知，晓庭还绕折残枝。

自缘今日人心别，未必秋香一夜衰。

　　此诗《唐音癸签》题为"十月菊"，今人选本每从之。今按"月"字误甚，作"月"，诗意全不可解。

　　古以重阳为九日，有饮菊酒、插菊花之俗，故此日之菊最得人青睐。十日菊者，重九次日之菊也，虽仅一宿之隔，而身价一落千丈，遂少有问津者。诗以晓来蜂蝶犹恋折残之枝，反衬人情冷暖，往往舍实循名；更以"自缘今日人心别，未必秋香一夜衰"的慨叹，深寓针砭。贾岛有《对菊》诗云："九日不出门，十日见黄花。灼灼尚繁花，美人无消息。"立意与此相近，而较奥涩，然亦知唐人自有"十日菊"之称。

　　此诗宋时多传诵，王安石《十日菊》诗云："千花万卉凋零尽，始见闲人把一枝"；东坡词则云："万事到头都是梦，休休，明日黄花蝶也愁"，均由本诗蜕出，又均不如此诗之佳。诗贵立意，发前人所未道，历来菊诗多写九日，郑谷却蹊径独辟，借十日菊发为愤世嫉俗之论。立意既得一新，宜乎以王、苏之大才，亦难以为继。

　　郑谷更有《菊》诗一首，亦别具怀抱，录以与此诗并看，可悟诗人即景生情，翻空出奇之匠心。诗云：

王孙莫把比荆蒿，九日枝枝近鬓毛。

露湿秋香满池岸，由来不羡瓦松高。

（瓦松，长在瓦砻上的小草。）

上诗以九日前之菊花寄兴。与此诗均避"九日"之菊而咏之，各极其妙。

（包国芳）

章碣

章碣（生卒年不详），章孝标子，原籍桐庐（今浙江桐庐），后迁居钱塘（今浙江杭州）。咸通、乾符间有诗名，与方干、罗隐友善，时有唱和。屡试不中，黄巢兵败后，才入京应奉，不久即飘流江湖，不知所终。诗工七律。曾自创变体，通篇押韵，平仄相间，效法者颇多。《全唐诗》存诗一卷。 　　　　　（展望之）

焚 书 坑

竹帛烟销帝业虚，关河空锁祖龙居。

坑灰未冷山东乱，刘项原来不读书。

今陕西临潼东南的骊山有一巨大洞穴，称作焚书坑，又名坑儒谷。事实上焚书是始皇三十四年在全国各地分别进行的；第二年，坑埋儒生四百六十多人于咸阳；骊山之坑，乃后人伪托。但大凡历史上的大善大恶，人们总要千方百计地留存某种痕迹，借以凭吊，以示永志不忘。

第一句云秦始皇为了永保江山，下令搜集焚毁百家之书，谁知就在竹帛化为灰烟的同时，秦国的帝业也就随之灭亡了。这里"竹帛烟销"是实写，"帝业虚"是虚指，实中见虚，虚实结合，形象中夹有议论。

第二句承上而言。函关、大河，本为天险可凭，但也保不了始皇帝业。祖龙是当时民间称始皇帝的隐语，祖就是始，龙象征皇帝。"空锁"说明维持政权的根本在德而不在险，意味深长。

三、四句，作者用劲健截绝的笔力评点历史事件，直露讽情贬意，力透纸背。焚书是想消除祸乱的根源，岂知坑灰还未冷却，崤函以东已义兵四起了。最后灭亡秦王朝的刘邦和项羽，一个市井之徒，一个行伍出身，原来都不是读书人。句中"未冷"至"乱"，时间跨跃四年，诗人却作了紧密的联结，形成鲜明的对比，具有强烈的震撼效果。"原来"二字，用揶揄的口吻，讥刺始皇焚书自以为得计，却未料结果适得其反，加速了他的灭亡，含意深刻。

诗短短四句，却熔叙事、议论、抒情于一体，颇得杜牧笔意而尖新更甚，亦唐季风气使然。

（展望之）

曹 松

曹松（830，一作848—?），字梦微，舒州（今安徽潜山附近）人。早年贫困，避乱洪都（今南昌）西山。后依建州刺史诗人李频。李死后，流落江湖，奔走南北。直至天复元年，才中进士，时已七十余岁；同榜另有四人皆七十余岁，时称"五老榜"。授秘书正字。与许棠、喻坦之、陈陶、齐己、贯休等交往，尤与方干友善，时有唱和。诗多漫游、题咏、送别、赠答之作，风格似贾岛，取境幽深，工于炼字。善在诗中议论，时见新意。《全唐诗》存诗二卷。（展望之）

南海旅次

忆归休上越王台，归思临高不易裁。

为客正当无雁处，故园谁道有书来。

城头早角吹霜尽，郭里残潮荡月回。

心似百花开未得，年年争发被春催。

　　曹松淹留南海时写下了这首思归诗。

　　远望当归，是诗中常见的题材。可是，这首诗一开始，诗人指着位于北越秀山汉代南越王赵佗所建的越王台说"休上"，因为一旦"临高"望远，那剪不断、理还乱的归思，就"不易裁"断了。如此反写，则把归思表现得更为委曲深沉，难怪眼界颇高的金圣叹要称它"忽然快翻'远望当归'旧语，成此崭新妙起"（《贯华堂选批唐才子诗》)了。

　　古时传说雁到衡山回雁峰，即不再南飞，待春北返。作者身在湖南以南，那当然是"无雁处"了，以此来形容其地遥远偏僻。雁又是传说中的信使，说雁不到，犹言家书不至。盼不到家书的失望之情，独居边远的哀怨之意，于是自然而然地从用传说演化成对偶的颔联中涌现出来了。

　　颈联写得情景适会，含而不露。城头郭里，早角残潮，霜尽月回，看似只写了晨景昏色单调迭替；实则表现了诗人独在异乡为异客度日如年、欲归无计的哀怨。景语即情语，描绘景色也就在刻画心理。

　　南国多花草。诗人看到遍地锦绣，自然地将自己的强为抑制的归心，比喻成眼前这些含苞待放的花葩，一朝春风劲吹，百花竞开，归思愁意也就同样不可压抑地迸发出来了。也许，诗人落笔时，已想起了李商隐"春心莫共花争发，一寸相思一寸灰"(《无题》)的名句了吧？

（展望之）

己 亥 岁

（二首选一）

泽国江山入战图，生民何计乐樵苏。

凭君莫话封侯事，一将功成万骨枯。

"己亥岁"是乾符六年（879），此诗作于第二年僖宗广明元年（880），系因追忆去年时事而作。

唐代自安史乱后，战祸遍及全国，连江淮水乡也成了兵荒马乱的战场，百姓再也不能安居乐业、维持温饱了。诗人轻淡地写了前面两句，字面上看没有刀光剑影，但仔细诵吟，只觉字字血泪，满目疮痍。

诗人被他所见的兵燹惨景震惊了，他以哽咽的声音，发出最后沉痛的呼告：请你们别再提那些将帅们封侯的事了吧，要知道，他们的功名是由累累白骨筑成的！这血腥的事实，从《左传》《史记》起，遍见于史册，其他诗人也多有警策之句。但是，曹松还是运用了自己的才思，以"一将功成万骨枯"的强烈对比，给人以触目惊心的警告，真是铿然作响，掷地有声。据考当时正值镇海节度使高骈以镇压黄巢起义获得朝廷的奖励，这两句是针对现实的。不过，诗句的成功和价值，却正因为不在于它讽刺了一人一事，而是将古今战争中无数血的悲剧作了高度的艺术概括。

（展望之）

唐彦谦

唐彦谦（生卒年不详），字茂业，号鹿门先生。并州晋阳（今山西太原）人。曾任节度副使、刺史等官职。为人博学多艺。近体诗学杜甫、李商隐。后人辑有《鹿门集》《鹿门诗集》。

（萧华荣）

秋晚高楼

松拂疏窗竹映阑，素琴幽怨不成弹。

清宵霁极云离岫，紫禁风高露满盘。

晚蝶飘零惊宿雨，暮鸦凌乱报秋寒。

高楼瞪目归鸿远，如信嵇康欲画难。

　　古人评唐彦谦的诗"清峭感怆"（见计有功《唐诗纪事》卷五三），虽不尽然，但用以评这首《秋晚高楼》诗，却是十分得当的。此诗正如题所示，是作者于秋夕凭楼眺望的所见、所感。它是否别有具体寄托，或者怀想某一位远人，一时很难断言。但充溢其间的惆怅无绪的悲秋之情，则是十分明显的。我们且从尾联读起："高楼瞪目归鸿远，如信嵇康欲画难。"按嵇康《赠兄秀才入军》诗有云："目送归鸿，手挥五弦。俯仰自得，游心太玄。"后来，东晋名画家顾恺之论绘画说："手挥五弦易，目送归鸿难。"此诗首联即写"手挥五弦"：松枝在雕花的窗前轻轻拂动，竹叶与兰草相互映衬，在这样一种清丽的秋景中，作者正在楼内挥弦弹琴，而幽怨的琴曲却无法弹竟。他是不是感伤于百花的凋零，只剩下松、竹、兰这些清淡的植物，引发出一种无名的怅惘，因而难以自持？看来"手挥五弦"也并不容易。于是他走到窗前眺望。先看到高远的景象：天气晴朗，碧空万里，几朵白云从峰顶悠悠飘出，好个天高云淡的秋夕！皇宫中承露的铜盘内，该已积满了晨露吧？这两句意境高旷明净，但也露出一丝淡淡的怅惘。第三联的景象较低较远，情绪转向凄怆。昨夜下过一场大雨，真是"一场秋雨一场寒"了。蝴蝶想必惊心于末日的将临，恓恓惶惶、没头没脑地乱撞；乌鸦大概忧虑来日觅食的艰难，也惶惶不安，呱呱哀鸣，报告着严寒将至的不祥消息。"飘零""凌乱"传神地描绘出凄迷的秋景，并与首联的"幽怨"一起构成全诗的基调。以上二联是诗人所见的客观物色，虽也带有主观感情色彩，但正面表达诗人情绪的还应是尾联二句。顾恺之感到"目送归鸿"难画，大概难在表现不出嵇康和他本人那种玄学名士宅心玄远的情调吧？而唐彦谦说"目送归鸿"难画，则因他不能像嵇康那样旷达，超越悲秋之情而"俯仰自得"，悲凉的秋气使他难以自持。全诗巧妙地运用典故，以"手挥五弦"始，以"目送归鸿"终，并生发出中间的景物描写，这在艺术上是值得注意的。

（萧华荣）

杜荀鹤

杜荀鹤（846—904），字彦之，号九华山人，池州石埭（今安徽太平）人。出身寒微，四十六岁方举进士，曾为宣州田頵之从事。晚年依朱温，任翰林学士，仅五日而卒。为诗专攻近体，其中又以七律为主，善于将律诗之声律对仗与通俗浅近之语言结合，使其诗平易委婉，如话家常。部分诗篇反映唐末军阀混战所造成的社会动荡和人民的悲惨生活，在当时相当突出。有《唐风集》。

（李宗为）

春 宫 怨

早被婵娟误，欲妆临镜慵。

承恩不在貌，教妾若为容？

风暖鸟声碎，日高花影重。

年年越溪女，相忆采芙蓉。

这是一首以"宫怨"为题材的五言律诗。

全诗以一个美丽而被冷落的宫女的口吻写成。首联即自"怨"字发端，写她坐对妆镜，却懒于妆扮，自悲为生得美丽而选入宫中，以致耽误了一生幸福。颔联承上联以流水对的形式进一步说她何以生得美貌却反被耽误，何以坐对妆镜又懒得打扮。原来要获得君王宠爱靠的并非娇丽的容貌，所以她才会为美貌所误，也使她无从妆扮。"若为容"亦即"如何打扮"之意。以上两联四句，一句写其形体活动，三句写其心理活动，通过她的心理活动又旁敲侧击地描写了她的形象和处境：她是一个容颜姣好而不工谄媚，又因不工谄媚而为君王冷落的女子。颈联由内及外，通过宫女的所感、所闻、所见，描写室外春光明媚的景象：春风和煦，鸟语繁细，丽日高照，花影重叠。这一派生机蓬勃、欣欣向荣的气象与宫女对镜独坐、无精打采的状态形成鲜明对比，以设色浓艳的外界景象反衬了人物凄凉寂寞的内心世界，也为她怨恨伤感的心情作了浓墨重彩的铺垫。末联承颈联之绮丽景象写她入宫前欢快的生活。这里诗人用了曲笔倒映之法：以她想象家乡女伴年年采荷花时都会想起她，来描写她对入宫前自由自在的欢快生活的永久怀念和留恋。"越溪"即若耶溪，在浙江绍兴，是西施入宫前浣纱之处，这儿借指宫女的故乡。

此诗写宫女不得宠幸，显然也是诗人郁郁失志的自况。宫女"承恩不在貌"，暗写人臣得志不是凭仗才学而是依仗谄媚便佞，语意双关，进一步拓展了诗的内涵。

在谋篇结撰上，此诗颇为新颖别致，发端第一句即突出诗题中一"怨"字，然后环绕它渐次展开，由内及外，复由外入内，以多种笔调和色彩对它作重重渲染，结句陡然一折，戛然而止，使全诗回环多姿，含而不尽。

历代论诗者，常推此诗为杜荀鹤诗中压卷之作，尤其对"风暖鸟声碎"一联颇多赞许。如贺裳《载酒园诗话》云："《春宫怨》，不惟杜集首冠，即在全唐亦属佳篇。'承恩不在貌，教妾若为容',此千古透论。"又云:"杜诗曰:'风暖鸟声碎',钟(惺)云:'三字开诗余思路。'此真精识矣。"于此可见此诗在杜荀鹤诗集中的地位。

(李宗为)

送人游吴

君到姑苏见，人家尽枕河。

古宫闲地少，水港小桥多。

夜市卖菱藕，春船载绮罗。

遥知未眠月，乡思在渔歌。

这是一首借送行而向行人介绍苏州风貌的五律。诗题中的"吴"，诗中的"姑苏"，都是苏州的别名。

此诗起句就很别致，不仅点明"送人游吴"的题意，并且以一"见"字引起对苏州风貌的描述，十分简练别致。次句则以五字概括了苏州作为江南水乡所特有的风貌：住房都邻河而建。颔联二句，分别承次句之"人家""枕河"而写苏州作为古都人烟稠密，以及作为水乡河道密布的景象。此联以"闲地少"反衬房屋之多，以"小桥多"衬托河道之密，于铺陈中见含蓄蕴藉之趣。颔联描写了城市景象，颈联则转而描述生活风貌。"夜市"而犹卖"菱藕"，"春船"则多载"绮罗"，都抓住苏州的特产而突出了它商业的繁荣、手工业的发达。尾联反掉而写送行之意：料想你遥赴苏州后在明月之夜将难以安眠，会被悠长的渔歌惹起延绵不尽的乡思。

此诗以对行人将赴之处的特殊风貌的描写来为人送行，构思新颖别致。全诗又抓住苏州水乡的特点，紧紧扣住一个"河"字来展开，"水港""小桥""菱藕"（都是水产品），还有"春船"和"渔歌"，无不或明或暗地强调苏州的水乡风光，因此通篇纡徐舒展而又一气贯注。此外，此诗又善用衬托，除对景物的描写外，尾联复以料想行人赴苏后的乡思来衬托自己的惜别之意，使诗富于清新蕴藉之美。

（李宗为）

冬末同友人泛潇湘

残腊泛舟何处好？最多吟兴是潇湘。

就船买得鱼偏美，踏雪沽来酒倍香。

猿到夜深啼岳麓，雁知春近别衡阳。

与君剩采江山景，裁取新诗入帝乡。

　　杜荀鹤的诗，虽然往往"言论关时务，篇章见国风"(《秋日山中见李处士》)而"多主箴刺"(《唐才子传》)，但其《唐风集》中也不乏自明淡泊之志的清逸之作。他又耽于吟诗，其《苦吟》诗云："生应无辍日，死是不吟诗。"这首《冬末同友人泛潇湘》七律，便是他与友人为寻取诗料、游览潇湘时所作的一首清逸之作。

　　首联就题起句，并揭出选择潇湘来游玩的目的是因其"最多吟兴"。"残腊"亦即诗题中的"冬末"。古代于冬至后第三个戌日(稍后在十二月初八)祭百神，谓之"腊"，故又称是日为腊日，十二月为腊月。"残腊"亦即十二月之末。颔联两句承首联第一句而咏冬末乘舟游览之愉快。因身在船上，所以能就渔舟买来刚捕得的鲜鱼；因是冬末严寒，踏雪沽来的酒也就分外香甜和甘美。十六字写尽"残腊泛舟"所特有的风味，同时也表露了诗人"酒瓮琴书伴病身，熟谙时事乐于贫"的胸襟怀抱。颈联则承首联第二句而咏潇湘发人吟兴的景物。潇湘地近衡山，衡山回雁峰据说是大雁南下后至此返回北方之处。衡山复多猿猴。夜深猿啼，春近雁飞，那些正是潇湘典型的景象。刘禹锡《再授连州至衡阳酬柳柳州赠别》诗之颈联："归目并随回雁尽，愁肠正遇断猿时"，亦以雁、猿对举。此外，猿之哀鸣、雁之返飞（士人向望的京都正在大雁返飞的北方），也都是启人愁思、惹人诗肠的景象，故此联虽与首联下句相应，却又承颔联而一折，于恬淡愉快的表象下透露出诗人壮志难酬而不得不"熟谙时事乐于贫"的悲凉心情。末联反掉以呼应首句，说明这次与友人同泛潇湘的目的，正是为了采其江山之美以"裁取新诗"。"剩"字在此用得十分警策，它既作"没有他事，只为了……"解，又将诗人那种无可奈何的心情表露无遗。"帝乡"指京都，句意谓所作当传诵到长安。盖长安为唐政治文化中心，诗传长安，方称作者，故云。

此诗通篇写泛舟潇湘时的赏心乐事和景色风物，以此表现诗人的淡泊襟怀，同时却又透露出几分无可奈何的悲哀。全诗无一字表述内心，却又将诗人的内心活动表现得真切而又丰满，具有很强的艺术魅力。清人朱庭珍《筱园诗话》云："夫文贵有内心，诗家亦然，而于山水诗尤要。盖有内心，则不惟写山水之形胜，并传山水之性情，兼得山水之精神，探天根而入月窟，冥契真诠，立跻圣域矣。""探天根而入月窟"之赞，杜荀鹤此诗庶可当之。　　（李宗为）

旅泊遇郡中叛乱示同志

握手相看谁敢言，军家刀剑在腰边。

遍搜宝货无藏处，乱杀平人不怕天。

古寺拆为修寨木，荒坟开作甃城砖。

郡侯逐出浑闲事，正是銮舆幸蜀年。

　　由此诗末句可知，这首诗作于唐僖宗由中和元年（881）。此年六月，因黄巢所率领的农民起义军占领长安，唐朝政府由兴元（今陕西汉中）西迁至成都。在此政局动荡之际，各地的地方武装乘机抢夺财物，残害人民。此诗所描述的，是诗人从家乡石埭赴池州郡时亲眼目睹的混乱情景。当时池州郡的治所在秋浦（今安徽贵池县境内），故又称秋浦郡。

　　首联描述了当时笼罩池州郡治的恐怖气氛：到处军将横行跋扈，人民敢怒而不敢言，途遇熟人只能握手相视。颔颈两联接着具体描写那些军将们的残暴行径：到处搜刮、掠夺财货，无法无天地胡乱砍杀平民，将古老寺庙的梁柱拆来修建营寨，挖掘古墓的砖块用来砌造城墙。"甃"即砌造之意。两联分述两个方面：残害人民，破坏历史文物。每个方面又以两句分写两种暴行，残害人民方面写的是抢掠和杀人，破坏文物方面写的是拆毁寺庙和挖掘坟墓。四种场景，概括出军将们种种令人发指的暴行，对首句"握手相看谁敢言"的现象作了具体的说明。尾联之上句进一步描写军将们无法无天的程度：休说平民百姓被凌虐残害，连身为一郡之长的刺史也被军将们不当一回事地驱逐出去。接着，下句却陡然一折，转而说明发生这种种暴行的历史背景：原来前述种种都发生在皇帝入蜀，中央对地方失去控制的年头。"銮驾"亦即皇帝的车驾，在此借指僖宗为首的中央政府。在这两句之间，还有一种倒置的因果关系：皇帝尚且离京出逃，则刺史被逐自然"浑闲事"了。这种在一联之中先叙现在事，而后转溯已往以反衬相形的逆挽句法，十分精彩有力。

在这首诗中，诗人以七律的形式将唐末政局的一大动荡，及其对社会和人民生活所带来的破坏作用，具体而微地表现了出来，继武有"诗史"之称的杜甫而进一步拓展了七律的表现范围。在句法上，此诗自发端至第七句皆顺势直下，至末句而陡然逆挽倒插，亦深得杜甫七律雄深变幻之能事。清潘德舆《养一斋李杜诗话》云："中晚七律能手……略能学杜而涉其藩篱者，唯一李义山。"未免偏颇。

（李宗为）

山中寡妇

夫因兵死守蓬茅，麻苎衣衫鬓发焦。

桑柘废来犹纳税，田园荒后尚征苗。

时挑野菜和根煮，旋斫生柴带叶烧。

任是深山更深处，也应无计避征徭。

　　此诗题一作《时世行》。诗人通过对一山中寡妇痛苦生活的描绘，反映了唐末社会民不聊生的悲惨景象。诗人采取七律的形式来表现这一以往通常用古诗体的题材，可以说是一个大胆的创新。

　　首联就题起句，描写了这妇女成为寡妇的原因及其穷苦憔悴的外貌。在兵荒马乱的唐末，大量青壮年死于战乱之中，故"夫因兵死"具有很大的代表性；"蓬茅"即指由蓬茅盖成的茅屋，也是穷人普遍的住处；粗麻织成的衣服，由于营养不良而焦黄的鬓发，更是穷人共同的特征。诗人抓住这些富于代表性的细节，寥寥几笔就勾勒出山中寡妇的形象，并赋予一种典型的意义。颔联进而写寡妇如此贫困的原因。由于丈夫死于战争，缺乏劳力，使她家桑园田亩都已荒废，可是官家却照样要征收丝税和田赋。"柘"与桑相同，也是一种叶可饲蚕的树木。"征苗"，唐代宗广德二年（764）起增设青苗税为田赋附加税，在这里借指田赋。

颈联转而具体描写山中寡妇生活之艰难困苦。这里诗人用了所谓"加一倍"的描写方法：不仅以野菜为食，连菜根也一起煮了吃；不仅现砍生柴作燃料，连烧起来既多烟又没有火力的树叶也舍不得丢弃。尾联是诗人由此而生的感慨：休说寡妇住在山中难免赋税之苦，即使是深而又深的山中，恐怕也没有办法逃过赋税和徭役的压榨。这一感慨由山中寡妇而发，却又不拘泥于此，而将读者视线引向一切因战乱而无法维持正常生产活动、又不得不上交正常时的税赋的广大农民，极大地拓展了全诗的意蕴。

这首诗截取了住在山中而又因战乱失去丈夫的一个寡妇的典型形象，诗中有形象描写，有具体生活的刻画，又有对她苦难的分析和感慨，用笔凝炼而不拘泥，因而较成功地以七律的形式表现了通常用长篇才能涵盖的内容。杜荀鹤生长于破落的农村，经历过漫长的贫困生活，对农民疾苦有深切的理解和同情，因此"诗旨未能忘救物"（《自叙》）；其律诗风格清新流利，语言通俗顺畅，《沧浪诗话》称之为"杜荀鹤体"。这首《山中寡妇》，无论就题旨抑或体式，都堪称杜荀鹤代表作之一。

（李宗为）

贯 休

贯休（832—913），本姓姜，字德隐，婺州兰溪（今属浙江）人。七岁时出家为僧。曾居杭州灵隐寺，为吴越王钱镠所重。天复中，由黔入蜀，依王建。前蜀建国，封为禅月大师。工诗，兼善画。其诗多讥切时事，风格以奇崛为宗，往往摆脱束缚，表现出一种突兀傲岸的精神，但时亦失之粗犷，流入险怪。辛文房《唐才子传》称其为"僧中一豪"。有《禅月集》。　　　　（李宗为）

晚泊湘江作

烟浪漾秋色，高吟似有邻。
一轮湘渚月，万古独醒人。
岸湿穿花远，风香祷庙频。
只应谏佞者，到此不伤神。

这是贯休乘舟夜泊湘江时所写的一首怀古之作，诗题又作《湘江怀古》。湘江一带，正是相传屈原流放时足迹所到之处。《楚辞·渔父》有云："屈原既放，游于江潭，行吟泽畔。颜色憔悴，形容枯槁。渔父见而问之曰：'子非三闾大夫欤？何故至于斯？'屈原曰：'世人皆浊我独清，众人皆醉我独醒，是以见放。'"此诗即感怀其事，存想其人。

起联突兀峭拔，气势开阔。"漾"是溢荡摇晃之意，句谓暮色苍茫的烟波中晃荡着一派秋天寥廓的景象，滔滔的波浪似乎伴着诗人，也在吟诵着对屈原的赞叹和怀念。颔联承上联就眼前景象赞颂屈原那不"以皓皓之白，蒙世俗之尘埃"（《楚辞·渔父》）的"独醒"之志，如皎洁的明月，万古长新。颈联推开一步，写民间对屈原的崇敬景仰。湘江沿岸多建屈原祠庙，近岸土湿，由前去祠庙祝祷的人践踏野花杂草而成的小路远远地向祠庙延伸；并且由于祝祷焚香的人多，连岸际的风中也挟带着焚香飘来的香气。两句分别以视觉和嗅觉写民间崇仰屈原的人数之众多。末联就题意收束，以"谀佞者"反衬诗人自己对屈原的感怀。

这诗的佳处是用事融洽无迹，且紧扣眼前景象。全诗前三联都从景物着笔，而"高吟"句用《论语·里仁》"德不孤，必有邻"之典，以明月喻屈原用《史记·屈原列传》"推此志也，虽与日月争光可也"之意，"独醒"之语出自《楚辞·渔父》"众人皆醉我独醒"，皆用事而了无痕迹。正因此诗因景运事，复寓情于事、景，故读来风神洒落，兴象玲珑，自然浑成，举重若轻。

贯休有"僧中一豪"之称，诗常豪放奇崛，故辛文房于《唐才子传》中称他"天赋敏速之才，笔吐猛锐之气"。此诗却如秋涧流泉，波涛不兴，为其诗之别格。于此可见诗人的风格亦常有变化，不可一概而论。

（李宗为）

王　驾

王驾（生卒年不详），字大用，自号守素先生，河中（今山西永济）人。大顺元年（890）进士，授校书郎，官至礼部员外郎。后弃官归隐，与郑谷、司空图为诗友。《全唐诗》存其诗六首。
（黄　屏）

社　日

鹅湖山下稻粱肥，豚栅鸡栖半掩扉。

桑柘影斜春社散，家家扶得醉人归。

　　古时民俗，春、秋两季有例行的祭祀土神之日，称"社日"，各在立春和立秋后第五个戊日举行。春社祝祷丰收，秋社酬神。每逢社日，民众集会竞技，进行各种表演，并集体欢宴，热闹非凡。这首小诗就是通过农村春社活动中的一个侧影，反映丰年给农家带来的喜悦。

　　前两句写背景。第一句写野外风光。鹅湖山，在今江西铅山境内。"稻粱肥"指庄稼茂盛，丰收在望。第二句写村内景象。从各家虚掩着的门内可以窥见猪满圈、鸡栖埘，六畜兴旺。"半掩扉"还说明主人参加春社活动去了，故把门掩上；并暗示由于丰收富足，简直可以夜不闭户。后两句进入正题。"桑柘影斜"点时间，已经是夕阳西下，树影愈来愈长。天色晚了，春社刚散，作社的人们正陆续归来，一些醉汉被亲友或邻人搀扶着回家。因为心欢才有兴致贪杯；家家，形容醉汉之多。作者没有一字一句正面写社日活动的情况，而是摄取了社散后最能表现人物心态的这一典型细节，让读者自己去想象当时热烈的场景，从而更神往于这一太平景象。

全诗弥漫着浓郁的乡土气息，画面动人，形象具体，造句精炼，艺术上别具一格，是脍炙人口的名作。　　　　　　　（黄　屏）

韩偓

韩偓（842—923?），字致尧，小名冬郎，京兆万年（今陕西西安附近）人。龙纪元年（889）进士，任翰林学士、中书舍人。迁兵部侍郎、翰林承旨，得昭宗信任，为朱温排挤，贬邓州司马。天祐间入闽依王审知。唐亡后流寓闽中，后定居南安，卒葬葵山。诗尚李商隐，工近体，七言为最。早年作艳体诗《香奁集》，婉转绮琉，时有寄托。入仕后与朱温对抗。耿介有骨气，或感伤乱离，或叹惋身世，能于缠绵往返中见激昂慷慨之思，气局章法最得李商隐神髓，亦时或不免晦涩。有《韩翰林集》《香奁集》。

(赵昌平)

雪中过重湖信笔偶题

道方时险拟如何？谪去甘心隐薜萝。

青草湖将天暗合，白头浪与雪相和。

旗亭腊酎逾年熟，水国春寒向晚多。

处困不忙仍不怨，醉来唯是欲偨偨。

韩偓于天复三年（903）二月，贬沂州（治所在山东曹县）司马，继又贬荣懿县（贵州桐梓北）尉，天复四年（904）初，于赴任时，途经湖南，诗即作于其时。

诗以问句起，"道方时险"，言贬谪之由：天复初，节度使朱温挟朝廷以令诸侯。诗人时任兵部侍郎、翰林学士承旨，忠于昭宗，忤朱温意，由朝廷正四品的侍郎降为从九品的僻远之地县尉。韩偓虽遭折辱，此志不渝，故以"谪去甘心"四字自明心迹。于自问自答、一振一跌之中，隐隐披露诗人的胸襟、度量。

额联承首联写远眺之景：青草、洞庭，两湖相连，即题中的"重湖"。八百里青草湖与长天相混相接；大雪纷飞，巨浪滔天，二者色调易混难分，故曰"暗合""相和"。此联写景阔大，显示了诗人的气魄；不同寻常的折腰格、恶劣的环境气候描写，与首联的"时险"遥相呼应；洁白的雪与浪，也暗暗衬出"隐薜萝"者的高洁。清人冒春荣说："善诗者为求生动之致、渊永之味，常寓事意于景。"此联即是一例。

颈联状眼前之景，并点出季节：因雪天狂浪，诗人行向旗亭，沽取隔年而熟的腊酒消寒。然而"水国春寒向晚多"，酒力难消春寒晚凉，更难消心中的世情苦寒。淡淡一语，无限悲凉，是韩偓诗的极诣。消寒不成，于是只能故作解人，引出尾联，谓唯有消去是非物我，不忙不怨，方能得醉中真趣。末句"偿偿"之态，正为"不忙仍不怨"传神写照；"处困"之语更回顾首句，缴足"甘心隐薜萝"之意，全诗如神龙掉尾，可宗可法。

（刘初棠）

故 都

故都遥想草萋萋，上帝深疑亦自迷。

塞雁已侵池籞宿，宫鸦犹恋女墙啼。

天涯烈士空垂涕，地下强魂必噬脐。

掩鼻计成终不觉，冯骧无路学鸣鸡。

故都，即唐朝京都长安。天复四年（904）正月，节度使朱温杀太子少傅崔胤，逼唐昭宗迁都洛阳。其时，诗人已被贬在外，消息传来，悲不自禁，写此凄惋动人之诗。

首联"遥想"，笼罩全篇，暗示诗中之景，全凭诗人昔日所见，设想而得。近三百年来，久为唐皇朝政治、经济、文化中心的长安，一旦沦为故都，想必荒草丛生；即使天帝见之，亦当"深疑""自迷"。

颔联于首联总写之后，推出二组故都荒芜的分镜头：宫中苑囿、墙垣、篱笆虽在，因无人收拾，已自零落，故塞外野雁，入宫池栖宿；久被视为不祥之鸟的乌鸦，也在废墙颓垣上自在凄啼。这二组精选的镜头，不只暗示故都已人去殿空，而且也倾注了诗人对昭宗的眷恋、哀伤之情。

颈联作大顿挫，变哀惋之音为激愤之声。句中"烈士"乃诗人自指,"空垂涕"结前四句,表达了诗人空有报国之心、却无能为力的激愤。"地下强魂"指被杀的宰臣崔胤。他曾与诗人合谋,借朱温的兵力,诛杀盘踞宫中、挟制昭宗的宦官。岂知借虎驱狼,狼虽除而虎为害;朝廷被迫迁都、覆亡之灾迫在眉睫。"噬脐"二字,用《左传·庄公六年》邓祈侯三甥谏杀楚文王事,谓不杀,后亡邓者必此人,那时将噬脐不及。邓侯不纳,后果为楚亡。人不可能咬到自己肚脐,噬脐意谓做错了事,追悔莫及。此化用之贴切无间,痛悔异常。这一联逆笔回互,动荡起伏,有长歌当哭之痛,显示了韩偓学杜甫、李商隐七律而加以创新的成就。

尾联用典以兴叹。诗人用战国时楚王夫人郑袖以"掩鼻计"陷害宫中美人之典,比喻因朱温设计陷害、自己被贬出京一事。末句以冯驩自况,恨己无孟尝君之客"学鸡鸣"骗开函谷关、救出其主之能,无法救昭宗逃出朱温魔掌。此一联用典引喻,工而能化。虽说浑厚不及前人,然忠愤之气,溢于言表。性情既挚,风骨自遒。

(刘初棠)

登南神光寺塔院

无奈离肠日九回，强揾离抱立高台。

中华地向城边尽，外国云从岛上来。

四序有花长见雨，一冬无雪却闻雷。

日宫紫气生冠冕，试望扶桑病眼开。

天祐二年（905），朱温弑昭宗之后，又授意朝廷，复召韩偓为侍郎、学士。偓恐遭毒手，不敢入朝，避地入闽，诗作于其时。

诗题一作《登南台僧院》。南台，山名，在今福州城南九里。其山有寺，依山滨海。"南神光寺"或即其寺之名。首联二句重言"离肠""离抱"，其上又分别冠以"无奈""强揾"，渲染离愁之深广，无法排遣。

颔联承上句"高台"而来，登高则豁眸远眺：福州古称泉州，地滨南海，是对外经济、文化交流中心之一。海滨多岛屿，故有中华地尽、外国云来之语。此联景语于典雅整饬中见动荡之气，句外暗含游子羁留异乡的塞天盖地之愁。

颔联就空间而言，颈联则就时间、节候刻画福州特有之景：一冬无霜雪之害，四季有常开之花，胜景无边，似可流连忘返；然而，"长见雨"，"却闻雷"，对于久在北地的诗人来说，则又是触目贯耳，引动伤心的资料。因此，诗先扬后抑，它所描写的，仍然是由"离肠""离抱"派生出来的忧愁。

尾联提笔作一波澜，荡开离愁别恨，变哀怨为欢愉，全诗气势为之一振：太阳上瑞云呈祥，紫气笼罩，有若冠冕，使诗人"病眼"一开。它勾起诗人内心的憧憬。日宫，历来被古人视作帝王的象征。这冲破云雨的太阳，是否意味着唐室还能中兴？是否意味着诗人还能重返中原，重返朝廷？这就是结句所包含的不尽之意。

（刘初棠）

江岸闲步

一手携书一杖筇，出门何处觅情通？

立谈禅客传心印，坐睡渔师著背篷。

青布旗夸千日酒，白头浪吼半江风。

淮阴市里人相见，尽道途穷未必穷。

此诗作于乾化二年（912），时朱温篡唐而建后梁皇朝已七年。诗人仍甘为遗民，潜居福建南安县中。

首联起句，飘然而来：一手携书，一手柱筇，似乎是个与世无争的隐士。第二句则斗然自揭苦闷的内心——"何处觅情通？"处于乱世而行古道，"世乱岂容长惬意"（《卜隐》），是苦闷之一；世俗以成败论人："而今若有逃名者，应被品流呼差人"（《两贤》），是苦闷之二；昔日同僚，俯首新朝，反唇相讥"不羞莽卓黄金印，却笑羲皇白接䍦"（《余卧疾深村……》），是苦闷之三。此二句以陡峭之笔作波澜，格高语奇，耸人耳目。

颔联则顺流而下，展宽一步，形己"觅情通"不得之状：立谈之间，禅客即欲以"心印"相传，虽可说是"顿悟"，然而悟耶？非耶？实难断言；渔师坐睡，倚篷索于背，语且不得，虽可说是"神会"，但是混沌乎？清醒乎？更难理论。此联仅举一、二以概其全，刻画诗翁蛰居异乡、落寞寡欢之情，所谓"急脉缓受"也。

颈联以眼前景拓出新意：旗亭的酒招虽在夸耀能销万古愁的千日酒，诗翁却不一醉方休；面对狂风卷起的白头巨浪，他正在沉思。后一句的兴象，似在暗示战乱纷扰的时局：梁军接连败北，颓势已显。它给身受朱温迫害的诗翁，带来若干快意和希望。

尾联，诗翁忽出奇句，一笔兜转。他以淮阴市中受辱袴下的韩信自拟，虽身处末路，还不屑效阮籍作途穷之哭。他相信自己也将像韩信一样，还有一显身手的机会。

全诗章法严整，血脉动荡。结句提笔振作，以为归宿，显示了诗人矢矫不群的气骨。

（刘初棠）

残春旅舍

旅舍残春宿雨晴，恍然心地忆咸京。

树头蜂抱花须落，池面风吹柳絮行。

禅伏诗魔归净域，酒冲愁阵出奇兵。

两梁免被尘埃污，拂拭朝簪待眼明。

此诗亦作于乾化二年（912）避祸入闽以后，蛰居南安县之时。

诗人生当唐季，一再描摹残春之景，无疑是含有深意的。首联就题兴起，将相距数千里之遥的两地绾在一起，目注"旅舍"，心忆"咸京"，地虽各异，残春之景相似。

颔联以工细之笔，勾描一组包孕诗意的残春图："宿雨"之后，残红落尽，游蜂无花可采，故抱花须暂憩树头；春色已归流水，只见池面东风吹拂柳絮，荡漾而行。读此一联，恍然有置身于暮春三月郊外之感；同时，还可体味其物化了的愁苦之情。而诗语之尖新，音调之谐婉，已与小词相近，于中可以窥见晚唐诗词嬗变之消息。

刻意伤春，这是身为唐末遗民的诗人对春天的感受。当这即将逝去的春天气息，与诗人内心的悲哀相混合，化为牢骚的诗句，将要冲口而出；幸亏平时学禅有得，能以禅伏"诗魔"，一切都归入净域，剩下的只是哀愁。于是，诗人借酒消愁，出奇兵以破愁阵。颈联由上联伤春摹景，转入叙事抒情：二联语虽断而意流走，颇具山断云连之妙。

尾联进而言志，反顾首联"忆咸京"之语。诗人在唐为侍郎，官四品，朝参须戴两梁的进贤冠（见《新唐书·车服志》）。入闽以后，蛰居山林，本不须戴"两梁"。天祐二年（905），朱温弑昭宗后，复诗人官职。但是，诗人不肯改节事朱温，故拂拭朝簪、两梁，免被"尘污"，以待唐室中兴"眼明"之日。

此诗写景、抒情、述志，融成一片，回互曲折，首尾联络，妙转如圜，实为晚唐七律中的佳篇。

（刘初棠）

春 尽

惜春连日醉昏昏，醒后衣裳见酒痕。

细水浮花归别浦，断云含雨入孤村。

人闲易有芳时恨，地迥难招自古魂。

惭愧流莺相厚意，清晨犹为到西园。

此诗也是韩偓晚年寓居福建南安县时所作。它与《残春旅舍》表现同一伤春孤寂的情怀，写法则有所不同。本篇情致悱恻，缠绵往复，兴寄深微，与李商隐《无题》颇相近似。

首联就题生发，因"春尽"而"惜"，沉醉连日，乃至衣襟之上，酒痕斑斑。今春虽尽，尚有明春可待，何至于如此痛悼？盖诗人于伤春之中，织入家国沦亡之痛、天涯飘流之苦、时不我待之悲，所以悲痛才那么深沉。

颔联写诗人对之流连忘返的暮春之景：涓涓细流载着落红，流入别浦；一片断云洒下雨丝，因风吹入孤村。这正是江南带有季节、地方特征的风光。春光被流红带走，被雨水冲走，诗人从流红、断云、细雨中，看到一去不返的年光，已被埋葬的唐帝国，诗人早年为侍郎学士时的似锦前程和暮年令人心酸的岁月。这一联与刘长卿"细雨湿衣看不见，闲花落地听无声"（《送严士元》）同为名句，只是刘长卿处于中唐，故语意幽淡中见薄愁；韩偓生当乱世，不免语含悲苦之音，成变雅之声。

颈联由写景转入人事：出句着重在一"闲"字。"芳时恨"——春恨之来，在于人闲。盖诗人在朝为官之时，本无空闲，也无此深沉之春恨；惟晚年贬谪在外，投闲置散，始积此恨。对句着眼在一"迥"字。招魂，是源于南方的巫术，用于死者，兼施于生人。汉唐以来，亦称流人返朝复职为收招魂魄。诗兼用数意，谓自古以来，当有多少英才飘流瘴疠之乡，衔此伤春之恨。

尾联宕开一笔，表面似言流莺殷勤，可略解寂寞；实则反衬诗人独处异乡，孤寂难堪。而这，正是诗人"连日醉昏昏"的原由之一。

（刘初棠）

效崔国辅体

（四首选一）

罗幕生春寒，绣窗愁未眠。

南湖一夜雨，应湿采莲船。

　　崔国辅是盛唐诗人，擅长作乐府小诗，其上承六朝民歌遗意，写儿女情思，笔意曲折，语言活泼，格调清新，婉曼可歌，时称"崔国辅体"。韩偓效之，作组诗。本篇是组诗的第四首。

　　天气乍暖还寒，寒气透过帘幕，渗入室内。诗中女子斜倚绣窗，独自发愁。愁些什么？愁的是一夜春雨，势必打湿采莲船。

　　在江南，女子成群结队，边采莲，边歌咏。贫女虽以采莲谋生；其他女子则以此为戏，或借此时机，播种爱情。故六朝民歌多用谐音，以"莲子"谐为"怜子"，与所爱暗递情意。因此，"采莲船"之"湿"，足以使女主人愁不成眠。

　　此篇前二句尚留有些许藻绘的痕迹。后二句语转意连，调古情真，含不尽之意，使人睹影而知竿，与崔国辅的诗风十分相近。

（刘初棠）

已　凉

碧阑干外绣帘垂，猩血屏风画折枝。

八尺龙须方锦褥，已凉天气未寒时。

　　韩偓的《香奁集》，历来是有争议的。有的把它视为宫体诗的继响，责它淫靡；有的学者考订《香奁》诸作，谓其表面赋的是男女私情，但骨子里却在暗写他和唐昭宗的君臣际遇。

　　此诗是《香奁集》中的名作，就以爱情诗的眼光来看，也很隽永。它像一组精心剪辑的电影蒙太奇：首先映入的是蒙在碧色栏杆外的垂地绣帘，接着是一座猩红屏风遮住室外一切。栏杆的"碧色"与屏风的"腥血"，构成强烈的色差，暗示室内人的性格；重重帘幕、屏风则告诉我们：这是个深闺内室；屏风上画的折枝花卉，作为特写镜头映入眼帘，同时，耳际响起了画外音："花开堪折直须折，莫待无花空折枝。"然后镜头闪现铺在床上的八尺龙须簟席及折着的锦褥；画外音随之而起：这是暑热已退、"已凉"而"未寒"、逗人绮思的天气。镜头至此戛然而止，它为我们留下回味、思索的余地。让我们尽可能根据各自不同的经历、意愿和审美情趣，去想象和充实这些镜头的内在意蕴。让读者参与诗人的创作，这正是小诗构思的成功之处。

（刘初棠）

深　院

鹅儿唼喋栀黄嘴，凤子轻盈腻粉腰。

深院下帘人昼寝，红蔷薇架碧芭蕉。

　　韩偓曾说"景状入诗兼入画"（《冬日》），他的一些小诗，是当做"有声画"来写的。本篇就是其中之一。诗首二句，勾勒了一幅禽虫戏春图：鹅儿在院中自在觅食，栀黄嘴儿唼喋有声；凤蝶粉腰轻盈，飞舞于花丛之间。这类景致，除了野外，只有无人打扰的内宅深院，始获一见。故首二句，看似与题面并不相涉，实则从侧面着笔，暗暗逗出第三句"深院下帘人昼寝"来。这是全诗的中峰，它将深院春景隔作二层写，前二句的丽景使诗人生伤春之感，因而下帘昼寝，而一旦帘下，则更隔绝春光，于是末句之蔷薇喷红、芭蕉展绿都成虚空，诗情遂由起始的微怨，落入了结末的深重悲伤。

　　此诗入画，还在于善用映衬之笔：前二句与后二句动静相映，景物的热闹、色彩的鲜艳（栀黄、腻粉、红蔷薇、碧芭蕉）、色差的强烈，都足以反衬庭院的深幽、"人昼寝"的冷清。从画面看，"昼寝"的应是独处深闺的贵妇人。然而，古代文人常用"香草美人"的比兴手法，所以，在"昼寝"者身上，当可发现诗人的心理投射。

　　此诗讲究词藻，多用秾丽之辞，取径深曲，从中可以发现韩

偓诗风和李商隐相似之处。至于在名词之后，缀以语助词，构成
"鹅儿""凤子"等口语化的词语，是韩偓诗的特色，它显示了小
诗逐渐词化的倾向。李清照等词人多取韩偓诗句入词，其原因即
在于此。

（刘初棠）

吴 融

吴融（？—903），字子华，越州山阴（今属浙江）人。龙纪元年（887）进士，从事韦昭度西川幕，累迁侍御史。一度去官，流落荆南。后奉诏入朝，官左补阙、翰林学士，累迁至户部侍郎。昭宗被劫凤翔，扈从不及，客居阆乡，召为翰林学士承旨，卒于任。诗法李商隐，而向凄清一路拓展，近于韩偓而骨力稍弱。七古颇学韩愈，惜才力不逮，少有佳作。有《唐英歌诗》。　　　　（赵昌平）

金桥感事

太行和雪叠晴空，二月春郊尚朔风。

饮马早闻临渭北，射雕今欲过山东。

百年徒有伊川叹，五利宁无魏绛功。

日暮长亭正愁绝，哀笳一曲戍烟中。

大顺元年（890），正当唐军讨蜀之战处于紧张阶段，宰相张濬力排众议，怂恿唐昭宗出兵征讨蕃镇李克用，战于太行山一带，三战三北。李克用趁胜纵兵大掠晋、绛，至于河中。自此，唐皇朝一蹶不振。次年，诗人在潞州金桥（山西上党）凭吊战场，作此诗。

首联点明时、地，渲染气氛：太行群峰戴雪叠于晴空，早春二月，北风劲吹。对此而不觉寒意刺骨，使人凛然。

颔联用典以见意。"饮马"，用《左传》楚军与晋战，扬言"将饮马于（黄）河而归"；"射雕"，北齐斛律光以英勇善射闻名，曾射落极难射的大雕。楚军与斛律光均被古人视为蛮、狄，故诗人用以借指沙陀族的李克用。李克用早在中和三年（883）进攻黄巢军时，曾兵临渭北，故曰"早闻"。山东，指太行山以东。张濬代表朝廷讨李，轻捋虎须，只不过为李克用侵占"山东"提供了借口。金桥战后，李克用曾攻陷潞州、晋州等地，故对句有"今欲过山东"之语。

周大夫辛有见个别百姓用戎礼野祭，因而预见"不及百年"伊川将为戎地。颈联出句化用此典，对唐皇朝的没落，发出无可奈何的叹息。对句以晋大夫魏绛主张"和戎有五利"，使晋国日益强大之典为喻，委婉地指责宰臣张濬应招抚李克用，不该出兵讨李。

此诗中间二联连用四典，运掉自如，毫无堆砌、生硬之感；典故不只用得贴切，而且含义丰富，既用以抒一得之见，又用以达难言之隐，收"闻者足戒"之效，且音节宏亮而沉雄，可视作诗人成功地学习温李诗派用典使事之一例。

尾联宕开，以情景交融之笔结"感事"。"哀笳""戍烟"与"愁绝"相呼应，预示战乱方殷。于结句时露凄楚之音，这是温、李诗派中罕见的。

（刘初棠）

春归次金陵

春阴漠漠覆江城，南国归桡趁晚程。

水上驿流初过雨，树笼堤处不离莺。

迹疏冠盖兼无梦，地近乡园自有情。

更被东风动离思，杨花千里雪中行。

　　乾宁二年（895），吴融在贬官期间，回故乡山阴（浙江绍兴），途经金陵，作此诗。

　　吴融生处唐末大乱之际，作诗之年，李克用兵临渭北，长安大乱，诗人受惊的心灵需要安慰；他宦海浮沉，数遭挫折，紧张疲劳的神经需要休憩；他晚年滋生退隐之念，反映在创作上，便是对远离尘世喧嚣的偏爱，对山明水秀的故乡的眷恋。

　　首联起笔即作波折。望中的雨后江城（金陵），"春阴漠漠"，阴云若覆；时间向晚，本不宜赶路。然而，诗人却"归桡"，连晚赶到金陵停泊，于此可见游子思乡之情。

　　颔联承前，写舟中所见：宿雨初晴，江水陡涨，水流尤速，它飞快地推送诗人之舟向金陵驶去；舟行之处，两岸之堤，处处为绿树所笼，黄莺藏于叶间，鸣声百啭，足供游子玩赏。这一联景语以清丽之笔，状江南秀美之景，兼有谢朓的清旷秀丽和孟浩然的简淡自然，字里行间，流露出诗人的喜悦之情。

颈联由状景转而言事述怀：诗人淡于名利，故回乡途中，不交显贵，甚至连富贵梦也不做；金陵已地近乡园，诗人领略江南风物，自觉情亲。"地近"句是结穴所在，有此一句，逆笔回互，血脉动荡，通体皆活。

尾联掉尾回首，与"自有情""趁晚程"照应，全诗一团精神，聚而不散。末句化用韩愈《晚春》"杨花榆荚无才思，惟解漫天作雪飞"之句，以清新之语，状轻快、恬适之心情，颇有特色。

（刘初棠）

萧县道中

戍火三笼滞晚程，枯桑系马上寒城。

满川落照无人过，卷地飞蓬有烧明。

楚客早闻歌凤德，刘琨休更舞鸡声。

草堂旧隐终归去，寄语岩猿莫晓惊。

　　诗人因公途经萧县（今属安徽），鞍马倥偬，于是生归隐之念。细绎诗意，此篇当作于中年以后。

　　首联言己晚宿萧县。"戍火"，即平安火。唐代，每隔三十里左右置戍，每日初夜无警，则燃平安火相告。其时，禁人夜行。故诗曰"滞晚程""系马"。

　　颔联言"上寒城（萧县）"后，鸟瞰四野，但见夕阳满地，杳无行人，转蓬飞舞，时有野烧耀眼。荒凉的景色，映入诗人眼帘，不由产生唐皇朝日薄西山和身如转蓬、无法自主等联想，一腔莫可名状的怅惘，油然而生。

　　颈联借典述志：意谓今后再不像晋代刘琨那样，闻鸡起舞，夙夜为公了。因为自己早已听过楚狂接舆的歌唱："凤兮凤兮，何德之衰！"（《论语·微子》）知其意在嗤笑孔子生不逢辰，还要克己复礼，不知及早归隐。所以，自己应当及早抽身。此联思深厚而不晦，语工整而流走，堪称佳对。

　　尾联承颈联，反用孔稚珪《北山移文》："蕙帐空兮夜鹤怨，山人去兮晓猿惊"等语，谓己虽如六朝周颙先隐后仕，改变了初衷；但终当觅机归隐。寄语"岩猿"，不必"晓惊"。此即胡震亨所说："放一句作散场，如截奔马，辞意俱尽。"（《唐音癸签》卷三）

（刘初棠）

韦 庄

韦庄（约836—910），字端己，京兆杜陵（今陕西西安东南）人。韦氏原是唐朝世家大族，但到韦庄时，家道已衰。他早年孤贫力学，才敏过人，却多次应举不第，四处奔波，充当幕僚。年近六十，方中进士，官至左补阙。晚年入蜀，深得前蜀主王建赏识，任吏部侍郎平章事（宰相），主持制定前蜀的开国制度、法令规定及礼乐典章。谥"文靖"。

韦庄的大部分诗已散佚，现存三百多首诗大多作于仕唐时期，内容以伤乱、羁旅、写景为主，既反映了唐末剧烈动荡的社会面貌，又抒写自身怀才不遇的窘况、四处飘泊的经历和凄苦无依的心情。诗作格调深永清婉。他的《秦妇吟》是现存唐诗中最长的一首叙事诗，在我国叙事诗史上占有重要地位。他又是著名词人，与温庭筠齐名，并称"温韦"。有《浣花集》。 （王水照）

秦 妇 吟

中和癸卯春三月，洛阳城外花如雪。

东西南北路人绝，绿杨悄悄香尘灭。

路旁忽见如花人，独向绿杨阴下歇。

凤侧鸾欹鬓脚斜，红攒黛敛眉心折。

借问女郎何处来？含嚬欲语声先咽。

回头敛袂谢行人，丧乱漂沦何堪说！

三年陷贼留秦地，依稀记得秦中事。

君能为妾解金鞍，妾亦与君停玉趾。

前年庚子腊月五，正闭金笼教鹦鹉。

斜开鸾镜懒梳头，闲凭雕栏慵不语。

忽看门外起红尘，已见街中擂金鼓。

居人走出半仓皇，朝士归来尚疑误。

是时西面官军入，拟向潼关为警急。

皆言博野自相持，尽道贼军来未及。

须臾主父乘奔至，下马入门痴似醉。

适逢紫盖去蒙尘，已见白旗来匝地。

扶羸携幼竞相呼，上屋缘墙不知次。

南邻走入北邻藏，东邻走向西邻避。

北邻诸妇咸相凑，户外崩腾如走兽。

轰轰崑崑乾坤动，万马雷声从地涌。

火迸金星上九天，十二官街烟烘烔。

日轮西下寒光白，上帝无言空脉脉。

阴云晕气若重围，宦者流星如血色。

紫气渐随帝座移，妖光暗射台星坼。

家家流血如泉沸，处处冤声声动地。

舞伎歌姬尽暗捐，婴儿稚女皆生弃。

东邻有女眉新画，倾国倾城不知价。

长戈拥得上戎车，回首香闺泪盈把。

旋抽金线学缝旗，才上雕鞍教走马。

有时马上见良人，不敢回眸空泪下。

西邻有女真仙子，一寸横波剪秋水。
妆成只对镜中春，年幼不知门外事。
一夫跳跃上金阶，斜袒半肩欲相耻。
牵衣不肯出朱门，红粉香脂刀下死。
南邻有女不记姓，昨日良媒新纳聘。
琉璃阶上不闻行，翡翠帘间空见影。
忽看庭际刀刃鸣，身首支离在俄顷。
仰天掩面哭一声，女弟女兄同入井。
北邻少妇行相促，旋解云鬟拭眉绿。
已闻击托坏高门，不觉攀缘上重屋。
须臾四面火光来，欲下回梯梯又摧。
烟中大叫犹求救，梁上悬尸已作灰。
妾身幸得全刀锯，不敢踟蹰久回顾。
旋梳蝉鬓逐军行，强展蛾眉出门去。
旧里从兹不得归，六亲自此无寻处。
一从陷贼经三载，终日惊忧心胆碎。
夜卧千重剑戟围，朝飧一味人肝脍。
鸳帏纵入岂成欢，宝货虽多非所爱。
蓬头垢面猇眉赤，几转横波看不得。
衣裳颠倒言语异，面上夸功雕作字。
柏台多士尽狐精，兰省诸郎皆鼠魅。

还将短发戴华簪，不脱朝衣缠绣被。
翻持象笏作三公，倒佩金鱼为两史。
朝闻奏对入朝堂，暮见喧呼来酒市。
一朝五鼓人惊起，叫啸喧争如窃议。
夜来探马入皇城，昨日官军收赤水。
赤水去城一百里，朝若来兮暮应至。
凶徒马上暗吞声，女伴闺中潜失喜。
皆言冤愤此时销，必谓妖徒今日死。
逡巡走马传声急，又道官军全阵入。
大彭小彭相顾忧，二郎四郎抱鞍泣。
沉沉数日无消息，必谓军前已衔璧。
簸旗掉剑却来归，又道官军悉败绩。
四面从兹多厄束，一斗黄金一升粟。
尚让厨中食木皮，黄巢机上刲人肉。
东南断绝无粮道，沟壑渐平人渐少。
六军门外倚僵尸，七架营中填饿殍。
长安寂寂今何有？废市荒街麦苗秀。
采樵斫尽杏园花，修寨诛残御沟柳。
华轩绣毂皆销散，甲第朱门无一半。
含元殿上狐兔行，花萼楼前荆棘满。
昔时繁盛皆埋没，举目凄凉无故物。

内库烧为锦绣灰，天街踏尽公卿骨。

来时晓出城东陌，城外风烟如塞色。

路旁时见游奕军，坡下寂无迎送客。

霸陵东望人烟绝，树锁骊山金翠灭。

大道俱成棘子林，行人夜宿墙匡月。

明朝晓至三峰路，百万人家无一户。

破落田园但有蒿，摧残竹树皆无主。

路旁试问金天神，金天无语愁于人。

庙前古柏有残桢，殿上金炉生暗尘。

一从狂寇陷中国，天地晦冥风雨黑。

案前神水咒不成，壁上阴兵驱不得。

闲日徒歆奠飨恩，危时不助神通力，

我今愧恧拙为神，且向山中深避匿。

寰中箫管不曾闻，筵上牺牲无处觅。

旋教魇鬼傍乡村，诛剥生灵过朝夕。

妾闻此语愁更愁，天遣时灾非自由。

神在山中犹避难，何须责望东诸侯。

前年又出杨震关，举头云际见荆山。

如从地府到人间，顿觉时清天地闲。

陕州主帅忠且贞，不动干戈惟守城。

蒲津主帅能戢兵，千里晏然无犬声。

朝携宝货无人问，夜插金钗唯独行。
明朝又过新安东，路上乞浆逢一翁。
苍苍面带苔藓色，隐隐身藏蓬荻中。
问翁本是何乡曲？底事寒天霜露宿？
老翁暂起欲陈词，却坐支颐仰天哭：
"乡园本贯东畿县，岁岁耕桑临近甸。
岁种良田二百廛，年输户税三千万。
小姑惯织褐绝袍，中妇能炊红黍饭。
千间仓兮万丝箱，黄巢过后犹残半。
自从洛下屯师旅，日夜巡兵入村坞。
匣中秋水拔青蛇，旗上高风吹白虎。
入门下马若旋风，罄室倾囊如卷土。
家财既尽骨肉离，今日垂年一身苦。
一身苦兮何足嗟，山中更有千万家。
朝飧山上寻蓬子，夜宿霜中卧荻花。"
妾闻此父伤心语，竟日阑干泪如雨。
出门惟见乱枭鸣，更欲东奔何处所！
仍闻汴路舟车绝，又道彭门自相杀。
野色徒销战士魂，河津半是冤人血。
适闻有客金陵至，见说江南风景异。
自从大寇犯中原，戎马不曾生四鄙。

诛锄窃盗若神功，惠爱生灵如赤子。

城壕固护敩金汤，赋税如云送军垒。

奈何四海尽滔滔，湛然一镜平如砥。

避难徒为阙下人，怀安却美江南鬼。

愿君举棹东复东，咏此长歌献相公。

　　《秦妇吟》是晚唐著名诗人韦庄于中和三年（883）三月所作的长篇叙事诗。诗借一秦中妇女之口，描述了黄巢农民起义军攻入长安、促使唐皇朝日趋瓦解及起义军在诸路藩镇围攻下逐步陷入窘境的社会现实，再现了秦中（关中）于兵燹之后城市、乡村凋敝破败、百姓蒙难的惨状。

　　此诗共二三八句，长达一千六百六十六字，可分成四大段。第一段至"妾亦与君停玉趾"句止，计十六句，言诗人在洛阳城外与从起义军占领的长安城中逃出的"秦妇"相遇，请其自述遭遇。

　　自"前年庚子腊月五"至"天街踏尽公卿骨"止，为第二段，计一百三十句。诗中的"秦妇"在长安被困三年，而这正与韦庄的经历相类。可以说，"秦妇"的自述，正是诗人的见解。由于本身的立场和历史传统观念的局限，连平日对朝廷的腐败也有所不满的韦庄，也站在起义军的对立面，他诬称起义军为"贼"，着意渲染他们的"暴行"，并尽情嘲笑、诅咒和丑化起义军将领、队伍及其所建立的农民政权的形象。然而，为韦庄所始料不及的是，有些

"丑化"农民起义军的诗句，在客观上，却为我们保存了一些正史所不载的农民起义军的珍贵史料。如"还将短发戴华簪""面上夸功雕作字"等句告诉我们，起义军的骨干大都是身受"髡刑""黥刑"的农民。他们和秦末农民起义军将领黥布有着类似的遭遇和心理状态：他们不以受刑为耻，而以面上"雕字"为荣。"黥刑""髡刑"使他们对帝王官家充满仇恨，作战骁勇异常；胜利归来，便以"雕字"夸功。再如"翻持象笏作三公，倒佩金鱼为两史，朝闻奏对入朝堂，暮见喧呼来酒市"等句，如与两汉初年的一些史料同看，当可发现：黄巢起义军的骨干和两汉起义军将领一样，都是缺乏文化的民众；他们在建立政权之初，上下关系比较融洽，态度比较随便，有着较多的民主、平等的气息。这些历史真相的保存，无疑对文史研究者有相当的参考价值。

自"来时晓出城东陌"至"夜宿霜中卧荻花"止，是第三段，计七十句。诗言"秦妇"沿途所见。"神在山中犹避难，何须责望东诸侯"，巧妙地将"金天神"与"东诸侯"关联在一起，反言若正，含蓄地讥刺了潼关以东的节度使如高骈之流，只知拥兵自重、虐民自快，正如"金天神"受民香火，不仅不能替百姓消灾免祸，相反还要差遣"魔鬼"，"诛剥生灵"以度朝夕。此后，又缀以"新安老翁"的插叙，更明白揭示"官军"的军纪要比起义军坏得多：老翁家有"千间仓""万丝箱"，义军过后，家中财物"犹残半"，尚堪温饱；而官军一到，则"入门下马若旋风，罄室倾囊如卷土"，沿途村庄均被洗劫一空，顿使"千万家"百姓陷于绝境，被迫过着"寻蓬子"为食、"卧荻花"的非人生活。

　　末段自"妾闻此老伤心语"句起，计二十二句。诗言唐末节度使们为扩张势力，纷纷"自相杀"，唯有镇海军节度使周宝犹能保境安民。诗人面谀周宝，只是以此为进见礼，欲在其幕中觅一安身之地而已。倒是"仍闻汴路舟车绝，又道彭门自相杀。野色徒销战士魂，河津半是冤人血"确系诗人耳闻目睹之况，颇能道破造成唐末大乱的祸根在于藩镇贪得无厌的野心。

　　此诗是一首声谐语俪、颇受格律化影响的七言歌行。在艺术风格上，它近承白居易、元稹的"长庆体"，远绍汉魏六朝的乐府民歌。由于题材的不同，《秦妇吟》不可能像《长恨歌》《琵琶行》那样，以人物为中心，通过悲欢离合的描绘来展开故事情节，扣动读者的心弦。而是承元稹《连昌宫词》以宫边老人讲说展开史实之绪，假借"秦妇"在历史发展关键的三年中的所遇、所见、所闻，表现了黄巢农民起义军由盛至衰、唐军的反扑、长安的被围及在战乱中所受的创伤、"秦妇"在逃亡途中听得的"金天神"传说和"新安老翁"对"官军"的控诉等等，以委婉迤逦的笔触，分别作有点有面的渲染、概括和详略得当的描述。诗人如六辔在手，有条不紊地在读者面前，展现了演义式的、有开有阖的、波澜起伏的历史长卷。这在诗史上，特别是长篇叙事诗上，是一种创新。

　　在语言上，诗人善于从民间文学中汲取营养。如写农民起义军攻入长安时，豪门贵戚在战乱中的遭遇，从东、西、南、北四个方面，各四韵八句，写四邻妇人遭难殒命之状，然后转入自身，显然脱胎于木兰诗"东市买骏马，西市买鞍鞯，南市买辔头，北市买长鞭。旦辞爷娘去，暮宿黄河边"等句而加以变化，故能不落窠臼。

诗中虽颇用典故、对仗，但均经诗人熔铸提炼，显得条畅明白、浅显如话。如以"衣裳颠倒言语异"形容起义军将士缺少文化修养，以"千间仓兮万丝箱"形容"新安老翁"昔日之富；凡曾浏览文史者，固知其分别化用《世说新语·言语》及《诗·小雅·甫田》之典，然不明其出处者，也可望文而知其义。至于诗中对仗，也间采口语，"如大彭小彭相顾忧，二郎四郎抱鞍泣"、"案前神水咒不成，壁上阴兵驱不得"等句，均对得很宽，便于吟唱诵读。至于自"路傍试问金天神"至"顿觉时清天地闲"这一节，无论是取材，还是语言，都融入了佛教徒吟唱变文的常用手法。以上这一切融会在一起，使得这首长诗于清辞丽句之中，洋溢着浓郁的民间文学的气息。它不只继承，而且发展了号称"千字律"的"长庆体"歌行的语言艺术，把它提到了一个新的高度。

韦庄因此诗成名，人称"秦妇吟秀才"。但《浣花集》《全唐诗》均不载此诗。其主要原因是韦庄后为蜀相，蜀主王建早年为贼，王建赖以发迹的忠武军，又曾一度归降黄巢起义军；嗣后，忠武军倒戈成为官军，又攻城剿村，无恶不作。此诗多处触及王建和其重臣的隐私，故为全身远害，诗人才不得已删去此诗，"以此止谤"，遂使此不世奇作沉埋达千年之久。直至鸦片战争后，敦煌宝库被盗发，此诗抄本流至国外，后经王国维的努力和海外人士的帮助，此诗始得再度问世。

（刘初棠）

婺州水馆重阳日作

异国逢佳节，凭高独苦吟。

一杯今日酒，万里故园心。

水馆红兰合，山城紫菊深。

白衣虽不至，鸥鸟自相寻。

　　唐僖宗文德元年（888）、昭宗大顺元年（890），韦庄两度客居婺州（今浙江金华）。他当时报国无门，却受生活驱使，四处奔波谋生，往返于浙、赣、湘、鄂一带。此时期所写的不少诗篇都反映了他失意悲伤的心情。《浣花集》中此诗作于大顺元年，时年五十三岁。

　　水馆，临水建筑的房舍。重阳日，旧俗农历九月九日为重阳节，人们登高祈求消灾，旅人怀亲思故，王维《九月九日忆山东兄弟》即写重阳节的典型情景。这首重阳感怀诗，前半首也承题抒写自己在异乡登高，口饮重阳酒，心涌思乡情。值得注意的是"万里故园心"句，很易使人们联想起杜甫名作《秋兴八首》中的"孤舟一系故园心"。两诗都写于离乱时期，因此，他们的思乡怀亲，实已暗含着一种故国山河之痛。

　　"水馆"二句即景铺写：红兰丛簇，紫菊正浓，最是好秋时节。

作者把思绪从万里之外拉回到眼前，用客观的写景，形成情绪上的相对平静状态；同时以兰衬菊，由菊引出下句关于陶渊明的典故，所以这两句景语在全文结构中是一个过渡，也是情绪上的一个调节。

"白衣"典出《续晋阳秋》，据说陶渊明在重阳日独坐篱笆边，无酒可饮，正愁怅万分，忽有一白衣童仆受江州刺史王弘的派遣，前来送酒，渊明一饮而醉。这里反用其意，喻指自己的愁苦无人来排解，于是不妨学学海上人，与海鸥亲狎同游（典出《列子·黄帝篇》），用自隐的方法来解脱种种痛苦，也正是江淹所谓"物我俱忘怀，可以狎海鸟"（《杂体诗》）的意思。但这种说法，与作者一贯辅君复国的思想相左（他几年以后仍以老迈之身，北上长安应试，以效力唐室），因此，此诗的结句，是作者在极度失望之中的一个违愿的退却。

全诗情思绵细，而笔致清疏，隽永淡洁，表现出语浅情深的艺术风范。

（王水照）

哭麻处士

却到歌吟地，闲门草色中。

百年流水尽，万事落花空。

缌帐扃秋月，诗楼锁夜虫。

少微何处堕，留恨白杨风。

这是一首悼念亡友的诗。创作时间、地点皆无考。从诗中来看，是作者重临故人住所，睹物思人而作。麻处士，生平不详，所谓"处士"，指未仕或不仕的知识分子。

"却到歌吟地"二句，描写作者重到麻处士故宅的情景。"却"，又，再。"歌吟地"，指激起悲歌哀吟的地方，这里代指麻处士的故宅。《论衡·感虚篇》有"曾子见疑而吟，伯奇被逐而歌"句，欢乐时可以高歌，悲伤、愁苦、委屈时也会长歌当哭的，这里的"歌吟"指后一含义。这两句大意是：来到亡友故宅，只见空寂的门庭，长满茂盛的杂草，一片荒败凄清的景象。接着，在生死兴衰的强烈反差刺激下，作者不禁发出年华易逝、万事皆空的感慨："百年流水尽，万事落花空"。此联可能化用杜甫"流水生涯尽，浮云世事空"（《哭长孙侍御》）句意。事实上，从孔子"逝者如斯夫"的感叹开始，就用流水来比喻时间的飞逝，后人多有沿用，并从中产生人生空漠之感。杜甫用"浮云"来言"空"，韦庄用"落花"来言"空"。以后，经过艺术语言的历史积淀，"流水落花"的意象已成了感慨人生短促无常的特定表达方式，如"水流花谢两无情"（崔塗《春夕》）、"流水落花春去也，天上人间"（李煜《浪陶沙令》）、"花落水流红，闲愁万种"（王实甫《西厢记》）等等。

"缥帐"二句写人去楼空、物在人亡之景。缥帐是一种带边裙的帐子。作者看到：旧时的帐子垂闭着，仿佛在阻止秋月的窥探；昔日吟诗的楼阁紧锁着，只有寒虫在黑夜里鸣叫。"少微"，星官名，共四星，又名处士星，这里代指麻处士；少微星的陨落，隐喻麻处士之死。"白杨"，古人多在坟前植树、如松柏、白杨等。尾联中，作者由空宅又想到了主人，但主人今在何方？只见坟前的白杨在悲风中飘摇，令人遗恨无穷。

整首诗最显著的特点是叙述写景与议论感慨的有机结合。首联、颈联是描述，颔联、尾联是感怀，时而随作者的目光，注视麻处士那空落荒芜的家园；时而又随作者的直抒其怀，感受到作者痛失朋友的悲痛。写景的深婉与议论的直陈，造成一种错落有致的艺术效果，增添了诗的感染力。

（王水照）

陪金陵府相中堂夜宴

满耳笙歌满眼花，满楼珠翠胜吴娃。

因知海上神仙窟，只似人间富贵家。

绣户夜攒红烛市，舞衣晴曳碧天霞。

却愁宴罢青蛾散，扬子江头月半斜。

　　金陵，指润州，治今江苏镇江，唐时称丹徒或金陵。府相，对东道主周宝的敬称。时周宝为镇海军节度使同平章事，镇润州。唐僖宗中和三年（883），韦庄四十八岁，为周宝幕僚，诗写夜宴的奢华及自己的感怀。

　　首联正写夜宴，满耳的笙箫歌吹，满眼的花团锦簇，满楼的绿袖红妆，珠围翠绕，美胜吴娃，十四字中缀以三个“满”字，极写夜宴场面之富贵豪华。颔联承而生想，由实而虚：蓬莱、方丈、瀛洲之类海上神仙窟，其富贵也只似人间周府吧。诗人本意“只是说人间富贵，几如海上神仙，一用倒说，顿然换境。”（沈德潜《唐诗别裁集》）颈联更由虚返实，接写宴会，谓雕绘华美的门户内，灯烛满堂辉煌，犹如红烛攒聚之灯节夜市；舞伎凌波曼舞，舞衣飘飘恰似牵曳着碧天彩霞。“攒”“曳”描写入微，令人想见灯火之盛、歌舞之艳，而“夜”“晴”则使人意会到周宝夜以继日沉湎于歌舞宴乐之中。天下没有不散的筵席，府相中堂夜宴正热热闹闹地处于高潮时，诗人却已在愁酒阑人散时，将唯见扬子江头落月西斜，情不能堪了。"愁"之底蕴，诗人于此未明言，却也不难揣测一二：烽火连天，国势如江河日下，朝不保夕，而自己则欲归无计……尾联曲折地表现了这个醉中独醒的诗人对现实感伤的态度。

诗以前三联虚实相生，写足浮华热闹，尾联骤然落入寥落清冷，以三"满"衬一"愁"，对比鲜明，词气之间对握重兵而陷酒色、全不以国难为怀的周宝多有微讽，妙在不怨不怒，婉曲深沉。

（周慧珍）

忆　昔

昔年曾向五陵游，子夜歌清月满楼。

银烛树前长似昼，露桃花里不知秋。

西园公子名无忌，南国佳人号莫愁。

今日乱离俱是梦，夕阳唯见水东流。

　　韦庄曾一度寓居京畿鄠县，后移居虢州。僖宗广明元年（880）十二月，黄巢攻入长安，时韦庄正应举，遂困居城内，直至中和二年（882）方脱去。至昭宗景福、乾宁间（893 前后）诗人又应试长安，诗或写在这两个时期。诗人目击帝王之居遭罹变乱，抚今追昔，为唐王朝的衰微唱出了一曲深沉的挽歌。

　　诗以"昔年"领起，前三联均是忆昔。首句谓诗人昔年漫游京郊汉帝五陵——唐代豪富聚居处时，曾目睹五陵年少夜以继日、四时如一的佚乐生活。以下五句即描写此种生活场景。"子夜"句是总提。子夜双关，既言所歌为南朝《子夜》曲，又暗指时已子夜，故云"月满楼"。"银烛"二句承之。银烛树，露桃花，极言场面豪华富丽。"长似昼"，承上"子夜"，谓夜以当日，昼夜宴乐不止。"不知秋"，更由一日而扩展至长年，谓歌乐声中已不知岁之将暮。"西园"二句于花天酒地中推出"角色"，对仗工整，用典巧妙。汉末曹操在邺都建有西园，曹植《公宴诗》便有句云："清夜游西园，飞盖相追随。"此"西园公子"本指陈思王曹植。由曹魏之"魏"又牵引出战国七雄之魏，陈思王与魏公子信陵君无忌均是富家公子，而前者取其好饮、后者取其字面之义，不露痕迹地点出了五陵年少之沉溺声色而于国本社稷"无"所顾"忌"。莫愁，古乐府中所传善歌之女，石城（今湖北钟祥）人氏。见南朝陈智匠《古今乐府》。此亦取其字面之义，谓这来自南国之佳人只知歌舞助欢，全然不知"愁"为何物。

以上三联伸足长安沦陷前歌舞升平的景象。尾联"今日乱离"直落陡转，由昔入今，境界顿异。今日里"无忌""莫愁"如许若干人等，连同他们灯红酒绿、笙箫歌舞的享乐生活，早已同归一梦。旧地重游，诗人唯见残阳似血，碧水东流。真是"江山不管兴亡恨，一任斜阳伴客愁"，（包佶《再过金陵》），"今日"十四字中，深蕴着诗人无限的沧桑之感、黍离之悲。

诗以忆昔为题，伤今为旨，而以"无忌""莫愁"为一篇关节，由伤今而忆昔，又因忆昔而益伤今，昔今相形，抬高跌重，巧于安排，长于抒感，有很强的艺术效果。

（周慧珍）

长安清明

早是伤春梦雨天，可堪芳草更芊芊。

内官初赐清明火，上相闲分白打钱。

紫陌乱嘶红叱拨，绿杨高映画秋千。

游人记得承平事，暗喜风光似昔年。

　　唐僖宗广明元年（880），黄巢攻陷长安；光启元年（885），李克用又进逼京师。昭宗景福二年（893）至乾宁元年（894），韦庄在长安应进士试，诗约写于这一时期。

　　首联写别有怀抱的诗人逢春之感伤。"清明时节雨纷纷"，使早已伤春的诗人于梦中听到滴沥之声，连见芊芊芳草也感到情不能堪了。杜甫《春望》诗有句云："城春草木深。""可堪"句正同老杜诗意，"伤春"的背后隐秘着其感时忧国的思想感情。然而当时朝野都处于热烈的节日气氛中。颔联写"朝"。内官，宦者。清明前一天（或云前两天）是寒食节，古人于是日禁火寒食，据传是起于晋文公悼念介子推事。唐制，禁火至清明取榆柳之火以赐近臣，顺阳气，是谓"清明火"。"初赐"，透露出唐廷经李克用之乱后才复行旧制如初的消息。上相，宰相的尊称。白打，蹴鞠戏名，类似今之足球。两人对踢为白打，三人角踢为官场，胜者有彩。唐时宫女寒食举行白打，可获得官库支给的赏钱，王建《宫词》即云："寒食内人长白打，库中先散与金钱。""闲分"，表明天下似已太平了，宰相闲暇无事，便去分发白打的赏银。颈联写"野"。紫陌，帝都的道路。红叱拨，玄宗天宝年间大宛国进贡的良马名，用以泛指良马。此句写男子游春。画秋千，架上彩饰的秋千。唐代女子多在清明节作荡秋千的游戏，称之为"半仙之戏"。此句写女子玩乐。尾联承上二联而言游人的感受。值此清明佳节，朝野同乐，但见一派热热闹闹的节日气氛，景象升平一如昔日，使客居的诗人也不禁暗暗自喜了。

　　诗的好处在于写出一种似忧似喜的复杂心情，至诗末，起首之愁怀似已为节景所移，转为暗喜。久乱暂平，总是好事，而应试在即，更不愿烽火重起，所以"暗喜"也在情理之中。但所谓似昔升平风光，也只不过是内官赐火、上相分钱与士女游乐，对照首联，似亦不无隐忧。因此"似"字更含深意，有期望"似昔"，更进为"同昔"之意在。注家常以为此诗纯为讥时，恐未得其实，盖以未明"游人"为诗人自指之故。

（周慧珍）

汧 阳 间

汧水悠悠去似绠，远山如画翠眉横，

僧寻野渡归吴岳，雁带斜阳入渭城。

边静不收蕃帐马，地贫唯卖陇山鹦。

牧童何处吹羌笛，一曲梅花出塞声。

此诗一名"汧阳县阁"。汧阳县县治在今陕西汧阳西，在汧山（一名吴山）、汧水之间。"阁"，这里是指一种建在桥上的亭子。

据夏承焘先生《韦端己年谱》考证，唐昭宗乾宁三年（897），凤翔节度使李茂贞攻占长安，昭宗出逃，韦庄随驾供职。次年四月，奉使入蜀，此诗即作于出使途中行经汧阳县时。

前半首描写途中所见，流露出对秦地山川的留恋之情。故乡的景色在远行的作者眼里是美丽的：河流绵长，笔直如带（绠是拉直绳索的意思）；远山葱翠，蜿蜒如女子秀眉。此时正值暮春，只见云游的僧人准备渡河返回山寺，北归的大雁飞入渭城（渭城即秦时咸阳城，唐时置为县，在今陕西咸阳东），而作者自己却南下蜀地。这一归一离，以将离之身，而把目光专注在即归之事上，作者对故国的留恋已表露无遗；虽无一字明写离情别绪，而读者自可领会。

作者对故国除留恋之情外，还含有更深的情感。五、六句描写战乱时期短暂休战的宁静和当地生产尚未复苏、生活困苦的景象。"边静"句说边境安静，不用收购胡地的战马。"蕃帐"，胡人的帐篷，代指胡地。"地贫"句说土地贫瘠，人们靠卖鹦鹉为生。"陇山鹦"，陇山出产鹦鹉，岑参《赴北庭度陇思家》中有"陇山鹦鹉能言语，为报家人数寄书"句。这两句略有侧重，前句为衬，后句为主，有了前句的暗示和铺垫，后句中所反映的民生凋敝，实不仅仅是"地贫"这一自然条件造成的，更是战乱影响所致。作者来不及享受休战的喜悦，却强烈感受到战乱的巨大破坏力。另外，此时的唐王朝分崩离析的迹象已很明显，休战是暂时的，更大的战乱隐伏其后，作者对此不会没有感受。这两句集中表现了他的希望和忧虑，这时作者的情感已从普通的离情别绪推广到忧国伤时的境界，他的愁苦交织着对故国的依恋和哀伤。末两句即借笛声来映衬这种心情。

"梅花"，笛曲名。出塞，即《出塞曲》，乐府横吹曲的一种，曲调悲凉。这两句说，不知牧童在何处吹着羌笛，那《梅花曲》声调如同《出塞曲》一样悲凉。作者的愁苦虽深广，用笔却含蓄，点而不破，耐人寻味。

（王水照）

古 离 别

晴烟漠漠柳毵毵，不那离情酒半酣。
更把玉鞭云外指，断肠春色在江南。

题一作《多情》。诗写离情而别出机杼。

晴烟漠漠，柳丝毵毵，虽然阳春烟景美如画，然而离筵当前，对此柳色，只能使人心头迷惘，不那（义同奈）离情，是因为"柳"色虽浓，毕竟"留"不住行人。于是唯有以酒消愁，酌饮之间不觉半酣。第三、四句悬想千里之外。玉鞭所指的云外江南，彼地春光更浓，杨柳新绿，依依拂水，丝丝弄碧，则此行所向，正不必悲伤。然而对离人来说，江南的春色并不能减轻离愁。从这两句，可见其酒意浓，和离恨之深。

以丽景反衬别情，始于《小雅·采薇》，后人多承用，此诗亦然，却尤富匠心；加以首尾二句融情入景，中间"半酣""云外"空际运神，既虚实相生，联系两地春色，又构成跌宕转折，运思不俗。盛唐常建《送宇文六》诗："花映垂杨汉水清，微风林里一枝轻。即今江北还如此，愁杀江南离别情。"诗意相近而笔法有异，参读可见盛、晚风气，有浑朴与工巧之别。

（周慧珍）

台 城

江雨霏霏江草齐，六朝如梦鸟空啼。

无情最是台城柳，依旧烟笼十里堤。

　　此诗凭吊六朝遗迹，写于僖宗光启三年（887），韦庄渡江北上凤翔"迎驾"，遇阻折返南京时。台城，古城名。本三国时代吴国的后苑城，东晋成帝时改建，为东晋、南朝台省（中央政府）和宫殿所在地。故址在今南京市鸡鸣山南乾河沿北。此地自东吴、东晋洎宋、齐、梁、陈，三百余年间，虽"台城六代竞豪华"，然至中唐诗人刘禹锡所见时，已是"万户千门成野草"（《台城》），一片萧瑟；待到唐末韦庄再去凭吊，则更荒凉衰败、不堪入目了。因之诗由赋写凄凉之景入手，抒发了诗人无限感慨的吊古伤今之情。

　　台城滨临长江，故诗起笔便写"江雨""江草"。霏霏江雨，萋萋江草，至今无恙，而六朝已终，世事恰如春梦；唯有那不解历史沧桑的鸟儿，犹在欢快啼叫，然亦是"隔叶黄鹂空好音"（杜甫《蜀相》）了。一派迷蒙凄清之景中，已寄寓着诗人深沉的兴亡之感。诗至此，似乎话已说完，以下难乎为继了。不料"无情"二句翻然出新，落到诗题"台城"，写殿台虽圮，而古柳堆烟，依旧笼罩十里长堤，然而也已非昔日繁华之点缀，而成了今日荒芜的映衬，故曰"无情"。而树色无情，正见出人之有情。加以"最是""依旧"，笔意凝重，遂将诗人心中身处末世、悲叹李唐没落的那种欲说又不便说的伤今之意，尽数包蕴在内了。韩愈《早春呈水部张十八员外》诗云："天街小雨润如酥，草色遥看近却无，最是一年春好处，绝胜烟柳满皇都。"本诗笔法与其相近而措意全别。参以李商隐《蝉》诗所谓"一树碧无情"，可见中兴梦破后，象征青春的绿树，在晚唐已转为"无情"，适可见当时诗人的暗淡心态。　　　（周慧珍）

齐己

齐己（863？—937？），本姓胡，名得生，潭州益阳（今湖南益阳）人。在大沩山（今宁乡境内）同庆寺出家后改名齐己。曾居衡岳东林寺，自号"衡岳沙门"。唐亡后，住江陵龙兴寺，封为僧正。自幼好诗，师事郑谷，与曹松等为诗友，出家后声价益隆。擅五言律诗，写景咏物尤工。纪昀称"唐诗僧以齐己为第一"。《四库全书总目》言："唐代缁流能诗者众，其有集传于今者，惟皎然、贯休及齐己。皎然清而弱，贯休豪而粗，齐己……颇沿武功一派，而风格独遒……犹有大历以还遗意。"有《白莲集》十卷。 (任亚民)

早 梅

万木冻欲折，孤根暖独回。

前村深雪里，昨夜一枝开。

风递幽香出，禽窥素艳来。

明年如应律，先发映春台。

　　这是一首咏物诗。诗人以清丽的笔调勾勒了一幅雪中梅花图，表现了梅花傲霜斗雪的风韵和孤芳高洁的品格，并以此寄托了自己的情怀。

　　首联写梅花开放的氛围，以"万木"在严寒中"冻欲折"来衬托梅花"独"不畏惧；颔联写梅花开放的背景：雪掩野村，冰枝雪叶，唯有"一枝"梅花傲然怒放；颈联描摹梅花幽雅的香味和素淡的色彩；尾联祝祷梅花来年应时领先开放，给人们带来明媚的春光。

整首诗紧扣"早"字：孤根独暖是早；一枝独开是早；禽鸟窥视也因为花开得"早"而惊奇；"先发"还是"早"；首尾贯一，层层相扣，为此诗特色之一。

用词平中见奇，是此诗的另一显著特色。如"幽香""素艳"，不仅是梅花色、香的实写，而且写出了她清淡高雅的神韵和不同俗流的品格。宋人林逋的名句"疏影横斜水清浅，暗香浮动月黄昏。霜禽欲下先偷眼，粉蝶如知合断魂"（《山园小梅》），中间二句颇有取于此。"一枝"句，更为诗话盛称。据说齐己原诗为"数枝开"，郑谷见后说："'数枝'非早也，未若'一枝'佳。"齐己极为佩服，遂改为"一枝"，并拜郑谷为"一字师"。

咏物诗多有诗人的寄托。齐己颇有怀才不遇之慨。诗中对梅花孤芳高洁的赞美，对梅花斗霜傲雪的颂扬，对梅花"先发映春台"的祝祷，无不蕴含了诗人的影子和情志。

（任亚民）

舟中晚望祝融峰

天际卓寒青，舟中望晚晴。

十年关梦寐，此日向峥嵘。

巨石凌空黑，飞泉照夜明。

终当蹑孤顶，坐看白云生。

祝融峰是衡山的最高峰。齐己曾居衡岳东林寺，此诗当为赴山时所作。全诗写景气势踔厉，抒情舒展蕴涵，给人一种奋发向上的感染力。

本诗结构尤矫健有力。起笔突兀而出，总写祝融峰的气势。"天际"言视野阔远，"卓"字写山峰峻峭直立，"寒青"状其色青苍凝重，寒意侵人。五字先声夺人，神韵俱出；二句则转入题面"舟中晚望"之意，"晴"字补出首句所见的气候条件，并顺势由舟行向山，带出颔联十年心愿一朝得偿之意；又以"峥嵘"二字转入颈联写祝融之"险"，又因其"险"而引发了登峰涉险的愿望。这样就将望山所见与所感融合一起，互为推进。首联写远望所见，为山的静态；颈联写山脚下所见，为山的动势；颔联与尾联则生发议论和抒写情怀。其中颔联写诗人过去的向往，尾联则表达了诗人现在的愿望。这种内容的变换交替，使全诗读来如波浪起伏，有合沓相属、渐进层见之妙。尾联化用杜甫"会当凌绝顶，一览众山小"（《望岳》）的意境，把全诗推向高潮，表现出诗人蓬勃向上的精神风貌。试想如果不这么写，而是由十年向往起，然后再写舟行，写望山，最后结以所感，固然次序井然，但诗就显得平弱无奇了。

诗中的颈联为写景名句，章法上对仗工整，状物声色俱全，动静结合，用词平中见奇。"黑"字不仅写出巨石的态势，还表现出人的心理感受，尤见奇绝。

（任亚民）

登祝融峰

猿鸟共不到，我来身欲浮。

四边空碧落，绝顶正清秋。

宇宙知何极，华夷见细流。

坛西独立久，白日转神州。

　　此诗当作于《舟中晚望祝融峰》同一时期。《舟中晚望》是写诗人由远而近所见的祝融峰以及向往登游的心情，本诗则写诗人登上祝融峰后的感受。两首诗都写得遒劲雄浑，在晚唐五言律诗中堪称秀出之作。

　　首联点出诗人登上峰顶的感受——"身欲浮"，并化用李白《蜀道难》中"黄鹤之飞尚不得过，猿猱欲度愁攀援"之意，极度形容峰高和登临时的飘飘欲仙之感。颔联伸足"身欲浮"的感受。诗人站在峰顶，唯觉四面凌空，青霭飘浮；一峰插天，独领清秋之昊气。身处这种迥然出世的境界中，诗人似乎自己已与自然融合一起，他展望六合，不禁想探问宇宙的边际；他俯视下土，那些奔流在中原和四夷的滔滔江河这时都成了涓涓细流。面对如此浩瀚阔大的空间，诗人独立于峰顶的青玉坛西，不禁出神地久久凝望，这时一轮白日又像平时那样，匆匆地转过了神州大地。诗人在想什么呢？也许是充分感受了山川的雄壮和永恒，也许是感慨时光的流逝和人生的短暂；或者是超出尘世的洒脱飘逸？……这些作为读者，我们都难以替他回答，然而不言而喻，诗人在峰顶的远眺中一定获得了某种重要的、深沉的解悟。

诗题为《登祝融峰》，但全诗无一字直写山的高峻，而诗人的感受又无不令人感到山峰的雄奇巍峨；这种感觉反过来又处处烘托出诗人迥出尘世的形象与思理。如果说诗人在创作时曾处于一种物我融一的状态，那么诗的本身，也恰恰达到和反映了这样一种境界。

（任亚民）

张 泌

张泌（生卒年不详），字子澄，淮南人。仕南唐为句容尉，后主（李煜）征为监察御史，历考功员外郎，进中书舍人，改内史舍人，随后主降宋，仍入史馆，迁郎中。泌善为诗，《全唐诗》，录存诗一卷。 　　　　　（任亚民）

洞庭阻风

空江浩荡景萧然，尽日菰蒲泊钓船。
青草浪高三月渡，绿杨花扑一溪烟。
情多莫举伤春目，愁极兼无买酒钱。
犹有渔人数家在，不成村落夕阳边。

　　此诗当是诗人归家途中经洞庭受阻，泊船避风时对景生情之作。

　　因连日大风，湖面上没有船只航行，故曰"空江"。"菰"即茭白，"蒲"为水草，二物皆生长于浅水处。钓船泊菰蒲即船靠岸或进港汉。青草，指青草湖，在湖南，与洞庭湖为一湖，南称青草，北称洞庭，有沙洲间隔。此即指洞庭湖，前四句为我们展示了一幅萧瑟凄凉的景象：钓船躲进了一望无边的水草丛中，昔日百舸争流的湖面上空旷浩荡，波涌浪高，岸边树枝乱摇，杨花扑面。此景此情，使诗人联想起自己一事无成，穷极潦倒，落泊异乡的坎坷身世，不觉益增悲凉和忧愁之感。他已经没有勇气再举目观景，而回头观望，远处夕阳下散落着数点渔家，同样是那么的零落和萧条。

　　整首诗情调低沉伤感，诗的取景则深得画理。镜头展示由远到近，由水面到岸边，再到岸上。画面由静到动，色彩由无到有，声音由寂到响，一切均随诗人的思绪进展而移动。诗的颔联不仅对仗工整，巧妙地借用了"青草湖"字面的色彩，而且对这组远近、动静、虚实的镜头组合，起到了自然过渡的关锁作用。　　　　　（任亚民）

寄 人
（二首选一）

别梦依依到谢家，小廊回合曲阑斜。

多情只有春庭月，犹为离人照落花。

据清李良年《词坛纪事》载，张泌早年与邻家浣衣女相爱，曾作《江神子》词，后经年不见，却于梦中相遇，乃作此诗。诗原二首，这是第一首。

唐人诗中常以谢娘称所爱之人。谢家指所爱之人的住处。日有所思，夜有所梦，首句点出"梦"，交代诗人思念之深切，同时又暗示他和所爱之人在现实中已不可能再相见，故更显哀怨。后三句均为梦中所见。回廊曲阑是他们当年幽会之处，春月是他们恋情的见证。如今景物依旧，明月高悬，但月光照见的只是一个孤单的身影和一片飘零的残花。"离人"颇多歧解，或谓诗人，或谓伊人，然以"只有"观之，以指诗人为是。现实中不能得到的，幸好有梦境可以追寻，然而回廊九曲，寻寻觅觅，直至春庭，伊人仍不可见，唯有一轮明月映照着一地残花，仿佛在诉说着当年如花似月的恋情。

全诗虚中又虚，幻中又幻，梦寻已属可怜，更何况梦寻亦不可得。梦中的希望跌入梦中的失望，如以弗洛伊德的理论来解释，此梦正可见诗人唯恐永不得见伊人的入骨悲思，以此"寄人"，伊人又将何以堪？

（任亚民）

徐 寅

徐寅（873—?），寅一作"寅"，字昭梦，莆田（今福建莆田）人。大顺三年（即景福元年，892）进士，授秘书正字。后因作赋得罪太原武皇，归隐莆田延寿溪。以赋著称于时，被目为"锦绣堆"。相传日本等国得其《斩蛇剑》《御水沟》《人生几何》诸赋，"家家皆以金书列为屏障"。有《探龙》《钓矶》二集，《全五代诗》存其诗二百六十六首，全是近体，以七律居多。　　　　（曹明纲）

回 文

（二首选一）

轻帆数点千峰碧，水接云山四望遥。
晴日海霞红霭霭，晓天江树绿迢迢。
清波石眼泉当槛，小径松门寺对桥。
明月钓舟渔浦远，倾山雪浪暗随潮。

回文体是中国古代诗歌的一种特殊形式。它利用汉字单音节和在诗中位置的前后变化所造成的意境差异，形成顺读、倒读或往复循环而读都能成诵的妙趣，历来被视为一种文字游戏。但如果没有深厚的文字功底和作诗造诣，要涉足于此恐怕也是很困难的。相传回文诗始创于晋代的傅咸、温峤，可惜其作今已不传。现存最早的回文诗当推晋代苏蕙的《回文旋玑图诗》。据《晋书·列女传》载，窦滔妻苏蕙因思被徙流沙的丈夫，"织绵为《回文旋玑图诗》以赠"，其诗"宛转循环以读之，凡八百四十字"。唐代武则天作《璇玑图序》，谓其"五色相宜，纵横八寸，题诗二百余首，计八百余言，纵横反复，皆成章句"。这是回文诗中的一个特例；一般后代所作的回文诗，大多只是一种正反皆能成文的杂体诗。

徐夤有《回文二首》，这是第二首。诗描写江天景色，若按上示正读之，则其首联状写水接云天，轻帆数点，景象开阔明朗；颔联以霞红树绿相映，色彩鲜艳绚丽；颈联由远及近，写从石隙中涌出的清泉对着栏杆，由松柏小径簇拥的寺门向着小桥；尾联则写月夜潮生，江天一片空蒙。全诗景物由远而近，自明至暗，色彩多变，层次清晰，宛然一幅山水画卷。

诗若倒读，则成：

> 潮随暗浪雪山倾，远浦渔舟钓月明。
> 桥对寺门松径小，槛当泉眼石波清。
> 迢迢绿树江天晓，蔼蔼红霞海日晴。
> 遥望四山云接水，碧峰千点数帆轻。

同样写江天景色；然品味之余，却觉意境有别。正读择景由明及暗，先晓天后明月，倒读则反之；正读取象由远至近，先广阔后细微，倒读也正相反。这是就整首诗而言；具体地说，同一联的正、倒读所构成的意象和给人的感受也不一样。如"明月钓舟渔浦远，倾山雪浪暗随潮"一联，正读是写随着夜晚江潮的暗暗上涨，江面空阔迷茫，连明月和靠岸的渔舟都显得那么遥远；而倒读成"潮随暗浪雪山倾，远浦渔舟钓月明"之后，便形成了一种尽管夜潮汹涌如山之倾，远处渔舟仍在明月下垂钓的意境。又如"晴日海霞红蔼蔼，晓天江树绿迢迢"一联，正读的重点在显示"红蔼蔼"和"绿迢迢"的色彩；倒读后描写的则是"江天晓"和"海日晴"了。回文诗字词的这种重新排列和组合，能产生和形成多种不同的意境和艺术效果，从而具有一首能作两首或更多首读的妙处。

除了意蕴之外，回文诗的押韵也相当讲究，因为它既要顾头，也要顾尾。以此诗为例，如上正读是以"遥""迢""桥""潮"四字相叶；反之，则以"明""清""晴""轻"互协。作者在此既遵守了近体诗押韵的一般要求，如二、四、六分明等；又充分利用了其中的灵活性；如一、三、五不论等。总之，回文诗不但要意顺，而且也必须韵协。

至于此诗具体所写为何地景色，已难以确知。清人《诗人玉屑》引诗的上列倒读式，谓出苏轼《题金山寺》，未知何据；但说它写的是金山寺一带景色，或可参考。

（曹明纲）

黄　滔

黄滔（900—?），字文江，莆田（今福建莆田）人。乾宁二年（895）进士。光化中除四门博士。寻迁监察御史里行，充威武军节度推官。朱梁篡唐，归闽不西。王审知据闽而终其身为节将，滔规正有力焉。时中州人士避乱入闽，"悉主于滔"。宋洪迈称其诗"清淳丰润，若与人对语，郁郁有贞元、长庆风"。又有赋名，李调元称其律赋"美不胜收"，与王棨为晚唐"一时之瑜亮"（《赋话》）。有《泉山秀句集》及文集行世。《全五代诗》录其诗一百九十三首。　（曹明纲）

塞　下

匹马萧萧去不前，平芜千里见穷边。

关山色死秋深日，鼓角声沉霜重天。

荒骨或衔残铁露，惊风时掠暮沙旋。

陇头冤气无归处，化作阴云飞杳然。

　　五代在我国历史上是一个军阀混战、兵燹四起的大动乱时期。当时经常处于战乱中的北方更是烽烟千里、哀鸿遍野，一片凄凉荒寂。这首诗所极力描写的，正是这种触目惊心的凄惨景象。从诗的内容和黄滔的经历来看，诗当作于其归闽前为威武军节度推官时。

　　首联写诗人匹马单骑，来到与敌为邻的边远地区。出句马鸣不前，既状坐骑惊恐未定，复见人的震骇迟疑，其意正与韩愈《左迁至蓝关示侄孙湘》中的"雪拥蓝关马不前"相似。不同的是此诗用于发端，在揭出原因之前先渲染结果，因而具有引人人胜的蓄势效果。对句则接以"平芜千里"，展示视野所及的空旷寥阔，点出边地特色。穷指穷尽，"穷边"即与敌国接壤的极远之地。颔、颈两联顺势而下，用凝重而沉痛的笔墨描绘出一幅边关深秋图。"关山色死"谓边关山峦已不见一点绿色，显得死气沉沉，毫无生机。这自然是由于时届"秋深日""霜重天"使然，但同时也是连年的兵火对自然环境的严重破坏所致。以下"鼓角声沉"于此已微露端倪，至"荒骨""惊风"二句，更将此意表现得气完神足。你看，横陈枕藉在旷野上那些无法掩埋的白骨，有的还沾着残缺兵器上的寒露，仿佛激烈的格斗、残酷的屠杀仍在进行；惊风掠过，不时在寸草不生的荒漠上卷起阵阵飞旋的沙砾……战乱不仅残害了人类本身，而且也无情地毁灭了人类赖以生存的良好的自然环境。诗人笔下的边地景况，正是历史上一幕幕这样的灾难和破坏交织而成的悲剧的再次搬演。它仿佛使人又目睹了鲍照《芜城赋》中广陵城的残败破落，重温了李华《吊古战场文》中古战场的萧瑟悲凉。

尾联以"陇头冤气"不散以至郁结成堆积游荡的阴云，集中地反映了死于边地战乱的历代将士的无辜和不幸。"陇头"原指陕西陇县西北陇山之顶，汉代乐府与《入塞》等同取为横吹曲曲名，内容多诉边关环境艰苦和征人怨思。诗人取此二字入诗，未必实指其地，而是在明白地逗醒题意的同时，给人以对现实和历史的丰富联想。"冤气"二字更高度概括了历代抛骨边地的征戍者的冤屈和愤懑，它与"陇头"这一极富典型意义的地名结合在一起，产生了一种强烈的、持续的震撼人心的力量。冤气无归（指无处申诉）而郁结为久聚不散的阴云，想象生动，气氛阴森，其意境又与杜甫《兵车行》"君不见青海头，古来白骨无人收。新鬼烦冤旧鬼哭，天阴雨湿声啾啾"一致。正因为这一结，使整诗的寄意，由诗人当时的一处所见，扩展至历代边地常见的普遍情景，从而大大丰富并充实了诗的内在蕴涵。

此诗通篇景语，多处点化前人诗文意境而不露拼凑痕迹，刻画形象、渲染有力、寓意深广。至其首联引发蓄势、总揽全篇，二、三联前后句错综交替，分写自然与战场景物，末联回应发端和拓展题意，颇见律体组织结构的圆熟。而这些除了是晚唐五代诗崇尚巧密的风气的反映外，还与作者的精通律赋写作有关。 （曹明纲）

故　山

支颐默省旧林泉，石径茅堂到目前。

衰碧鸣蛩莎有露，浓阴歇鹿竹无烟。

水从井底通沧海，山在窗中倚远天。

何事苍鬐不归去，燕昭台上一年年？

　　出仕与归隐一直是中国古代士大夫立身处世的矛盾焦点，许多文学作品都从各个不同的角度，表现了这一共同的主题。黄滔这首《故山》诗即是其中的一篇。题中的故山，当在诗人的家乡莆田；而诗似作于朱梁篡唐、诗人归闽之前。

　　诗以"支颐默省旧林泉"一句领挈全篇，一开始就将诗人对故山的无限依恋和盘托出。"支颐默省"，看得出神，想得发呆，人物情态宛然；"旧林泉"点题，并统摄以下的具体描写。下句"石径茅堂到目前"，以熟悉的静物来迎，表现出诗人久别默想时的恍惚情状，不言情而情自在其中。

　　颔联就"石径茅堂"进一步带出四周景色：蟋蟀在带有露珠、绿色已见衰败的莎草中鸣叫，山鹿在无烟的、投下浓阴的竹林下歇息。二句对仗工稳自然，写景生动传神，既不露痕迹地点出时令特色，又巧妙地烘托出故山旧居的幽静和冷僻。二句中有听觉，有视觉，有感觉，非常具体形象。

颈联言水状山，全由经验和观察得来，却显得风神萧散，极富哲理。水通沧海，这在近海的福建不啻是妇孺皆知的经验；山倚远天，也是山区常见之景，然而二者一经诗人拈出，并以"井底"和"窗中"这样极有限的空间限之，就形成了一种十分令人寻味的意象。人们从中可以受到诸如以小见大、处狭知广等种种启发，堪称以景寓理的名联佳句。此外，它在诗中还同时具有故山虽小、旧居虽狭，却照样能"通沧海""倚远天"的启示性寓意，因而在颔联与尾联间起承接与转折的重要作用。

与前三联均作景语不同，尾联直抒"支颐默省"之后的感慨：自己须发已苍，为什么还要混迹官场、虚度岁月，而不及时归隐呢！"燕昭台"又称黄金台，故址在今河北省易县东南。据史载，战国时燕昭王为了广招人才，曾在台上放置千金以示重用。诗人在此借用来指为帝王效力的官场。尽管这里并没有直接称美旧林泉的幽静宜人，而是以对以往乃至目前热衷仕途的追悔作结，但读完全诗，诗人对故山的依恋、向往之情却沛然而溢，令人回味无穷。

（曹明纲）

崔道融

崔道融（890—?），自号东瓯散人，荆州（治所在今湖北江陵）人。以征辟为永嘉令，累官至右补阙。早年遍游陕、豫、鄂、赣、浙、闽等地，后避乱入闽，与黄滔友善。有《申唐诗》三卷，今佚；另有《东浮集》。《全五代诗》录其诗七十九首，除七律一首外均为绝句。诗风朴素闲雅，清丽自然。　　　　（曹明纲）

寄　人

（二首选一）

澹澹长江水，悠悠远客情。
落花相与恨，到地一无声。

读诗如品酒，有时酣畅淋漓，浓烈刺激；有时却醇和甘美，余味悠长。此诗给人的感觉，自然属于后者。

诗的前两句以江水引起客情。澹澹，水流平满、充溢的样子；悠悠，漫长久远的状态。远客情，指远出为客的情怀。情本无形，只能意会而不能言传，现经作者指澹澹的长江水为喻，便觉神形相得，情味俱出。句中以"澹澹"对"悠悠"、"长江"对"远客"、"水"对"情"，自然工稳，意象天成。

后二句以落花写出己恨，妙在"相与恨"和"一无声"。花开花落本为自然现象，与人的喜怒哀乐无关，但此花之落，不但"相与恨”，而且“一无声”，仿佛深谙人情、善解人意。这种移情手法的运用，使离人内心的怨恨与悲苦显得更加深沉。故前人谓此二句所写“即'黯然销魂'意，点染有情”（黄生《唐诗摘钞》）。

　　一首无特别藻饰、奇想和妙思的小诗，能于情物两得中给人以感动、回味，这便是它的成功之处。

（曹明纲）

读杜紫微集

紫微才调复知兵，长觉风雷笔下生。

还有枉抛心力处，多于五柳赋闲情。

杜紫微，杜牧，因曾官中书舍人（中书省又称紫微省），人称杜紫微。杜牧生平诗文著作除《孙子》注十三篇外，共有四百五十篇，由其外甥裴延翰编为《樊川文集》，题中"杜紫微集"当即指此而言。

作为晚唐独树一帜的诗人和古文家，杜牧才气横溢，又素有经邦济世之志。诗的前两句即对此作了赞扬。其中"才调"二字，使人想起李商隐"贾生才调更无伦"的评价，看似巧合，实含把杜牧与贾谊相比之意。这自然是由于时人已以"真王佐之才"称之（见《唐摭言》），而且杜牧自己也把贾谊看作是知己（其《感怀诗》："聊书《感怀》韵，焚之遗贾生"）。"复知兵"三字更于同中见异，进一步指出杜牧自幼即论政知兵、作有不少军事论著的显著特点。下句笔下生风雷，既指这类军事论著纵横捭阖、挟风裹云的议论，同时也指其诗如《感怀》《郡斋独酌》《大雨行》等作的跌宕豪放、雄健超迈。

诗的后二句以"还有"作承递，折入对杜牧"风情不节"的惋惜与微讽。杜牧为人倜傥，不拘形迹，在扬州为幕府时，经常携妓夜游，并且写了不少冶游艳情之作。诗人对此颇感不满，他以"枉抛心力"四字深表惋惜，以"五柳赋《闲情》"暗指风情，措词寓意既委婉，又含蓄。"五柳"指晋代诗人陶渊明（曾自号五柳先生），因作有《闲情赋》描写美女容饰和对她的执着追求，被萧统指为"白璧微瑕"。

以短短二十八字的小诗来发表对杜牧这样一个大作家生平行事和创作特点的感想，确非易事。而作者此诗却独具只眼，择要置论，巧寓褒贬，切中肯綮，令人赞叹。

（曹明纲）

谭用之

谭用之（生卒年不详），约后唐明宗长兴中（932）前后在世。字藏用，《全唐诗》谓其"善为诗而官不达"，并收其诗一卷。　　　　　　　　（曹明纲）

秋宿湘江遇雨

江上阴云锁梦魂，江边深夜舞刘琨。

秋风万里芙蓉国，暮雨千家薜荔村。

乡思不堪悲橘柚，旅游谁肯重王孙？

渔人相见不相问，长笛一声归岛门。

　　秋雨、夜宿、湘江，这种特定的环境最容易引起游子的思乡之情；尤其是对于一个怀才不遇的文人来说，更能同时触发自己的身世之叹。谭用之的这首七律，抒写的即是这种特定环境中的特定情怀。

　　诗以"江上阴云锁梦魂"一句发端，一上来便形成了一种阴暗、沉重的氛围，从中透出难以忍受的压抑感，奠定了全诗的基调。特别是一个"锁"字，既显示了阴云的厚重严实，也反映出诗人难以入眠的沉闷心境。下面"江边深夜舞刘琨"一句，用的是闻鸡起舞的著名典故（见《晋书·祖逖传》），但应注意的是诗人在此以刘琨自拟，含意甚深。据史载，刘琨"少负志气，有纵横之才"（《晋书》本传）、永嘉乱后矢志扶晋，屡遭败馁，最后因事被囚杀。刘琨的这种情志和遭际，很可能在一定程度上与诗人相似，所以他在这里有意点出，作为全诗的关节和引线。

颔联直写秋雨，扣题作景物渲染。秋风、暮雨，气候恶劣；万里、千家，气象恢宏；芙蓉国、薜荔村，地方特色浓郁。二句对仗浑成，画面苍凉，是描写湘江流域风光景物的名联，后人以"芙蓉国"为湖南省的别称，即源出于此。颈联出句以物起兴，写乡思不堪；对句则因遇抒感，状羁愁难遣。橘柚原产楚湘，又秉"深固难徙"（屈原《橘颂》）之性；而诗人却有家难归，四处飘泊，两下相形，自然悲不自胜。王孙本指隐者（见汉淮南小山《楚辞·招隐士》），后泛指游子，昔王孙隐而有人见招，今诗人孤身一人不被时重，其愁又怎能排解？这一联因景抒怀，邀足首联"锁梦魂"和"深夜舞刘琨"的寓意，读来辛酸与悲苦并集，怅恨与愁怨交汇。

尾联拓开一笔，以渔人见而不问、自管吹着长笛归岛的悠然与洒脱，设一鲜明对照。在诗人看来，以前屈原被放，"行吟泽畔，颜色憔悴"，尚有"渔父见而问之"（《楚辞·渔父》）；而现在渔人见了自己，连问也不问，其中况味自然不言而喻。在渔人看来，诗人这是自寻烦恼，而这烦恼是无法劝解的。诗末引入的这一渔人形象，既暗用了屈原"怀忠见谗"的旧典，紧切"湘江"地理历史特点；又借此暗示的自己的归宿，从而大大深化了所抒写的感情程度。末句"长笛一声归岛门"由赵嘏《早秋》诗"长笛一声人倚楼"化来，不落形痕。显然，这个与世无争、洒脱自在的渔人与

"深夜舞刘琨"的诗人，在处世立身方面形成了一种强烈的反差，诗人从中感受和领悟了一些什么，这正是此诗耐人寻味之处。

此诗寓意一般多认为是写乡思羁愁、怀才不遇，但观其先以刘琨自况、继以橘柚起兴，复以渔人作结，似更有一段隐衷在内也未可知；如联系五代社会动荡、政权迭替的现实，作如此推测而不把它作为一首乡思的泛作也许并不为过。《全唐诗》说诗人"善为诗而官不达"，这首诗是可以为证的。

(曹明纲)